Editora Appris Ltda.
1.ª Edição - Copyright© 2024 da autora
Direitos de Edição Reservados à Editora Appris Ltda.

Nenhuma parte desta obra poderá ser utilizada indevidamente, sem estar de acordo com a Lei nº 9.610/98. Se incorreções forem encontradas, serão de exclusiva responsabilidade de seus organizadores. Foi realizado o Depósito Legal na Fundação Biblioteca Nacional, de acordo com as Leis nos 10.994, de 14/12/2004, e 12.192, de 14/01/2010.

Catalogação na Fonte
Elaborado por: Dayanne Leal Souza
Bibliotecária CRB 9/2162

S194d
2024
	Sánchez, Marcela Parasmo
	    Duas vezes amor / Marcela Parasmo Sánchez. – 1. ed. – Curitiba: Appris, 2024.
	    345 p. : il. ; 23 cm.
	
	    ISBN 978-65-250-6320-1
	
	    1. Romance. 2. Amor. 3. Superação. I. Sánchez, Marcela Parasmo. II. Título.
	
	                                                                CDD – B869.93

Editora e Livraria Appris Ltda.
Av. Manoel Ribas, 2265 – Mercês
Curitiba/PR – CEP: 80810-002
Tel. (41) 3156 - 4731
www.editoraappris.com.br

Printed in Brazil
Impresso no Brasil

Marcela Parasmo Sánchez

Curitiba, PR
2024

FICHA TÉCNICA

EDITORIAL — Augusto Coelho
Sara C. de Andrade Coelho

COMITÊ EDITORIAL — Ana El Achkar (Universo/RJ)
Andréa Barbosa Gouveia (UFPR)
Antonio Evangelista de Souza Netto (PUC-SP)
Belinda Cunha (UFPB)
Délton Winter de Carvalho (FMP)
Edson da Silva (UFVJM)
Eliete Correia dos Santos (UEPB)
Erineu Foerste (UFES)
Erineu Foerste (Ufes)
Fabiano Santos (UERJ-IESP)
Francinete Fernandes de Sousa (UEPB)
Francisco Carlos Duarte (PUCPR)
Francisco de Assis (Fiam-Faam-SP-Brasil)
Gláucia Figueiredo (UNIPAMPA/ UDELAR)
Jacques de Lima Ferreira (UNOESC)
Jean Carlos Gonçalves (UFPR)
José Wálter Nunes (UnB)
Junia de Vilhena (PUC-RIO)
Lucas Mesquita (UNILA)
Márcia Gonçalves (Unitau)
Maria Aparecida Barbosa (USP)
Maria Margarida de Andrade (Umack)
Marilda A. Behrens (PUCPR)
Marília Andrade Torales Campos (UFPR)
Marli Caetano
Patrícia L. Torres (PUCPR)
Paula Costa Mosca Macedo (UNIFESP)
Ramon Blanco (UNILA)
Roberta Ecleide Kelly (NEPE)
Roque Ismael da Costa Güllich (UFFS)
Sergio Gomes (UFRJ)
Tiago Gagliano Pinto Alberto (PUCPR)
Toni Reis (UP)
Valdomiro de Oliveira (UFPR)

SUPERVISOR DA PRODUÇÃO — Renata Cristina Lopes Miccelli

PRODUÇÃO EDITORIAL — Sabrina Costa

REVISÃO — Manuella Marquetti

DIAGRAMAÇÃO — Andrezza Libel

CAPA — Mariana Brito

REVISÃO DE PROVA — Sabrina Costa

Este livro é dedicado ao Zeca, o labrador marrom que trouxe tanta fofura às cenas de Duas vezes amor. Ele existiu de verdade e foi o companheiro fiel de nossa família por doze anos, porém partiu para o céu dos cachorros há quase uma década. A cena da casinha na varanda é real. Nós compramos uma casa gigante de cachorros e a colocamos na varanda do nosso apartamento, porém, assim como a cena criada no livro, o Zequinha da vida real também não queria entrar de jeito nenhum. E assim como Alexandre, minha irmã precisou entrar na casinha para convencê-lo a fazer o mesmo. E assim como na história, quando íamos dormir e nosso porpetinha ouvia o comando "Zeca, casinha", ele obedecia e se recolhia também.

Zequinha partiu sereno, numa manhã de domingo, nos braços de minha mãe...

SUMÁRIO

PRÓLOGO 9

ANTES...

CAPÍTULO 1 13
CAPÍTULO 2 17
CAPÍTULO 3 23
CAPÍTULO 4 31
CAPÍTULO 5 43
CAPÍTULO 6 47
CAPÍTULO 7 53
CAPÍTULO 8 61
CAPÍTULO 9 69
CAPÍTULO 10 75
CAPÍTULO 11 83
CAPÍTULO 12 89
CAPÍTULO 13 95
CAPÍTULO 14 99
CAPÍTULO 15 105
CAPÍTULO 16 111
CAPÍTULO 17 119
CAPÍTULO 18 125
CAPÍTULO 19 129
CAPÍTULO 20 135
CAPÍTULO 21 141
CAPÍTULO 22 147
CAPÍTULO 23 153
CAPÍTULO 24 159
CAPÍTULO 25 163
CAPÍTULO 26 169
CAPÍTULO 27 173
CAPÍTULO 28 177
CAPÍTULO 29 181

DEPOIS...

CAPÍTULO 30 185

CAPÍTULO 31 193

CAPÍTULO 32 201

CAPÍTULO 33 211

CAPÍTULO 34 217

CAPÍTULO 35 225

CAPÍTULO 36 231

CAPÍTULO 37 239

CAPÍTULO 38 243

CAPÍTULO 39 249

CAPÍTULO 40 255

CAPÍTULO 41 259

CAPÍTULO 42 265

CAPÍTULO 43 269

CAPÍTULO 44 277

CAPÍTULO 45 281

CAPÍTULO 46 285

CAPÍTULO 47 291

CAPÍTULO 48 299

CAPÍTULO 49 307

CAPÍTULO 50 313

CAPÍTULO 51 317

CAPÍTULO 52 321

CAPÍTULO 53 327

CAPÍTULO 54 333

CAPÍTULO 55 335

EPÍLOGO 341

AGRADECIMENTOS 343

PRÓLOGO

Uma voz forte e masculina esbraveja enquanto me colocam numa cadeira de rodas:

— Encaminhem a paciente para a emergência agora!

Meu Deus, será que estou perdendo meu filho? Isso não pode estar acontecendo. Depois de todas as coisas que passei com Alexandre, esse bebê é tudo o que me restou dele.

— Vai ficar tudo bem, querida! — Percebo o medo estampado em seu rosto.

Dona Laura não consegue esconder de mim que sente o mesmo receio que eu. Apesar de tentar me acalmar, consigo sentir sua aflição.

A dor ao pé da barriga vem com muita intensidade, e meu corpo todo estremece. Sinto calafrios enquanto sou empurrada corredor adentro por um enfermeiro.

As pessoas não conseguem desviar o olhar quando passam por mim. Pudera, estou ensanguentada e pálida, com os cabelos desgrenhados.

Tento olhar sobre meus ombros a fim de procurar por minha mãe, mas ela ficou para trás. Então baixo meu rosto, tentando me esconder de todos. Desse mundo cruel que arrancou de mim tudo que eu tinha e me destruiu por completo.

Olho para a minha calça de moletom. Está ainda mais manchada de sangue. Sinto meu corpo todo formigando. Minha visão ficou turva e aos poucos não tive escolhas a não ser me entregar.

"Deus, se quiser, pode me levar, não restou mais nada de mim aqui", penso, e em frações de segundos, tudo se apaga...

ANTES...

CAPÍTULO 1

Segundas-feiras viraram meus dias preferidos.

Podem me achar estranha, louca, ninguém gosta das segundas. Eu também não gostava, até que Martina abriu o *Martina's Café* em frente ao prédio onde eu moro, no bairro de Moema, capital paulistana.

Somos amigas desde que me entendo por gente. Ela sempre gostou de brincar de comidinha. Enquanto outras crianças andavam de bicicleta e jogavam bola, Martina vinha com aqueles potes coloridos cheios de areia e fiapos de grama e me obrigava a comer. Eu jamais esquecerei a macarronada de minhocas. Aquilo me assombra até hoje. *Eca!*

Enfim, Martina aperfeiçoou suas habilidades culinárias e cá estou de novo sendo sua cobaia. No entanto, hoje em dia, diferente de nossos tempos de infância, eu adoro.

— Olá! — Entro no Café entusiasmada.

— Até que enfim você chegou! Tenho uma novidade aqui para você experimentar — Martina grita lá da cozinha, e só vejo sua cara enfarinhada surgindo na portinhola que separa o balcão da cozinha.

— Vem cá! — Me dirijo a uma das garçonetes que vem de dentro da cozinha com uma bandeja de salgados, para repor a vitrine em frente ao caixa. — É impressão minha ou Martina tá mais empolgada que o normal?

— Martina? Normal? — A jovem ri para mim. — Não sei, mas agora ela enlouqueceu de vez. Inventou uma tal de Torta Desconstruída que, cá entre nós, tá mais para destruída. Ela deve ter deixado cair no chão, juntou os pedaços e agora quer servir para os clientes. E cobrando por isso, ainda.

Caímos na gargalhada.

— Posso saber qual o motivo das risadas? — Martina aparece com a tal da torta em uma bandeja. Confesso que o cheiro me deu água na boca, um aroma de maçã com canela invade minhas narinas, mas a aparência não é das melhores. E cá entre nós, parece que essa torta perdeu uma batalha e tanto.

— Então essa é a tal torta que caiu no chão? — Ouço uma voz masculina ao meu lado se intrometer em nossa conversa. Não o percebi quando se aproximou de nós.

Foi assim que vi Alexandre pela primeira vez. Graças a uma torta ridiculamente feia, porém muito saborosa, tivemos nossa primeira interação.

— Oi, Alexandre, você por aqui? — Martina abre um largo sorriso.

— Sim, aquele bolo da semana passada fez meu pai delirar. Ele me obrigou a buscar mais um. Agora estou curioso com essa torta — diz ele, lançando um olhar para mim. Vira-se novamente para ela e pergunta: — Não caiu no chão de verdade, não é? — Ele sorri de canto de boca, e eu percebo seu humor.

Talvez eu esteja um pouquinho atraída por esse total desconhecido. *Isso não é legal*. Se eu tivesse uma terapeuta, com certeza levaria esse assunto para tratar em uma sessão.

— Não dê ouvidos a elas, Alexandre. Essas duas adoram me provocar. Audrey — diz ela agora olhando para mim e arqueando uma de suas sobrancelhas — não falta nenhuma segunda-feira desde que abri o Café, só para provar minhas novidades culinárias. Toda semana crio alguma coisa diferente, salgada ou doce.

— Bom saber — Alexandre diz. — Pode incluir no meu pedido de hoje um pedaço dessa torta também.

Percebo que estou distraída tentando adivinhar sua altura enquanto eles conversam. Deve ter pelo menos 1,85m. Porte atlético. Pratica esportes, com certeza. Que bunda redondinha…

— Audrey! — Martina me encara.

— Ah, oi! Sim, eu vou sentar lá então, na mesa de sempre.

Saio dali apressada e me sento em uma mesinha reservada encostada em um janelão de frente para a rua. Aguardo enquanto Martina termina de atendê-lo.

Jaqueline, a garçonete, aproxima-se e me serve um pedaço da torta e um café expresso.

— Obrigada, Jaque! — Ela se afasta.

Não consigo tirar os olhos daquele cara. Pego meu celular e tento mudar o rumo dos meus pensamentos. Ouço a porta se abrir e o vejo ir embora. Percebo que ele olha de volta para o Café. Quando nossos olhos se encontram através da janela, baixo a cabeça envergonhadíssima.

Martina vem ao meu encontro com uma xícara de chá e se senta nà mesa onde estou para me acompanhar.

— Vi você encarando a bunda dele — ela diz e espera a minha reação.

— Eu não estava olhando a bunda dele! — respondo rindo. — Será que ele me percebeu olhando?

— Gostou, né? Te conheço perfeitamente para saber que tá caidinha pelo bonitão. — Entorto minha boca, pois odeio quando ela tem razão. — Vai ficar com essa cara feia?

— Feia é essa tua torta que parece que acabou de perder a guerra.

— Você não entende nada de alta gastronomia.

— E você não entende nada de bundas.

Rimos descontroladas porque nós duas soubemos que eu não tinha mais como argumentar ou me defender sobre o assunto.

CAPÍTULO 2

Nem senti a semana passar.

Ando tão focada no meu trabalho que passou rápido demais. Enfim, segunda-feira chegou novamente. Resolvi trazer meu laptop para o Café. Convenhamos, aqui é mais agradável do que o escritório e tem essas guloseimas deliciosas.

Não sei se acontece com todo mundo, mas sempre que inicio um projeto de um cliente novo, me dá fome. Para falar a verdade, estou sempre com fome. E Martina tem o hábito de apresentar o quitute do dia às três horas da tarde.

Hoje cheguei mais cedo. Almocei e vim direto para cá. Portanto, aproveito que está silencioso para me concentrar. Escolho uma mesinha nos fundos da loja, evitando, assim, ser interrompida. Normalmente prefiro aquela que fica ao lado de um dos janelões para observar o movimento da rua, mas hoje o foco é trabalho.

Desde pequena, sempre gostei de desenhar. Eu me lembro bem que quando chegavam as datas comemorativas: dia das crianças, natal, aniversário, eu sempre pedia materiais de papelaria.

Aliás, papelarias para mim até hoje surtem o mesmo efeito que uma loja de brinquedos para uma criança. Descobri o prazer de desenhar quando, em uma aula de artes no colégio, a professora nos apresentou o conceito de desenhos em perspectiva. A princípio, desenhávamos formas geométricas com efeito de luz e sombra.

Depois que a turma entendeu o conceito, as aulas evoluíram para cenários reais, com prédios, ruas, lojas e tudo mais.

Quando a professora percebeu que eu me destacava entre os outros alunos, passou a me dar tarefas extras. Uma delas, me lembro bem, foi visitar o centro de São Paulo para tentar reproduzir a Catedral da Sé e seu entorno. Simplesmente me apaixonei por aquilo e foi quando decidi minha profissão.

Fiz faculdade de arquitetura e me especializei em projetos 3D. Adoro desenhar à mão livre. Até hoje faço isso por hobby, mas para o dia a dia no escritório, os programas 3D Max e SketchUp são muito mais práticos.

— Oi!

Acordo dos meus devaneios e vejo dois pratos de sobremesa sendo colocados sobre minha mesa. Meu coração dispara. *Droga!*

Percebo minhas axilas começarem a transpirar. Odeio ficar nervosa, elas me denunciam sempre! *Calma, Audrey. É só um cara muito bonito te oferecendo um bolo. Nada de mais.*

Crio coragem e olho para ele. Dou um sorriso sem graça, tentando disfarçar meu suor cruzando os braços como um gesto casual de quem nada se abalou com a presença dele.

— Desculpe, vi que você estava muito compenetrada e trouxe a receita do dia para você. Pelo menos a de hoje está mais apresentável que a da semana passada. — Ele simplesmente senta na minha mesa, sem se importar com o fato de eu estar trabalhando.

— Ah, oi! — Tento agir com naturalidade.

— Achei que poderia te encontrar aqui hoje, afinal, é segunda-feira, né? — E dá uma piscadinha.

— Me dá só um minutinho? — Levanto em disparada e corro até o banheiro. Espero a porta se fechar atrás de mim, pego alguns pedaços do papel toalha e coloco embaixo dos braços.

— Audrey, o que foi isso?

Nem percebi que Martina me seguiu.

— Aquela piscadinha dele derreteu meu sovaco.

Martina quase cai no chão de tanto rir, e fico apavorada com a ideia de ele lá do salão conseguir nos escutar.

— Preciso voltar para a mesa. Ele deve pensar que sou uma maluca.

— Audrey, respira. É só um cara gostoso te levando um pedaço de bolo.

Martina pensa que é fácil. Ela sempre teve mais jeito com os rapazes. Eu, ao contrário, sempre fui muito tímida. Ela faz amizade com qualquer pessoa em qualquer lugar. Adoraria ter um pouco disso que ela tem.

— Já falei para você que está mais do que na hora de dar um jeito nessas axilas. Botox, amiga. B-O-T-O-X vai resolver sua vida!

— Você deveria dar um jeito nesse ar-condicionado do salão. Está um forno esse Café!

— Ah, pronto! Agora a culpa de você não conseguir controlar esse sovaco é minha! — Martina sorri cruzando os braços. — A propósito, a temperatura da loja está em 20ºC.

Respiro fundo. Percebo que já não estou mais transpirando tanto e decido voltar.

Quando me sento, vejo Martina se dirigindo de volta ao balcão para atender seus clientes, ela me lança um olhar sugestivo apontando para Alexandre, que não a vê pela posição em que está sentado. *Graças a Deus!*

— Me desculpe, estava sentada aqui há horas e precisava mesmo ir ao banheiro. — Podia ter começado essa conversa com qualquer assunto, mas obviamente decidi dar foco a um xixi que eu nem mesmo fiz e percebo agora que estou um pouco apertada.

Droga, não posso sair da mesa novamente. Preciso me convencer que minha bexiga se enchendo é psicológico. Isso, ótima ideia!

— Sem problemas. — Ele abre um sorriso encantador. — Você precisa provar este bolo. É sério, nunca comi um bolo de chocolate com calda de laranja e anis.

Levo uma garfada à boca e, realmente, ele não está exagerando. Isso aqui está incrível. Martina sempre teve muito jeito com a culinária. Posso garantir que tudo que ela se propõe a fazer na cozinha, faz com perfeição.

— Fiquei curioso sobre essa coisa das segundas-feiras — comentou, comendo mais um pedaço.

— Quando Martina decidiu montar o Café, já tinha em mente que queria inovar, mas que deveria apresentar isso para seus clientes aos poucos. Decidiu que uma vez por semana criaria uma novidade "maluca e deliciosa", como ela gosta de chamar. Ela cria tudo de sua própria cabeça. Martina acredita piamente que um dia será muito famosa por isso.

— Inspirador! Gosto de pessoas que pensam fora da caixinha — diz, fazendo aspas com os dedos. — Mas, por que ela decidiu pelas segundas-feiras, e não qualquer outro dia da semana?

— Diz ela que é para acabar com o preconceito que as pessoas têm com esse dia. Ninguém gosta das segundas-feiras e, assim, as pessoas ressignificariam essa ideia... O que é verdade. Pelo menos para mim funcionou muito bem.

— Fantástico! — Ele se vira na cadeira para procurar Martina no salão e quando a encontra, grita: — Martina! A partir de agora eu amo as segundas-feiras!

Martina faz cara de quem não entendeu nada, mas ri e agradece mesmo assim.

Quando olho para fora, percebo que já anoiteceu.

Alexandre é muito comunicativo. Gosta de falar e é um ótimo ouvinte também.

Ele acabou de voltar de Chicago. Recebeu uma proposta de emprego em uma empresa aqui no Brasil logo que terminou a pós--graduação que fez nos Estados Unidos.

Temporariamente está morando na casa de seus pais, mas já está procurando um lugar para morar com seu cachorro, Zeca, um labrador marrom de cinco anos de idade que é louco por meias.

Caramba! Não vou conseguir entregar esse projeto a tempo se continuar batendo papo com ele aqui.

Como se lesse meus pensamentos, Alexandre se levanta da cadeira.

— Preciso ir. Acho que te atrapalhei um bocado, não é?

— Imagine, adiantei bastante antes de você chegar. Só falta renderizar as cenas.

Noto um ar de dúvida em seu rosto. Tenho o péssimo hábito de presumir que todo mundo sabe como funcionam os programas que utilizo.

— É a parte final do trabalho. A imagem que projetei se transforma em uma fotografia, para que o cliente consiga visualizar com mais realismo como vai ficar a reforma depois de pronta.

— Entendi. Acho então que vou precisar dos seus serviços quando encontrar meu canto. Já tenho algumas ideias, mas não sei se seriam viáveis e nem baratas. Você tem cartão de visitas?

E assim, Alexandre consegue meu telefone. De forma totalmente despretensiosa.

Quando chego no *hall* de entrada do meu apartamento, ouço o som do piano vindo lá de dentro. É mamãe. Abro a porta devagar para que ela não se distraia. Deixo minha bolsa e meu computador no sofá e me aproximo dela.

Ao lado do piano tem uma poltrona. É onde sempre me sento para ouvi-la tocar. Ela interrompe a melodia para me cumprimentar. Beijo seu rosto, me sento e peço para que ela continue.

Sinto meu celular vibrar no bolso da calça. Checo as mensagens e noto um número desconhecido entre elas. Meu coração dispara quando vejo a foto do Alexandre no ícone redondo de contato do WhatsApp:

Este é o famoso
Zeca! ☺

Amplio a imagem que ele me enviou junto da mensagem e vejo seu labrador com uma bola de meia na boca.

CAPÍTULO 3

Martina me chamou para almoçar em um lugar novo que inaugurou há pouco tempo no bairro do Itaim Bibi.

Ela adora ser a primeira a conhecer esses lugares. Como amante da boa culinária, tem fascínio por desbravar tantos restaurantes quanto puder.

Outra peculiaridade sobre Martina: ela tem o hábito de servir jantares em sua própria casa para amigos e familiares. São noites muito agradáveis, pois cria todo um cenário gastronômico, cada jantar é uma experiência à parte.

Martina é herdeira de uma fortuna milionária. Tinha uma tia que nunca desejou viver a maternidade. Dizia que isso não era para ela. Porém, criou um laço de amor muito forte pela sobrinha, o que era recíproco. Por esse motivo, quando veio a falecer, deixou todos os seus bens para ela, sua única herdeira, incluindo a mansão onde vive e serve seus jantares.

Já estou sentada em uma mesa do lado de fora do restaurante aguardando sua chegada. Hoje está um clima bem agradável na cidade, nem muito quente, nem muito frio.

Vejo-a saltar de um carro e entrar no restaurante. Noto um ar de humor em seu rosto enquanto ela caminha até a varanda onde estou e se aproxima de mim. Fico bem curiosa com aquilo. Me levanto para recebê-la com um abraço.

— Você não vai acreditar no que acabou de me acontecer! — diz ela sentando-se à mesa.

— Ai! Lá vem você com as bizarrices que só acontecem contigo — digo isso já rindo um pouco, esperando o que está por vir.

— Vim de Uber para cá, né, e em determinado momento da viagem o motorista me olha pelo retrovisor e pergunta se ele poderia abrir as janelas do carro porque eu estava usando o perfume que a ex dele usava — Ela faz uma pausa, dando um ar dramático em sua história — e que ela tinha terminado com ele há dois dias! — Ela arregala bem os olhos para mostrar toda a sua incredulidade.

— Não acredito! — respondo entre risos — Amiga! Tem coisas que só acontecem com você.

Um garçom se aproxima de nossa mesa para anotar nossos pedidos. Escolhemos os pratos e eu aproveito para pedir uma água com gás. Martina pede uma caipirinha, pois precisa de álcool para digerir o que acabou de acontecer com ela.

— Agora me conta! Como foi a conversa de vocês dois lá no Café depois de disfarçar aquelas pizzas no sovaco? — pergunta, pegando um mini pão francês de uma cestinha no centro da mesa.

— Ah, você sabe, ficamos batendo papo, nos conhecendo, eu acho. Alexandre me contou um pouco sobre ele, eu falei um pouco de mim também. Nada de mais. Me disse que fez pós-graduação nos EUA e que tem um labrador marrom.

— Ele é bem gato, hein?

— Ah, sim, um pouco, eu acho. — No mesmo momento me lembro da forma como sua franja caía em seus olhos de vez em quando e ele tentava colocar de volta no lugar.

— Para com isso. Admite que ele é um dos caras mais bonitos que já te deu mole na vida, vai?

— Alexandre não estava me dando mole. Só estava sendo gentil. — Dou de ombros, pegando um pãozinho também.

Nossas bebidas são servidas. Martina dá um gole em sua caipirinha e me oferece para experimentar.

— Tá doida? Daqui vou direto visitar uma cliente, não posso chegar bêbada lá.

— Ok, senhora certinha. — Ela dá outro gole. — Vocês têm se falado depois daquele dia? Eu vi você entregando seu cartão para ele.

— Dei meu cartão, pois ele disse que precisaria de alguém para decorar seu novo apartamento.

— Mas vocês estão se falando?

— Só rolou uma mensagem. Ele me mandou a foto do seu cachorro.

— Respondeu para ele?

— Não.

— Como não? Mas você quer falar com ele?

— Eu não sei, você me conhece.

Nossos pratos são servidos. Uma lasanha verde à bolonhesa para mim e espaguete ao pesto para Martina.

— Ah, pelo amor de Deus! Você tem que parar de ser cagona, fala sério!

Tento ignorar sua existência comendo minha lasanha maravilhosa. Martina me encara.

— Você vai perder a chance de ver no que pode dar mesmo? Desculpe, mas eu não posso permitir isso. — Ela se lança sobre a mesa e se apossa de meu celular, que estava ali, dando sopa.

Eu nem consigo reagir. Ela quase enfia o telefone na minha cara para destravá-lo com a identificação facial; por um momento cheguei a acreditar que daria com ele no meu nariz. Vejo-a digitando algo e depois me entrega o aparelho.

— Toma! Depois você me agradece.

Abro meu WhatsApp e vejo que ela escreveu "Oi" para Alexandre. Ele está on-line. E agora está digitando. Bloqueio a tela o mais rápido que posso e jogo o celular dentro da bolsa.

— Martina! — eu a repreendo, mas ela ri, enfiando uma quantidade enorme de comida na boca.

Todo projeto novo que chega para o nosso escritório se inicia com uma visita técnica para o reconhecimento do local. Tiramos as medidas e fotografamos os ambientes que sofrerão as futuras modificações pretendidas.

O cliente está sempre presente, pois é nessa visita que acontece a primeira reunião. Colhemos o máximo de informações para podermos dar início aos trabalhos, conciliando suas expectativas com o quanto estaria disposto a investir. Essa primeira visita é muito importante para entender seu perfil também. Cada projeto é único e individual, e é necessário ter muita sensibilidade para captar tudo isso e transformar um sonho em realidade.

Pode haver mais detalhes nesse processo todo, mas, resumindo, é basicamente assim que funciona.

Terminamos a visita em poucas horas. Pego meu celular e percebo que deixei a conversa com Alexandre sem resposta.

> Me desculpe, dia muito corrido por aqui.

Ele logo me responde:

> Sem problemas.

> Está no escritório?

> Não, tô na rua.

> Terminei uma reunião com uma cliente agora.

> Tô entrando no carro.

> Humm... Onde você tá?

> Vila Nova Conceição.

> Legal! Tô com o Zeca aqui no Parque Ibirapuera. Acabamos de chegar.

> Ele tá perguntando se vc não quer vir nos encontrar aqui ☺

Acho graça e hesito por um momento antes de responder.

Acho que tenho um tempinho livre. Tô indo praí.

Chego no Portão 6 do Parque em dez minutos. Combinamos de nos encontrar em frente ao parquinho infantil.

Avisto de longe Alexandre sentado em um banco com Zeca ao seu lado, esparramado no chão. Eu me aproximo.

— Oi! — cumprimento.

Alexandre tira os fones dos ouvidos e os guarda no bolso da bermuda.

— Oi! Você chegou rápido!

— Sim. A cliente mora praticamente aqui ao lado e, por um milagre, não tinha trânsito nenhum. — O que é realmente uma providência divina para a cidade de São Paulo.

Me sento ao lado dele, e Zeca se coloca de frente para mim com a língua de fora.

— Por acaso você não está com alguma coisa de comer na bolsa, né? Acho que *alguém* — diz ele olhando com graça para Zeca — farejou alguma coisa.

Sempre carrego algum tipo de lanchinho na bolsa caso eu passe o dia inteiro na rua e não tenha tempo para almoçar. Contudo, mesmo que eu almoce, como o que for que eu tenha colocado ali. Vejo que tem um mini croissant com salaminho embrulhado.

— Zequinha é terrível, faz essa cara de pidão e é simplesmente impossível negar comida para ele. Não é à toa que está essa bolotinha. Não é mesmo, Zeca? — Alexandre coloca as mãos em volta da cabeça do cachorro e começa a fazer carinho em suas orelhas.

— Eu devo dar para ele um pedacinho? — pergunto.

— Salame? Deus me livre, depois eu que sofro com esse cachorro flatulento.

Não consigo conter o riso. Alexandre é muito espontâneo e engraçado.

Levantamos e começamos a caminhar pelo parque. É fim de tarde agora e o céu está bem bonito, em tons de rosa e laranja, misturando-se com o azul de fundo e algumas nuvens.

O Ibirapuera é um dos parques mais bem cuidados e muito arborizados de São Paulo. Um pedacinho de paraíso em meio a uma selva de pedras. Nunca notei que poderia ser tão romântico também, é a primeira vez que venho em um encontro aqui. *Audrey, seja menos emocionada, isso não é um encontro!*

Paramos em frente a um carrinho de água de coco.

Alexandre compra duas garrafas e me entrega uma. Me encantei pelo gesto delicado.

— Obrigada.

Nós nos sentamos em um gramado de frente para um dos lagos do parque e observamos os gansos e patos na água, nadando. Como meu cabelo esteve preso o dia inteiro, achei melhor soltá-lo. Olho de relance e vejo Alexandre me encarando.

— Uau, não sabia que seus cabelos eram tão longos — ele diz olhando para mim. Estou sempre de cabelos presos em um coque alto só com a parte da frente da franja mais solta. É meu penteado habitual e muito prático também. — Eles são realmente muito bonitos.

Devo admitir que concordo com ele. O tanto que gasto em produtos para meus cabelos não é brincadeira.

— Obrigada, mas dificilmente você vai me ver com eles soltos. — Levo a garrafinha na boca.

Ele continua a me observar, e eu coro um pouco.

— Você tem namorado? — ele me pergunta e parece que logo se arrepende. — Me desculpe, eu não ia perguntar isso para você agora. Mas, já que saiu, você tem alguém?

— Ah, eu acho que não. — *Eu acho que não? Audrey, pelo amor de Deus!* — Quer dizer, não, não, eu não tenho ninguém. — *Ah, pronto, agora ele vai pensar que você é uma solitária.* — Quer dizer, não tenho ninguém fixo. — *Agora ele vai achar que você sai por aí com todo mundo sem pudor.* — Quero dizer que não tenho namorado e também não estou saindo com ninguém. — *E agora percebo que falei essa última frase quase gritando.*

Ele percebe meu nervosismo e sorri.

— Eu também não tenho namorada, nem ninguém fixo e também não estou saindo com ninguém — responde ele, claramente achando graça da minha confusão.

Alexandre muda de assunto e me pergunta sobre a cliente com quem me reuni mais cedo. Conto tudo para ele com bastante entusiasmo.

— É uma senhora. Elza é o nome dela. Tem um gosto bem extravagante. Quer reformar seu apartamento inteiro. Ela tem algumas obras de arte que quer dar destaque, espalhando elas por vários ambientes. Vai ser um desafio e tanto. Muito agradável e cheia de energia para uma senhora de mais de oitenta anos de idade.

— Bacana. — Sua franja cai e ele a coloca de volta para trás da orelha.

Zeca começa a latir olhando para algum ponto fixo mais adiante.

— Ah, não, Zequinha, você precisa superar isso, cara. — Alexandre parece inconformado. — Nós precisamos ir. Você não acreditaria se eu te dissesse que ele tem pavor de palhaços, né?

Olho para a direção onde o cachorro está encarando e vejo alguns palhaços a uma distância de pouco mais de dez metros de nós fazendo acrobacias. Zeca late agora mais alto e parece um pouco agitado. Ele olha em direção aos palhaços e depois para Alexandre, como uma súplica para saírem dali. Nunca vi isso em toda a minha vida.

— Não, claro. Ele parece realmente muito assustado. Melhor irem embora.

— Me desculpe por isso, nos vemos outra hora? — Alexandre está sendo quase arrastado pelo cachorro apavorado para sumirem dali.

— Claro! — digo me levantando também.

Eles se afastam. Alexandre olha para trás juntando suas mãos e levando-as ao peito, desculpando-se novamente, agora mais afastado de mim. Lanço uma das minhas mãos ao vento em um gesto, indicando estar tudo bem.

Já está quase anoitecendo, fecho os olhos por um breve momento, suspiro contente e me dirijo para a saída do parque.

CAPÍTULO 4

O prédio onde mamãe e eu moramos já é bem antigo, mas muito bem cuidado.

Uma torre com quinze andares, sendo um apartamento por andar. Tem uma área externa bem gostosa, com piscina e, em seu entorno, algumas árvores e flores distribuídas que dão forma a um jardim delicado.

Dona Laura gosta de passar um tempinho nessa parte do prédio. É comum encontrá-la ali quando não está no apartamento. Em meio ao jardim, existem dois bancos posicionados de maneira que quem senta neles tem uma visão ampla de toda a área.

Hoje é sábado. Está fazendo um dia de sol e nenhuma nuvem à vista. Mamãe e eu decidimos aproveitar a manhã esparramadas nas espreguiçadeiras na área da piscina. Gosto de levar uma caixinha de som que posso emparelhar via *bluetooth* com meu celular para ouvir minhas *playlists*.

Nós duas sempre tivemos uma ligação muito especial e devo admitir que após a morte de meu pai, dona Laura se tornou outra mulher.

Após passarmos por toda a fase do luto, mamãe renasceu das cinzas como uma *fênix*. Aos poucos foi mudando a forma de se vestir e pôs roupas mais modernas, que valorizam seu corpo. Depois, mudou a cor de seus cabelos para esconder alguns fios brancos fazendo luzes, e hoje ela é totalmente loira. Por fim, começou a frequentar clínicas estéticas.

Posso dizer que, após a partida de meu pai, ela se libertou. Nunca se casou novamente, mas se permitiu conhecer outros homens ao longo desses anos.

Hoje em dia, dona Laura está em um relacionamento mais sério com um homem dez anos mais jovem do que ela: Charles.

Nem dá para notar a diferença de idade entre eles, pois ela parece ter, no máximo, quarenta e oito anos, apesar de já estar quase chegando aos sessenta.

— Audrey, querida, pode me passar o protetor solar? — Mamãe me devolve o bronzeador que usou para passar no corpo todo e troca pelo protetor, que usa somente para proteger o rosto. — Obrigada.

— Te falei que Martina está organizando outro jantar em sua casa hoje à noite? — pergunto a ela enquanto troco a *playlist* para algo mais animado. — Acabei me esquecendo de te avisar. — Na verdade, só me lembrei pois quando peguei o celular para trocar as músicas havia uma mensagem de Martina pedindo para confirmar a presença dela e de Charles.

— Sim, você comentou na semana passada, eu acho — ela reponde, enquanto espalha a pasta branca de protetor na face. — Só que eu não poderei ir. Hoje à noite vou acompanhar Charles no aniversário de um colega de trabalho.

Ficamos ali deitadas por um momento sentindo a pele aquecer com o sol.

— Martina me comentou algo sobre um rapaz novo que está te rondando.

— Ah, mãe, eu não sei o que te dizer sobre ele — comento, percebendo um certo receio em minha voz. — Alexandre parece ser um cara bem legal, mas acho que é só uma amizade mesmo. Vamos deixar como está. Eu sempre estrago as coisas quando elas ficam mais sérias.

— Não diga isso. — Mamãe vira o rosto em minha direção e apoia um braço sobre os olhos para protegê-los da luz intensa do sol. — A gente só é responsável por cinquenta por cento da relação. Se um namoro não dá certo, o outro é responsável pela outra metade. Você é muito nova para se preocupar com isso. Deixe as coisas acontecerem e viva somente o presente. Não fique se cobrando tanto, querida.

O pior de tudo é que ela tem razão. Meus poucos relacionamentos passados não posso dizer que chegaram a amadurecer tanto. Não sei se alguma vez acabei me apaixonando profundamente. Nunca me permiti ir tão longe. Devo admitir que esse departamento da minha vida realmente é bem raso e sem emoção.

— Mãe… — Me ajeito de maneira a ficar de frente para ela. — Acho que estou com um pouco de medo. — Lembro da cena dos palhaços no parque e começo a rir. — Desculpe, é que me lembrei de uma coisa engraçada. — Rio mais. *Um cachorro com medo de palhaços, gente do céu!!!* Meu riso dá lugar a uma leve melancolia.

— Esse rapaz realmente mexe com você, não é mesmo?

— Mas está muito cedo para isso acontecer, mãe. Só vi ele poucas vezes e nem chegou a acontecer nada. — Ao dizer isso, me dou conta de que, talvez, por causa de alguns palhaços idiotas é que nada aconteceu. Começo a rir da minha própria desgraça. — E nem nos falamos mais depois da última vez que o vi — continuo a dizer. — Então, é isso. Não tem nada, não deu em nada e está tudo bem. Vida que segue.

— Aposto que se ele não te procurou, você também não o procurou mais, estou certa?

Ela está certa!

— Nunca se esqueça, filha: somos responsáveis por cinquenta por cento do que queremos que dê certo também.

Penso naquilo que ela me disse por um longo momento. Mamãe tem razão. E Martina está certa no que me diz sobre o assunto também. *Odeio as duas!*

O tema do jantar de hoje será uma noite espanhola. Graças a Deus Martina acha cafona que as pessoas se vistam a caráter. Isso me deixa muito mais tranquila, pois odiaria ter que chegar fantasiada nesses eventos.

O solzinho que tomei mais cedo me favoreceu bastante. Minhas bochechas estão coradas, então decido por não usar maquiagem muito pesada. Opto também por deixar os cabelos soltos. Eles são bem escuros e ondulados. Não são muito grossos, mas são volumosos.

Ao chegar na mansão, quem me recebe na entrada é Lúcia, uma amiga de Martina e sócia desses eventos.

— Audrey, você está linda! — Ela me acompanha até a sala principal, onde já estão alguns convidados. Uns sentados, outros em pé. Tem garçons perambulando, servindo bebidas e canapés. — Martina está lá em cima terminando de se aprontar e deve aparecer em instantes.

Olho ao redor e reconheço alguns rostos. Martina já tem um público muito fiel. Amigos, parentes, amigos de amigos. Após cumprimentar todos, vou até a parte de fora da casa.

A mansão é linda e muito bem decorada, mas a parte de fora da casa é a minha favorita. Há uma piscina com fundo verde claro e iluminação. Em volta dela, Martina mandou fazer um paisagismo composto de mini palmeiras e outras plantas tropicais, pedras de diversos tamanhos postas umas sobre as outras formando uma cascata sobre a piscina, vegetação embutida entre as pedras, dentre outros elementos que, unidos, dão um ar de oásis encantado.

Martina vem caminhando em minha direção. Está deslumbrante. Ela sempre atua como anfitriã nos seus jantares, pois gosta de aproveitar junto aos convidados. Nunca fica escondida na cozinha. Já deixa tudo organizado para que os *chefs* deem sequência.

— Caprichou no *lookinho,* hein, amiga? — digo a ela quando já está a poucos passos de mim.

Nos abraçamos.

Logo atrás dela um dos garçons surge e nos oferece bebidas. Pegamos duas tacinhas, e ele se afasta.

— Devo dizer o mesmo a você. Tá bonitona com esse vestido esmeralda. Alexandre vai ficar doido quando botar os olhos em você — ela diz e toma um gole longo da bebida.

— O quê?? Você convidou ele? — Olho sobre seus ombros para ver se o encontro por ali, mas não vejo Alexandre em lugar algum.

— Você convidou ele? — ela me responde com outra pergunta.

— Não! Claro que não, eu mal o conheço.

Sinto meu coração acelerado. Continuo olhando ao redor, mas não o vejo.

— Tá vendo? Você não faz sua parte. Então alguém tem que agir por você. — Martina está claramente se divertindo com a situação. — Olha, um dia você vai agradecer aos céus por ter EU na sua vida. — Ela bate delicadamente a palma da mão em seu peito para enfatizar o que diz com certo orgulho estampado no rosto.

DUAS VEZES AMOR

Não posso acreditar que ela fez isso. Devia ter ao menos me avisado para que eu me preparasse psicologicamente.

— Por que não me falou que ele viria?

— Não tive tempo, me esqueci. — Ela está mentindo. Fez de propósito. *Vaca!*

Lúcia vem caminhando até nós.

— Martina, o pessoal da cozinha pediu para te chamar.

— Me dá licença, amiga, já volto. Vê se não vai desmaiar e cair nessa piscina. Seu vestido é da mesma cor das pedras do fundo e até alguém notar você afogada aí, já estará morta.

As duas se afastam e eu fico sozinha. Aflita. Por que raios estou aflita desse jeito? Puta que pariu! *Acalme-se, Audrey, pelo amor de Deus!*

Nossa, que raiva dessa filha da mãe. Agora vou ficar a noite inteira olhando para a entrada da casa como um cão de guarda, vigiando para ver que hora ele aparece, para que eu não seja surpreendida.

Viro a taça inteira de uma vez e pego mais uma enquanto volto para a parte interna da casa.

Me aproximo de um grupo de conhecidos e finjo me interessar sobre o assunto que estão tratando.

— Acreditam nisso? — diz um deles, rindo. Todos riem, eu rio junto sem saber do quê.

Me afasto novamente e vou até o lavabo verificar como estou. *Você está ótima. Relaxa, Audrey! E agradeça aos céus por já ter feito as aplicações de Botox. Seu nervosismo arruinaria a noite.* Realmente, estou me sentindo muito bonita, *ou será a bebida que já está começando a fazer efeito?*

Rio para mim mesma. Volto mais confiante. Logo ouço meu celular apitando. Abro minha bolsa e checo minhas mensagens. *É ele!* Meu corpo reage no mesmo instante!

Oi, sumida! 😜

Sorrio imediatamente ao ler a mensagem.

> Oi, sumido!

Fico encarando o celular, esperando a resposta dele. Caminho até a parte externa da casa para ter mais privacidade.

> Você fica linda de cabelo solto ☺

Encaro o celular sem entender nada e, no mesmo instante, me viro para trás. Ele está ali, encostado em um dos arcos da varanda, com o celular na mão e olhando para mim.

Imediatamente sinto um formigamento e um calor tomar conta do meu corpo.

Ele está lindo! Usando uma calça de linho azul marinho e uma camisa branca com o último botão aberto. *Meu Deus!* Ele deixou sua barba por fazer e isso deu um ar tão sexy nele. Percebo que parei de respirar por um momento e estou mordendo os lábios.

Ele coloca o celular no bolso e vem caminhando lentamente em minha direção. Me mantenho estática.

— Olá! — Sinto seu perfume, que me envolve num frenesi.

— Oi! — digo finalmente. — O que está fazendo aqui?

— Quer que eu vá embora? — ele indaga com um sorriso largo no rosto e com uma mão no peito.

— Não! Me desculpe, só estou curiosa. Martina que te convidou, obviamente.

Nesse momento, Martina aparece com Lúcia a tiracolo e o cumprimenta.

— Olá, Alexandre! Fico feliz que tenha conseguido vir — eles se cumprimentam com um beijo rápido no rosto. — Esta é Lúcia, minha sócia.

— Prazer — cumprimenta Lúcia, com tanto entusiasmo que me sinto levemente incomodada.

Alexandre estende a mão para cumprimentá-la, mas ela ignora e o beija no rosto também, cheia de intimidade.

Ele olha para mim e sorri. *Mas que droga, Audrey, disfarça, cacete!* Meu cenho está franzido e imediatamente forço um sorriso. Ele percebe e desvia o olhar.

O jantar é servido aos convidados, que estão distribuídos entre mesas redondas para seis lugares cada, na sala de jantar e na varanda, ambientes que são separados por imensas portas de correr de vidro que, esta noite, estão completamente abertas, unindo os espaços.

Alexandre se senta ao meu lado, e Lúcia se junta a nós, sentando-se ao lado dele também. Martina e mais dois homens se reúnem conosco. Um deles bem jovem e o outro um pouco mais velho.

— Audrey, estes são George e seu filho, Patrick. Eles são donos de uma construtora e trabalham juntos. Falei para eles que você trabalha com arquitetura.

— Muito prazer em conhecê-los — me dirijo aos dois.

Os jantares de Martina são ótimos para fazer negócios. Um dos melhores clientes de nosso escritório conheci em um desses eventos.

A conversa fluiu muito bem e percebo que ignorei Alexandre por alguns minutos. Lúcia aproveitou para distraí-lo com alguma conversinha fiada; *por que Lúcia é tão loira e perfeita? Ai, que inferno!*

Aproveito que Martina voltou à mesa e engatou uma conversa divertida com George e Patrick sobre uma viagem qualquer e volto minha atenção ao que está acontecendo do outro lado da mesa.

— Lúcia, nem conversamos direito esta noite — digo, numa tentativa de atrair a atenção deles para mim. — Como vão as coisas? Como se chamava mesmo aquele seu namorado que esteve no último jantar? — Vejo o sorriso sedutor dela desaparecer e sua postura murchar um pouco. *Ponto para mim!*

— Ah — diz ela —, não era um namorado, eu não tenho namorado. — Ela olha para Alexandre, que coloca uma garfada de *paella* na boca e saboreia, fingindo não prestar atenção na batalha que acontece à sua volta.

— Achei que era, vocês me pareceram tão íntimos. — *Inimiga abatida com êxito!*

O jantar termina e me sinto um pouco embriagada. Sou muito fraca para o álcool. Algumas pessoas já começam a se despedir, outras permanecem por ali, aproveitando o restante do evento.

Lúcia voltou a dar o ar da sua graça à nossa volta. Alexandre parece ter se interessado um pouco. *Claro, quem não vai se interessar por uma mulher tão maravilhosa quanto Lúcia?*

— Vai perder o "boy" para a concorrência se continuar fazendo papel de desinteressada. — Martina se põe ao meu lado.

— Estou indo embora. Diga a eles que não quis atrapalhar o papo.

— Nem parece que tem trinta anos na cara. Acorda, Audrey, porra! Ele não está nem aí para Lúcia.

— Como não? Ela ficou a noite inteira em cima dele, e ele dando abertura.

— Ele ficou a noite inteira olhando para você. Aposto que se você perguntar qual assunto eles conversaram, Alexandre nem vai saber te responder, porque o cara não estava prestando atenção nela.

— Ele estava quase dentro do decote dela!

— Olha, amiga, acho que o álcool faz você distorcer um pouco a realidade, isso sim! Mas quer saber? Você é tão devagar que se Lúcia perguntar sobre ele, direi a ela que ele se interessou. Até dou o telefone dele para ela também. Aposto que minha sócia vai ser mais certeira do que você.

Ai, que ódio!

Passo por Martina e vou direto para a frente da casa. Procuro meu celular na bolsa para chamar um motorista de aplicativo e deixo meu celular cair no chão.

— Merda!

— Você ia embora sem se despedir de mim?

Meu Deus. É ele!

— Ah, me desculpe, não quis interromper a conversa que você estava tendo com a Lúcia.

— O que está fazendo? — Ele olha para o meu celular e vê o aplicativo aberto.

— Estava chamando um Uber.

— Olha só, eu vim de carro hoje. Posso te dar uma carona.

— Não precisa se incomodar.

— Que isso? Vamos, eu te levo. Estamos indo para o mesmo bairro de qualquer forma. Não teria problema algum para mim.

Dou uma olhada por trás do seu ombro e avisto Lúcia nos encarando lá de dentro.

— Acho que vou aceitar a gentileza. Vamos?

Espero Alexandre virar de costas e aceno com uma de minhas mãos para Lúcia. Sinto que um sorriso um tanto maligno surgiu em meu rosto.

Caminhamos até seu carro, ele abre a porta do passageiro para mim.

— Obrigada! — agradeço, e ele fecha a porta com delicadeza.

Durante o caminho não conversamos muito. Tento me distrair com a cidade passando através da janela, mas meus olhos me traem e buscam por pedaços de Alexandre. Sua mão trocando a marcha; suas pernas movimentando os pedais; seu braço estendido ao volante; seu rosto firme e sério prestando atenção no trânsito, olhando pelos espelhos do carro.

Cara, como ele é bonito!

E se Martina estiver falando a verdade e jogar Lúcia para cima de Alexandre? Imagine, ela fala isso só para me provocar. *Cretina! Martina Cretina, hahaha.*

Caraca, estou meio bêbada ainda.

Alexandre estaciona em frente ao meu prédio.

— Prontinho. — Ele se vira para mim. — A corrida deu míseros R$ 500,00, madame, aceito Pix — diz em tom de piada e até modifica um pouco a voz para entrar em um personagem.

— Obrigada pela carona, Alexandre — respondo e fico parada o encarando por um instante.

Seus olhos encontram os meus e ficamos assim, nos olhando, sem dizer nada.

— Ok, nos falamos, então — diz ele e se ajeita no assento.

— Certo, até logo. — Me inclino para perto dele a fim de me despedir.

Ele retribui o gesto e me dá um abraço breve. Eu o seguro por um tempo mais longo do que o necessário. *Isso ficou esquisito*, penso, mas ele não me solta também. Estamos com os rostos unidos, sinto sua barba por fazer roçar em minha pele. Sua boca quase toca meu rosto.

A voz de minha mãe surge em minha mente: "*somos responsáveis por cinquenta por cento, Audrey, a metade*". Em seguida, a voz de Martina também toma conta dos meus pensamentos: "*Você é tão devagar que se Lúcia perguntar sobre ele, direi que ele se interessou por ela*".

Um ímpeto toma conta de mim e, quando me dou conta, já é tarde. Eu o beijo. Estou com minha boca colada na dele!

Seus lábios são macios. Contraio meus lábios aos dele com tanta vontade que parece que se nos largarmos, tudo ao nosso redor vai desabar.

Alexandre é surpreendido, mas parece gostar. Sinto sua mão passear por dentro de meus cabelos e se firmar em minha nuca. Eu abro um pouco minha boca. Quero sentir o gosto dele. Sua língua explora gentilmente e encontra a minha.

Meu corpo inteiro reage e o deseja. Abro os olhos e me afasto assustada com todas aquelas emoções surgindo e explodindo dentro de mim.

— Me desculpe! Me desculpe! — Levo minha mão à boca. — Não sei o que deu em mim, me desculpe!

Alexandre me olha com tranquilidade, um pouco afoito. Abre um meio sorriso e ajeita a frente do cabelo com uma das mãos.

— Se você não fizesse isso, Audrey, eu faria! Não se desculpe, por favor. — Alexandre passa a mão em meu rosto e prende o olhar em meus lábios.

Ele me quer, sinto isso.

— Preciso ir. Não é seguro ficarmos parados dentro do carro no meio da rua a essa hora.

— Está certo — diz ele e se afasta para verificar os espelhos e checar o entorno.

— Obrigada novamente. Nos vemos na segunda?

— Martina's Café! Combinado.

Abro a porta do carro e faço menção de sair. Ele me puxa de volta e me surpreende com outro beijo delicioso.

— Ah, Audrey, até segunda tem muito tempo pela frente, não consigo esperar pelo próximo beijo. Me desculpe. — Ele sorri malicioso.

Eu rio sem jeito e um pouco atordoada.

— Até segunda, linda — ele quase sussurra.

— Até…

Desço do carro, e Alexandre só parte quando já estou do lado de dentro do prédio, em segurança. Fico parada na portaria até ver seu carro dobrar a esquina e sumir.

Pego meu celular e mando uma mensagem para Martina.

> Olha aqui, sua cretina! Só pra te avisar que não sou tão devagar quanto você pensa.

CAPÍTULO 5

Ouço uma voz de fundo.

Ainda estou de olhos fechados, mas consigo ouvir vozes. São duas pessoas falando, eu acho.

Ai, minha cabeça! Nunca mais vou beber.

— E aí, Bela Adormecida? — diz uma delas.

— Acho que ela está de ressaca, não está acostumada a beber, pobrezinha — diz a outra voz um pouco mais distante.

Faço um esforço tremendo para abrir um dos meus olhos e vejo Martina sentada em minha cama olhando para mim. Logo atrás dela, minha mãe no batente, segurando a porta.

— O que é que tá acontecendo aqui? — pergunto, tentando me sentar na cama.

Pego meu celular para verificar a hora e vejo vinte chamadas não atendidas de Martina.

— Eu que te pergunto, sua safada! — Martina usa seu tom enérgico e perplexo. Geralmente o usa quando está aflita para saber de alguma fofoca urgente. Ela não sabe esperar. — Então quer dizer que você some da festa, vai embora de CARONA. — Meus olhos estão com dificuldade para se ajustar à luminosidade que vem da janela, mas consigo perceber o olhar arregalado que Martina me lança. — Me manda uma mensagem toda afrontosa, não atende minhas ligações… Olha aqui! Pode me contar tudo, tá bom?

Nesse momento, percebo que mamãe ainda está na porta. Pelo visto, também quer ser atualizada dos últimos acontecimentos da noite passada.

— Ai, não! — exclamo, me lembrando imediatamente de que tasquei um beijo em Alexandre. — Não! — digo novamente levando um travesseiro ao rosto. Começo a rir.

— Dá para falar logo, sua palhaça? Eu não tenho o dia todo!

— Eu beijei ele — confesso com a cara enfiada no travesseiro e o que sai é um murmúrio abafado.

— O quê? — Martina pergunta em tom agudo.

— EU BEIJEI O ALEXANDRE! — grito e abafo a cara novamente no travesseiro. — E a culpa é de vocês duas! Ai, meu Deus, ele deve estar com uma péssima impressão minha!

— A culpa é nossa, Laura. Viu como ela é?

Fico em silêncio, e nenhuma das duas diz uma palavra. De repente, Martina explode em uma gargalhada estrondosa. Levo um susto. Mamãe acompanha com uma risada um pouco mais contida. Acho que, na verdade, ela está rindo da risada de Martina, que é realmente hilária. Contudo, estou muito nervosa para achar graça.

— Posso saber qual a razão desse escândalo todo? — pergunto, franzindo o cenho.

— Audrey, amiga, acalme-se — pede Martina.

— Se acalma você! Olha seu estado aí, tá quase caindo da cama! — retruco de imediato.

Martina tenta se recompor, com pouco sucesso, mas ao menos agora não está mais fazendo aquele barulho de porco que ela faz quando sua gargalhada perde o controle.

— Meninas, vou preparar o café da manhã, espero vocês na varanda.

— Amiga, sério, me ajuda! O que eu faço agora? Fui seguir seu conselho idiota e agora estou morrendo de vergonha. Nunca mais vou ter coragem de olhar na cara dele.

Martina enxuga as lágrimas com a ponta de sua blusa e puxa o ar profundamente.

— Audrey, meu amor, tá tudo bem. Não é o fim do mundo. Relaxa. — Ela segura uma de minhas mãos com a sua para me tranquilizar. — Estou começando a desconfiar que esse beijo é o início de um relacionamento sério.

— Como, Martina? Eu arruinei tudo!

— Você o beijou contra a vontade dele?

— Não…

— Ele tentou se desvencilhar de você?

Fecho os olhos e me lembro dos seus lábios nos meus. Seu cheiro, o toque suave de sua barba em meu rosto e estremeço.

— Não, ele ficou.

Martina me olha com tanta ternura que coro de leve.

— Você tomou a iniciativa, só isso. Você expôs o seu desejo de estar com ele. E não tem nada de errado nisso.

Pego meu celular para verificar as notificações, mas desisto por receio de ela tomá-lo de minhas mãos e fazer uma bobagem, como já fez anteriormente.

— Ele gosta de você. E eu notei isso desde a primeira vez que vocês se viram. Não sei, tive essa impressão, e você sabe que quase nunca me engano, certo?

Eu me lembro quando mamãe conheceu Charles. Estavam começando a sair e só de ouvir mamãe falar sobre ele, Martina teve certeza de que ficariam juntos. Minha amiga raramente se engana.

Ela se levanta e faz menção de sair do quarto.

— Vamos, levante-se. O dia está muito bonito para ficar se lamuriando enfiada nessa cama.

Assim que ela sai, jogo meu corpo para trás, me afundando nas almofadas. Fecho os olhos e me permito reviver as cenas ainda frescas em minha memória da noite anterior.

***

Já é tarde da noite e acabei de terminar o projeto do apartamento de dona Elza, a cliente de oitenta anos. Importei os arquivos para a pasta do *OneDrive* que compartilho com o pessoal do escritório. A tecnologia é uma coisa maravilhosa.

Martina e mamãe saíram juntas após o café da manhã. Usei a desculpa da ressaca para não precisar acompanhá-las e pude ficar sozinha fazendo minhas coisas.

Nenhum sinal de Alexandre o dia todo. Martina havia me dito antes de saírem: *"não dê uma de difícil. Se ele não mandar mensagem, mande você".*

Eu não gosto de fazer joguinhos. Nunca gostei disso, mas confesso que estou me sentindo diferente com relação a ele. Talvez por ser a primeira vez que realmente me importo com alguém de verdade? Pode ser. Alexandre me desperta algo diferente, e isso me apavora um pouco.

Pego meu celular e começo a escrever uma mensagem para ele. Apago. Escrevo novamente. Apago. Eu não sei o que escrever. **"Como passou o dia?"** *Não, muito casual.* **"Oi, sumido!"** *Não, já usei essa ontem.* **"Saudades..."** *Tá maluca, Audrey??*

Largo o celular na mesa e desisto. *Amanhã o verei de qualquer forma, não preciso ficar com essa aflição toda.*

Decido tomar um banho e dormir.

CAPÍTULO 6

A parte da manhã passou voando.

Tive uma reunião bem cedo no escritório com os outros arquitetos, para repassar todo o cronograma da semana: definir orçamentos, agendamento de reuniões com clientes e fornecedores, entre outras coisas.

O primeiro compromisso dessa semana foi com dona Elza e sua neta Carol, para a apresentação do projeto final de seu enorme apartamento. Correu tudo bem. Ela ficou impressionada com todas as soluções que apresentamos.

É comum, e até esperado, que os clientes solicitem algumas alterações no projeto antes de aprovarem o início das reformas, mas dona Elza foi uma exceção.

— Vovó, é assim que vai ficar depois de pronto? Uau, que incrível! — Carol folheia as páginas enquanto termino de tratar os últimos detalhes com sua avó.

Dona Elza aprova o projeto e assina o contrato para começarmos a execução de obras e, assim que a reunião termina, as acompanho até a recepção e me despeço delas.

Ainda são onze e meia. Estou sentada em minha mesa e não há mais nada para fazer o resto do dia. Decido enviar uma mensagem para ele.

> O que será que Martina aprontará de bom essa tarde?

Envio e encaro por alguns instantes, aguardando o sinal de recebimento da mensagem. Um risquinho só. *O celular dele deve estar fora de área*, penso. Guardo o celular na bolsa. Tamborilo os dedos sobre a mesa. Um claro sinal de que estou tentando decidir o que fazer até dar o horário para ir ao Café.

Ouço o celular apitar na bolsa, indicando que chegou uma mensagem. Meu coração quase salta pela boca esperando ser Alexandre, mas é Patrick, o rapaz que conheci no jantar de sábado na casa da Martina.

Sinto uma decepção enorme. Patrick fala qualquer coisa sobre um novo projeto gigantesco que a construtora deles está começando a desenvolver. Eu respondo mostrando interesse. Vejo que a mensagem que mandei para Alexandre continua com um risquinho só.

Patrick e eu trocamos mais algumas mensagens e finalizamos a conversa rapidamente. Dou uma última olhada na mensagem para Alexandre. *Nada!*

Hoje, o Café está com um movimento fora do comum. Quase todas as mesas estão ocupadas.

— Amigaaa!!! — Ouço Martina gritar para mim quando me vê.

— Você lançou alguma promoção maluca e o bairro todo veio aproveitar? O que é esse movimento todo aqui uma hora dessas? — pergunto brincando, mas fico muito feliz em ver a casa cheia.

— A coisa das segundas-feiras está dando certo! Eles estão todos aqui aguardando a Surpresinha do Dia. — Martina está genuinamente maravilhada com aquilo.

E eu também.

— Vou me sentar ali — Aponto para uma mesa vazia — antes que não reste mais nenhum lugar para mim.

— Isso, já, já me junto a você. — Ela se afasta apressada e some para a cozinha.

Eu me acomodo, e Jaque aparece com um bloquinho e uma caneta para anotar meu pedido.

Peço meu café expresso habitual, uma água com gás e a "Surpresinha do Dia"; *Gostei desse nome, vou chamar assim de agora em diante.*

Cada vez que ouço a porta da entrada do Café se abrir, ergo minha cabeça na expectativa de ser Alexandre. Percebo que estou verificando as mensagens a cada dois minutos, mas nada ainda. Martina vem até minha mesa e se senta comigo.

— Cadê o homem? — ela me pergunta olhando em volta.

— Deve aparecer a qualquer momento, acho eu. Combinamos de nos encontrar aqui. — Dou mais uma olhada no celular.

— Você parece bem ansiosa, dá para ver na sua cara.

— Mandei uma mensagem para ele hoje de manhã e até agora não acusou nem o recebimento dela. Parece estar fora de área desde cedo.

Mostro meu celular para ela, que se recosta de volta na cadeira.

— Não deve ser nada. Daqui a pouco ele aparece por aí.

— Sim, eu sei. — Olho outra vez lá para fora e nada.

Jaqueline se aproxima e me serve um pratinho com um salgado. Parece uma coxinha.

— Prove! — Martina incentiva com um sorriso orgulhoso no rosto.

Hummmmm!!! Meu Deus, que delícia!

— O que é isso? — pergunto com a boca ainda meio cheia.

— Salgado de casca de banana.

— Banana? Onde? — Olho para o salgado intrigada, examinando-o. — Mas tem gosto de carne isso daqui.

— Essa *"carne"* é casca de banana — ela sorri se divertindo.

Olho ao redor e nas outras mesas quase todos estão provando o quitute. Aquilo me encheu o coração de alegria.

— Martina, estou tão feliz pelo seu sucesso! Olhe em volta, amiga, todos parecem adorar. Você está servindo *lixo* pra eles e eles estão adorando. — Martina ri com a minha colocação. — Brincadeira, está fabuloso! Parabéns! — Coloco o resto do salgado na boca e me delicio.

— Se as pessoas soubessem que as propriedades dos alimentos que elas ingerem estão concentradas nas cascas que jogam no lixo, nunca mais fariam isso.

Martina volta para o balcão e se divide entre atender os clientes e preparar as coisas na cozinha, enquanto eu permaneço sentada. Minha bunda já está levemente adormecida. Olho no relógio e constato que são quase sete da noite.

Me levanto, pego minhas coisas e vou até o caixa. Pago pelo que consumi e decido ir embora.

— Tchau, amiga! — grito para Martina, que está dentro da cozinha.

Ela olha para mim através da janelinha e acena alegre, balançando freneticamente as mãos.

Atravesso a rua e já estou em frente ao meu prédio quando olho de novo para trás. Vejo um homem andando apressado pela calçada. Ele entra no Café e olha em volta, claramente procurando algo.

É ele! Alexandre fala alguma coisa com Martina no balcão e a vejo apontar em minha direção. Ele olha pra cá e me vê parada. Vejo-o se despedir dela e vir para fora.

O homem atravessa a rua e vem ao meu encontro. Ficamos paralisados de frente um para o outro nos encarando. Se eu tivesse problema cardíaco, este seria o momento em que cairia dura no chão.

— Oi — ele diz.

Não consigo responder.

Audrey, pelo amor de Deus, não desmaia agora!

— Casca de banana — digo.

— Quê?

— A Surpresinha do Dia no Café era de casca de banana.

Alexandre abre um largo sorriso e começa a rir com uma das mãos na barriga. Acho graça.

Ele para, me encara e me envolve em seus braços. Toda aquela ansiedade que carreguei desde a hora que acordei ontem desaparece. Seu abraço me acalenta.

Alexandre se afasta para me olhar nos olhos.

— Martina anda servindo lixo para os clientes?

— Foi o que eu disse a ela!

— Devemos denunciá-la?

— Acho que é o nosso dever como cidadãos, não acha?

Ele me abraça novamente e rimos. Como é fácil estar com ele. Conheço ele há tão pouco tempo, mas sinto que seria errado não o ter por perto.

— Quebrou. — Alexandre mostra o celular na mão, e vejo a tela toda estraçalhada. — Longa história.

Alexandre explica resumidamente seu dia. Esteve no interior de São Paulo para buscar umas peças de bicicleta em uma loja especializada. Ele pretende montar uma do zero com um conhecido dele aqui de São Paulo. Em algum momento, o celular caiu de seu bolso e ele só se deu conta quando, por um acidente, pisou em cima.

— Que trágico fim.

— Pois é. Mas já era hora de comprar um novo.

Eu o encaro e meus olhos se fixam em seus lábios. Nesse momento, um pensamento me surge: *"Martina nunca erra…"*

E nos beijamos, finalmente.

CAPÍTULO 7

Já ouvi muitas histórias sobre paixão.

Entretanto, sempre me pareceram muito Hollywoodianas, coisa de filme. Já assisti a vários romances desses de se debulhar em lágrimas; inclusive, é meu gênero preferido. Nunca acreditei que aquilo tudo que era retratado com tanta intensidade pudesse ser sentido fora das telinhas.

Já vi, por exemplo, Martina viver grandes amores, mas minha amiga coloca intensidade em tudo, então seus relacionamentos não poderiam ser diferentes. Ela já encontrou o amor da vida dela nem sei quantas vezes.

Eu mesma já me envolvi com alguns caras ao longo da minha vida, mas nunca, nunquinha, senti alguma explosão no estômago ao pensar em algum deles, nem perdi a concentração por estar distraída pensando em algum cara. Nada.

Na verdade, todos os meus relacionamentos passados foram bem rasos. Amizades coloridas, nada além disso. Em algum momento, eu acabei me entediando, e o que quer que tivéssemos, encerrava-se.

Desde que Alexandre surgiu em minha vida – há pouquíssimas semanas, diga-se de passagem –, um turbilhão de sentimentos começou a emergir dentro de mim. As tais explosões, a quentura no peito, a falta de ar, a distração.

O que eu mais odeio dentre eles e não consigo controlar – *estou tentando trabalhar nisso, eu juro!* – é meu olhar bobo e perdido quando me pego lembrando de algum momento nosso. Cara, isso tem sido um martírio, pois fui flagrada no escritório e sempre tento disfarçar tossindo. *Sério, que ridículo!*

Já entendi que isso pode ser uma paixão nascendo. Relutei um pouco para admitir pelo pouquíssimo tempo que nos conhecemos, mas não tem mais como negar. Estou um pouco apaixonada, sim.

Ou então, devo estar com sintomas de alguma doença muito grave, pois sinto calafrios repentinos, arrepios, uma sensação de queimação que corre pelo meu corpo a cada vez que ele me vem à mente.

Outro dia mesmo me levantei de madrugada para ir ao banheiro e, quando me dei conta, estava no meio da sala tentando me lembrar o que raios eu buscaria. *Ah, não, eu ia fazer xixi*, me lembrei. Está nesse nível a minha situação!

Acontecem essas coisas meio ridículas quando estamos apaixonados.

Eu me lembro que no tempo da faculdade uma garota que estudava em minha sala me disse uma frase da qual nunca me esqueci, pois achei muito engraçada: "a paixão faz a gente parecer um pouco ridículo". Hoje entendo perfeitamente o que ela quis dizer. Sou uma total ridícula agora.

Apesar dos meus contratempos *paixoníticos*, cumpri todos os compromissos da semana. Não encontrei Alexandre durante esses dias, pois ele também esteve ocupado procurando apartamento e conciliando isso com seu novo trabalho, mas combinamos de nos ver no final de semana.

Hoje, sábado, fomos ao cinema. Bem programinha de casal, eu sei. Agora, é isso que nós somos. Um casal.

O filme que assistimos? Algum da Julia Roberts, única coisa de que consigo me lembrar. Alexandre escolheu os acentos do fundo do cinema, pois seu propósito era outro.

Não estou reclamando de nada, pelo contrário, passei a semana inteira ansiando pela sua boca deliciosa e seus braços fortes. Não sei nem qual filme assistimos, mas acabou de se tornar o meu favorito.

— Passo aqui amanhã às 9h, então esteja pronta. — Alexandre me deixa em casa após nosso encontro.

Nós nos despedimos com um beijo daqueles que me ferve inteira. *Como é possível sentir essas coisas?*

Combinamos de andar de bicicleta amanhã de manhã. Aos domingos, trechos de vias da cidade são separados por cones para uso exclusivo de ciclistas. São chamadas de ciclofaixas. Essas vias passam por vários bairros e parques em um circuito. Virou uma atração cultural por aqui. É bem agradável e sempre tive vontade de fazer um passeio desses.

Sabe aquelas coisas que deixamos para fazer algum dia e nunca fazemos? Pois bem, essa era uma das que estava em minha lista.

Acordo bem cedo no dia seguinte, sinto cheiro de café fresquinho. Mamãe já está acordada também. Me junto a ela na mesinha da varanda.

— Esse rapaz parece te fazer bem, querida.

— Acho que sim.

Mamãe me encara segurando sua xícara de café.

— Traga ele aqui na semana que vem.

— Talvez, vamos ver.

Alexandre chega pontualmente às 9h na portaria do meu prédio, e sou surpreendida com uma cena bem inusitada. Acoplado à parte de trás de sua bicicleta, há um tipo de compartimento de carga, meio que um bagageiro, com Zeca sentado nela. Acho graça da situação, pois além disso, Zequinha tem seu próprio capacete azul.

— Ele insistiu em vir junto — diz Alexandre, fazendo carinho no cachorro.

— Oi, Zequinha!

Eu me abaixo para ficar na mesma altura do cão e o aperto em um abraço. Ele retribui meu carinho com lambidas em meu rosto. Me levanto e cumprimento Alexandre com um beijo.

Sabendo que minha bicicleta é bem antiga e não recebe manutenção há anos, Alexandre decide encurtar o roteiro do passeio a fim de não nos afastarmos muito.

Pedalamos lado a lado conversando. Passam por nós casais e famílias com crianças pequenas em suas bicicletinhas. Algumas pessoas nos param para tirar foto com Zeca; ele está uma gracinha, eu mesma tirei algumas fotos com ele também.

Ao final do passeio, paramos para comer em um restaurante bem próximo a um dos parques do circuito, estilo praiano, com mesinhas ao ar livre.

— Adoro esse restaurante — ele me diz. — Você precisa provar o salmão com molho de maracujá, é fabuloso!

Aceito sua sugestão. É realmente divino.

Passamos a tarde toda ali sentados, conversando e observando as pessoas indo e vindo.

— Conseguiu achar um apartamento?

— Ainda não, mas visitei dois essa semana que gostei muito!

— Que bom, espero que dê certo.

Alexandre conta sobre seu novo trabalho. Algo de mercado financeiro. Ele se formou em economia e fez pós em Gestão de Negócios.

Gosto dessa energia que ele emana quando se empolga com algo que gosta. Ele tem uma certa intensidade, mas na medida. Me sinto inspirada quando estou com Alexandre. Uma sensação de energias recarregadas.

Ainda não sei explicar como me sinto em relação a ele. É tudo muito novo para mim. Parece que estou vivendo um daqueles romances clichês dos livros que mamãe adora ler.

Vejo uma notificação de mensagem em meu celular. É Patrick:

Audrey, boa tarde.
Gostaria de saber se
poderíamos marcar
um almoço essa semana.

— Estranho — digo, lendo a mensagem

— O que houve?

— Nada de mais, eu acho. É um potencial cliente do escritório. — Ele me encara, esperando que eu termine a explicação. — Lembra do jantar da Martina? Ele estava em nossa mesa.

— Ah! — Alexandre pega o copo de suco da mesa e o leva à boca, olhando para frente, desviando o olhar de mim.

— Ele está com um projeto enorme na construtora, estamos alinhando algumas coisas junto ao escritório em que trabalho e ele quer marcar uma reunião, só isso.

— Seus clientes costumam te mandar mensagem de final de semana? — Ele não consegue disfarçar muito bem seu desconforto com a situação.

— Na verdade, não — respondo, procurando por suas reações.

— Certo.

Repasso a noite do jantar em minhas lembranças e percebo que foquei tanto em Lúcia sendo um perigo iminente para mim que deixei escapar um detalhe importante. No mesmo momento, me recordo de Martina me dizendo: *"Ele ficou a noite inteira olhando pra você, não estava nem aí para Lúcia"*.

É claro, como fui tola! Ai, meu Deus, Patrick estava do meu lado e conversamos bastante também, talvez isso tenha incomodado Alexandre da mesma maneira que Lúcia me incomodou.

Preciso falar com Martina! Ligarei para ela assim que chegar em casa. *Droga!*

Alexandre veio calado no caminho de volta. Chegamos em meu prédio e ele me acompanhou na garagem. Disse ele que seria para me ajudar a "guardar minha bicicleta". Ele a ergue e coloca em um gancho que estava livre no bicicletário. Eu poderia ter feito isso sozinha, até porque tirei ela daí hoje de manhã.

— Pronto.

— Obrigada, mas não precisava… — Não consigo terminar a frase e sou interrompida com um beijo inesperado e intenso. Entendi agora o motivo de sua "gentileza".

Alexandre me prende pela cintura e me envolve com tanta vontade que posso sentir ondas elétricas percorrerem meu corpo e se concentrarem como um choque em minha virilha.

O bicicletário fica em uma parte escondida nos fundos da garagem, e a essa hora ninguém costuma aparecer. Na verdade, os moradores abandonaram suas bicicletas por aqui. A maioria, como a minha própria, estão cheias de pó.

Interrompo o beijo por um segundo para me certificar de que não há ninguém por perto e encaro Zeca, que está esparramado no chão ao lado do compartimento de carga da bicicleta de Alexandre, totalmente alheio a nós.

— O que foi? — Alexandre sussurra ao meu ouvido sem a menor intenção de me deixar ir aonde quer que ele ache que eu queira. E *eu não quero!*

— Nada — respondo, com meus lábios em sua boca.

Suas mãos estão cravadas em mim, e eu o quero mais do que nunca! Meu desejo é nítido. Ele percebe e parece gostar.

Estou louca para transar com ele. Só tenho pensado nisso ultimamente.

Uma de suas mãos está em minha nuca, segurando firme, enquanto sua língua explora minha boca, e sua outra mão desce devagar pela minha coluna até encontrar minha bunda. Ele a aperta e firma seu membro totalmente rígido contra mim. Alexandre suspira e eu gemo de leve.

— Cara, estou louco aqui. Quero arrancar sua roupa inteira.

Alexandre me vira de costas para ele e me prensa contra a parede, puxa meu cabelo com certa força e lambe meu pescoço, depois me beija nos lábios. Sinto sua excitação e empino de leve minha bunda para provocá-lo ainda mais.

Tenho a mesma vontade de despi-lo, todavia, ouço o barulho dos motores do elevador em movimento. Alguém pode aparecer e, mesmo que não nos veja, receio que Zeca possa latir e nos denunciar.

Eu me desvencilho dele, arfando um pouco. Não consigo não notar o volume em sua bermuda, e isso me tira totalmente a concentração e aumenta ainda mais minha ansiedade, mas desvio o olhar.

— É melhor vocês irem.

— Eu vou arrumar um apartamento ainda essa semana, Audrey. Não estou aguentando mais. Você é muito gostosa e me tira do sério. — Ele me puxa pela cintura novamente para me mostrar o quanto ele está falando sério. Eu sinto, está rígido de desejo.

— Pelo amor de Deus, arrume esse apartamento logo — peço enquanto o beijo.

Alexandre consegue fazer uma bagunça comigo. Um misto enorme de sensações. É uma loucura, mas esse desejo aflorado entre nós está cada vez mais difícil de controlar. As últimas vezes que nos encontramos dava para sentir as faíscas emanando de nossos corpos.

Ligo o chuveiro e tomo um banho bem demorado para acalmar meus hormônios. Funciona um pouco, *é só não pensar mais nele.*

Me troco e ligo para Martina.

— Alô? — Martina atende ao primeiro toque.

— Amiga, me ajuda!

— O que houve?

— Preciso te perguntar uma coisa sobre o último jantar. Sobre Patrick, especificamente.

— Aham!

— Nós trocamos telefones, profissionalmente.

— Certo.

Conto para ela o desconforto que assolou Alexandre. A mensagem que recebi do Patrick e como ele reagiu.

— Devo concordar com seu namorado. Quantos clientes já te ligaram num domingo?

— Nunca aconteceu, mas não importa. O que quero saber é sobre o jantar. Você notou alguma coisa naquela noite que pudesse levantar alguma suspeita?

— Sinceramente? Sim. Me pareceu que Patrick estava mais interessado em você do que em seu trabalho. Olha só, podia ser um flerte de leve.

— Eu não flertei com ele.

— Estou me referindo a Patrick.

— Ah! — Realmente não me recordo de flerte algum! Só me lembro de conversarmos sobre trabalho.

— E Patrick não te viu indo embora acompanhada. Então, não tem como ele saber que você não estava disponível. Portanto, amiga, resolva isso. — Ela tem razão. — E outra, se eu percebi, Alexandre certamente percebeu.

— Não tem nada para resolver. É só um almoço de negócios. Só isso. Alexandre não pode se incomodar com isso. É o meu trabalho, são os meus clientes.

— Bom, você que sabe.

Desligo e me sinto um pouco irritada com a atitude de Alexandre, pois me dou conta de que aquela pegação deliciosa na garagem era pura marcação de território.

Era só o que me faltava!

> Olá, Patrick, tudo bem? Sim, podemos marcar o almoço. Até mais.

Envio a mensagem. No mesmo instante percebo que respondi às 23h30 da noite aceitando um almoço com um possível pretendente.

Porra, Audrey!

CAPÍTULO 8

Se tem uma coisa que eu amo no meu trabalho mais do que o processo criativo para elaborar os projetos, é vê-los começarem a ganhar forma fora do papel.

Hoje pela manhã, bem cedo, chegou a primeira leva de materiais no apartamento de dona Elza. A equipe de empreiteiros já começou a demolição de paredes e remoção de azulejos e pisos da cozinha e dos banheiros de todo o apartamento.

A cliente decidiu viajar por dois meses pela Europa e só retornará quando finalizarmos tudo por aqui. A pior coisa que existe para nós é realizar obras com clientes morando no local. É muito incômodo para eles, pois reforma é sempre um caos!

O apartamento de dona Elza está um caos, mas organizado. Nós costumamos trabalhar sempre com as mesmas equipes de colaboradores. Quem trabalha na área sabe que não há nada melhor do que uma boa sintonia com a equipe que vai realizar a reforma durante todo esse processo.

As caçambas de entulho já levaram boa parte do quebra-quebra, e agora temos uma visão mais ampla do espaço.

Fernanda é uma das arquitetas e sócias do escritório e é a responsável por toda essa parte de cronograma de obra. É ela quem lida com as equipes de empreiteiros e as coordena. Passou cedo aqui no apartamento para dar algumas orientações ao pessoal e logo foi embora para atender um outro cliente.

Comecei no escritório como estagiária enquanto ainda estava no segundo ano da faculdade e, pouco antes de me formar, fui efetivada. Fernanda me promoveu após dois anos para coordenadora de projetos e hoje sou a responsável por todos os que entram para o escritório.

Minha equipe é formada por três designers de interiores e mais quatro estagiários, todos projetistas.

Fernanda e os outros dois sócios planejam ampliar os negócios, incorporar novas áreas e aumentar o número de colaboradores. Nosso escritório está sediado no bairro de Moema em uma casa de 150m², porém, estamos em vias de mudar a sede para a Avenida Brigadeiro Faria Lima, em um daqueles prédios modernos de fachada espelhada que acabou de ser construído.

A ideia é ocupar um andar inteiro. Confesso que estou bem entusiasmada, pois nossa estrutura vai dobrar de tamanho.

Alexandre me mandou uma mensagem hoje cedo, mas não cheguei a respondê-lo. Ainda me sinto um pouco esquisita sobre seu comportamento e, principalmente, sobre o que aconteceu no bicicletário. Logo após aquela mensagem que Patrick me enviou, ele ficou amuado. Percebi que tentou disfarçar, mas seu ciúme era um pouco evidente demais.

Acredito que até o Zeca percebeu.

Martina acha que estou errada. Para mim, todos eles estão errados. Patrick abrirá portas importantes quando nosso escritório estiver em expansão.

Um pouco antes de Fernanda sair, ela me parabenizou pelo meu desempenho, pois Patrick não é o primeiro cliente que consigo captar para trabalhar conosco. O fato de sua família ser dona de uma construtora renomada abrirá portas importantes para nós.

Tirei o resto da tarde de folga e vim direto para o Martina's Café. Falta pouco para 15h, então o movimento está tranquilo por aqui. Eu me sento na mesinha de sempre, aquela que dá de frente para a rua. Pego meu celular e escrevo para Alexandre. Ele havia me mandado um "bom dia."

> Olá! Desculpe, dia corrido por aqui 😓 ✓✓

Deixo o telefone sobre a mesa e me distraio olhando o movimento dos carros passando na rua.

Martina se aproxima e senta.

— Preciso te contar a última coisa que me aconteceu no sábado — diz ela juntando-se a mim.

Estive tão imersa em meus próprios dramas nos últimos dias que me esqueci completamente que Martina havia me contado que sairia no final de semana com um sujeito que conhecera em um aplicativo de paquera.

— Nossa, amiga! E aí? Me conta. Você chegou a sair com o carinha lá? Qual era mesmo o nome dele?

— Davi — ela responde, e já percebo pelo tom que usa que lá vem uma de suas histórias.

Fico quieta e a encaro, aguardando ansiosamente pelo que está por vir.

— Você sabe, conversei com ele a semana inteira. Parecia ser um cara legal e o jantar foi bem agradável. Tudo estava razoável e interessante… até que pedimos a conta.

Já sinto um sorriso brotar em meu rosto e minha ansiedade me faz querer rir antes da hora.

— Olha só, não sou o tipo de mulher que exige que os homens paguem a conta. Sempre me proponho a dividir por educação, apesar de que acho muito elegante e educado da parte deles pagar tudo no primeiro encontro, mas amiga… — Ela arregala os olhos — nunca passei por uma dessas na vida.

— Conta logo, pelo amor de Deus! — Já estou rindo, não consigo me controlar. Martina tem um humor ímpar.

— Quando a conta chegou à mesa, Davi pediu ao garçom um papel e uma caneta. Repassou todos os itens que consumimos. Me entregou um papel e disse: "Toma, isso aqui é a sua parte."

A cara de perplexidade de Martina é impagável. Já me encontro em meio a lágrimas, rindo, só de imaginar a cena.

— E não acabou por aí, não!

— Tem mais?

— Amiga, ele deixou toda a gorjeta para eu pagar. Queria pagar a parte dele sem a gorjeta.

— E aí?

— Você ainda pergunta? — Martina é muito teatral. Nessa hora, ela se levanta da mesa a fim de reproduzir a cena para mim. — E aí que eu peguei a porra da conta da mão do garçom e falei para o pobre do homem: *"Você pode, por gentileza, passar tudo no meu cartão, tá bom?"* Paguei tudo! Saí dali e fui ao banheiro.

— Meu Deus! Ele ficou sem graça?

— Ficou nada! Quando voltei, estava lá com um sorriso no rosto e ainda teve a cara de pau de me perguntar para onde iríamos depois. — Martina semicerra os olhos. — Sabe o que eu respondi para ele?

Estou paralisada aguardando o *gran finale* dessa história.

— Olhei bem nos olhos dele e disse: "Vou para a minha casa, mas você pode ficar à vontade pra ir para a puta que te pariu se quiser." Virei as costas e saí sem nem olhar para trás. — Ela se senta novamente.

O pior de tudo é que tenho certeza de que Martina fez exatamente isso. Consigo, inclusive, imaginar que ela saiu rebolando e de nariz em pé. Não consigo me aguentar. Rio intensamente. Me recomponho e ela continua sua saga.

— Já deletei o contato do miserável e bloqueei o ser. Sabe, Audrey, atitudes dizem mais do que palavras.

— Sei disso...

— Sabe mesmo? Olha, amiga, não é sempre que damos a sorte de encontrar pessoas dispostas a algo bacana como Alexandre quer com você. Então, não dê bobeira. Não haja como uma babaca com ele, é sério. — Seu tom ríspido soa mais como uma mãe do que como amiga.

— Martina, tem muita coisa em jogo aqui. Não posso admitir Alexandre tendo acessos de ciúme por conta do meu trabalho. Amanhã almoçarei com Patrick e Fernanda vai comigo, então não tem problema algum.

— De qualquer forma seria bom vocês conversarem sobre isso. Diga a ele tudo isso que você acabou de me dizer. Se vocês pretendem levar esse relacionamento adiante, não deixe pontas soltas. O diálogo é a chave para uma relação saudável.

Você tá no Café?

Mostro para Martina a mensagem que Alexandre acabou de me enviar.

— Ele me parece muito disposto. — Ela arqueia uma das sobrancelhas. — Com licença, vou dar uma olhada nas coisas da cozinha. Fique à vontade, amiga. — Ela se levanta e sai.

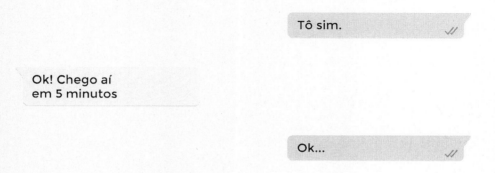

Alexandre entra no Martina's Café em exatos cinco minutos. Seus olhos me procuram e me encontram rapidamente. Ele abre um sorriso e vem ao meu encontro.

— Posso? — diz, segurando com uma de suas mãos a cadeira vaga à minha frente.

— Claro!

Estamos sentados um encarando o outro. Ficamos assim por um breve instante.

"*Será que é impressão minha ou Alexandre consegue ficar mais bonito cada vez que o encontro?*"

Tento desviar esse pensamento para me concentrar no que ele está dizendo, mas perdi o comecinho da conversa, pois me lembro da sensação de nossos corpos quase entrando em combustão ontem à noite.

— ... e aí vim direto para cá.

— Ah, que bom — concordo com o que quer que ele tenha dito. Tenho certeza de que ele estava só me dando uma satisfação de alguma coisa. *Droga!* — Olha, Alexandre, queria resolver uma coisa com você que ficou um pouco entalada ontem e isso já vai servir para você me conhecer um pouco melhor também — digo logo para tirar isso da minha frente.

Ele se inclina sobre a mesa para prestar atenção no que estou prestes a lhe dizer, mas, antes mesmo que eu comece, Alexandre muda de ideia e se adianta.

— Audrey, se me permite, gostaria de falar primeiro, tudo bem?

— Certo, ok. — Engulo o discurso que estava na ponta da língua. Me recosto na a cadeira e deixo que ele fale.

— Olha só, tenho me divertido muito com você. Sua companhia é ótima e… nossa! Você é muito linda. — Ele me encara intensamente e percebo um leve arrepio surgir atrás de minha nuca. — Eu estava levando tudo numa boa e não sabia que estava tão envolvido por você, até ontem à tarde. — Ele se inclina sobre a mesa para se aproximar e sussurra, olhando fixamente para meus lábios: — Na verdade, ontem percebi que estou ficando louco por você — finaliza, semicerrando os olhos e voltando a sua posição na cadeira.

Continuo a encará-lo. Há uma tensão sexual entre nós, é evidente demais.

— Audrey, quero te pedir desculpas por ontem. Eu mesmo fui pego de surpresa com minha reação. Não quero ser o responsável por trazer desentendimentos ao que quer que estejamos construindo aqui.

Eu me mantenho calada, absorvendo todas as palavras que ele diz. Não estava preparada para isso. Alexandre me surpreende um pouco com sua atitude tão madura. Não sei se ele é sempre assim ou se estou acostumada com os homens errados. Pode ser um pouco dos dois.

— Era isso, agora é sua vez — conclui.

Alexandre parece um pouco tenso. Era para estar mesmo, pois eu tinha um sermão pesado para passar aqui. De qualquer forma, alguma coisa precisa ser dita.

— Obrigada — respondo por fim. — Acho bom estabelecermos algumas coisas importantes, já que, como você mesmo disse, estamos construindo algo aqui.

Aproveito para atualizá-lo sobre as novas possibilidades de crescimento em minha carreira e a importância de todas as relações que construo no ambiente de trabalho.

Prestando muita atenção em tudo que digo, ele se mostra genuinamente interessado.

Sinto a tensão cessar. O que era para ser um sermão, acabou se transformando em uma conversa bem fluida.

Depois de atualizá-lo sobre mim, Alexandre me conta a respeito de seu novo trabalho, sobre sua busca pelo apartamento e de uma assessoria de ciclismo que dá treinos na USP que está interessado em conhecer.

— Falei por WhatsApp com um dos responsáveis e marcamos um treino experimental esta semana. Eles se encontram às 5h da madrugada.

— Uau, que cedo! — respondi.

— Sim, bem cedo, mas achei ótimo. Posso treinar antes de ir para o trabalho.

Martina se aproxima com dois pratinhos contendo uma coisa bem alaranjada.

— Pudim de abóbora com calda à base de leite de coco.

Ela sempre faz a mesma cara quando estamos prestes a experimentar seus pratos das segundas-feiras: um olhar infantil, cheio de ansiedade, esperando a aprovação dos adultos. Chega a ser bem fofo.

— Martina do céu! O que é isso? — Alexandre diz com a boca cheia do doce. — Que coisa mais deliciosa.

— Você gostou? — Ela junta suas mãos, entrelaçando os dedos. Dá para perceber um brilho em seu olhar. — Confesso que estava morrendo de medo dessa receita não dar certo. Errei três vezes o glacê de leite de coco.

— Amiga, ficou sensacional! Parabéns!

Estou prestes a colocar a última garfada do pudim alaranjado na boca quando fixo meus olhos na porta do Café. Lúcia está entrando: linda, loira e *rebolante*. Alexandre me encara sem entender porque estou paralisada e se vira de costas para ver o que me prende tanto a atenção. Ele percebe imediatamente meu olhar fuzilante àquela beldade e parece se divertir. Volta seu olhar para mim.

— Não vai comer esse último pedaço? — pergunta ele, sorrindo.
— Vai cair do garfo.

Lúcia caminha diretamente ao balcão para falar com Martina. Volto a atenção para Alexandre. Ele olha para meu garfo. Eu olho para meu garfo. Está vazio. Deixei cair o pudim na mesa. *Sério, Audrey?*

Tento disfarçar, mas é notável que estou fracassando. Vejo Lúcia abraçando Martina e se despedindo. Ela me encara enquanto Lúcia dá meia volta e sai do Café sem ao menos notar que estávamos ali. Martina pega seu celular no balcão, digita alguma coisa nele e olha para mim. Coloca o celular de volta sobre o balcão e retorna para a cozinha.

Meu celular apita.

Você é patética!
Hahahaha.

Alexandre chega com sua cadeira para o meu lado da mesa e me envolve com um de seus braços; ele parece bem satisfeito com o que acabou de presenciar. Beija o topo da minha cabeça e eu me encosto em seu peito aceitando o carinho. Nós nos olhamos e ele me dá um beijo delicado na boca. Acho que o assunto está encerrado, tanto para Patrick quanto para Lúcia. *Será?*

CAPÍTULO 9

Não me lembro de Patrick ser tão atraente.

Na verdade, não havia encontrado com ele pessoalmente depois daquele jantar. Fiz a ponte entre a construtora de sua família e os arquitetos do escritório e dali em diante, foi por conta deles. Mas cá estou eu, já que foi solicitada minha presença por ele neste almoço.

Fernanda conduz toda a conversa durante a reunião. Todos os assuntos são esclarecidos. Permaneço mais como ouvinte.

Sempre trazemos nossos clientes para o mesmo restaurante, que fica bem próximo ao escritório. Aqui só tem comida natural, pratos leves e saborosos.

Assim que terminamos, Fernanda se despede e vai embora. Se eu soubesse que ela já estava de saída, não teria pedido a sobremesa, mas raramente saio daqui sem o pudim da casa. É incrível.

Um silêncio um tanto constrangedor se instaura assim que Fernanda se vai. Patrick recebe uma ligação e atende. Eu agradeço ao universo pela interferência divina.

Devoro meu pudim enquanto ele fala ao telefone. Aproveito para checar meu próprio celular e vejo uma mensagem de Martina pedindo para que eu vá ao Café assim que possível. *Caramba, parece que aconteceu alguma coisa.*

— Desculpe, era minha assistente. — Ele guarda o telefone na parte de dentro de seu blazer e me encara.

— Ah, tudo bem. — Desvio meus olhos dos dele. — Experimente! — Aponto para o pudim intocado em seu prato.

— Sabe, Audrey — Ele engole um pedaço do pudim de uma vez e continua a falar —, receio que posso ter me expressado mal quanto a este almoço.

Apoio o garfo sobre o pratinho, pois já acabei de comer.

— Patrick, me desculpe, não entendi.

— Gostaria de remarcar. Quem sabe da próxima vez um jantar? Só nós dois. — Ele dá ênfase à última frase.

— Eu... quer dizer... bem, não sei se entendi direito. — Sinto meu rosto enrubescer. Não consigo lidar com o rumo que a conversa está seguindo.

— Preciso ir — diz ele se levantando.

Eu faço o mesmo, pois quero ir embora também.

— Obrigado pela reunião — Patrick continua falando enquanto pega suas coisas de cima da mesa. — Apesar de não ter sido esse o meu intuito, foi muito proveitoso.

Ele estende o braço, pega minha mão e a leva à sua boca para beijá-la.

Tento disfarçar, mas confesso que estou pasma e sem reação.

— Nos falamos, ok? — Ele ainda segura minha mão e me encara com firmeza.

Sinto um calafrio no corpo, mas não um calafrio bom. Não como os que sinto com Alexandre, que tenho vontade de pular em seu colo totalmente nua. Um calafrio de alerta.

Perigo!

— Até logo, Audrey. — Ele sorri de canto de boca, vira-se e vai embora.

Continuo paralisada, acompanhando Patrick sumir do meu campo de visão. Fecho os olhos, ainda em pé e no mesmo lugar. *Caraca, não estou acreditando nisso!*

A cena que me deparo ao chegar no Martina's Café é um tanto preocupante.

— Amiga, o que aconteceu aqui?

Há um caminhão de bombeiros bem na entrada do Café. Várias pessoas curiosas na calçada tentando descobrir alguma coisa e Martina está sentada no meio fio, em frente à casa vizinha, com as mãos na cabeça. Jaqueline está sentada ao seu lado e se levanta assim que me aproximo delas.

— Audrey, foi um estrondo horroroso! Pensamos que iria tudo pelos ares — diz Jaqueline, atordoada.

— O que houve? — Sinto um forte cheiro de peixe queimado vindo lá de dentro.

DUAS VEZES AMOR

Um dos homens da brigada de incêndio vem ao nosso encontro e informa que não há perigo lá dentro.

— A parte do salão não sofreu nenhum dano, somente a cozinha — diz o oficial.

— O que eu faço agora? — Martina pergunta a ele enquanto se levanta com os olhos cheios de lágrimas.

Sinto meu coração apertado. É raro ver minha amiga nesse estado.

— A senhora pode começar os reparos assim que desejar. Não houve danos estruturais, então não há riscos. Com licença. Se precisarem de nós, não hesitem em nos procurar.

Ele se despede e se junta aos outros homens de uniforme vermelho para irem embora.

Martina cai aos prantos. Eu a abraço forte.

— Maldita panela de pressão! Eu sabia que aconteceria alguma coisa hoje. Sabia! — Martina se afasta um pouco. — Sonhei com um monte de insetos essa noite! Peçonhentos! Era um sinal!

Martina leva muito a sério esse negócio de significado de sonhos e é meio sensitiva também. Certa vez, terminou um relacionamento pois sonhou que o seu namorado estava tendo um caso com uma colega do trabalho. Ela chegou a confrontá-lo, porém ele negou e a chamou de louca. *Típico!*

Ela tentou esquecer o assunto, mas continuou sonhando a mesma coisa. Certo dia, o tal namorado estava na casa dela e recebeu uma mensagem no celular. Ele tentou disfarçar, mas Martina percebeu sua tentativa de esconder o que quer que ele tenha recebido para que minha amiga não visse.

Ela o confrontou novamente. Disse a ele que, ou ele mostrava o que havia na mensagem, ou poderia ir embora. O relacionamento acabou ali. O cara tentou se desculpar, disse que não significava nada – *típico de novo!* –, mas Martina o mandou embora para nunca mais voltar.

E sim, era uma colega de trabalho.

— Calma, amiga, vai ficar tudo bem. — Tento tranquilizá-la. — Viu o que o bombeiro disse? Não há danos estruturais. Então esses bichos nem eram tão peçonhentos.

— Você vai comigo? Não quero entrar sozinha.

— Claro.

O caminhão do bombeiro foi embora e os curiosos começam a se dispersar.

Assim que entramos pela porta da frente, minhas narinas são atingidas pelo cheiro de peixe ainda mais forte. É horrível. Atravessamos o salão, e Martina para. Percebo que ela receia o que vai encontrar na cozinha, então a tranquilizo.

— Amiga, espere aqui, tá bem? Jaqueline vai me acompanhar lá dentro. Certo, Jaque?

— Claro!

Martina encosta no balcão e baixa a cabeça. Quando entro na cozinha, sinto um aperto enorme novamente no peito.

— Meu Deus! — falo baixinho, levando as mãos à boca.

— Passamos o maior susto — Jaqueline me conta. — O bombeiro que entrou aqui primeiro disse que a saída de ar da panela de pressão devia estar entupida e essa pode ter sido a causa da explosão. Graças a Deus não havia ninguém aqui dentro na hora do estouro. Martina estava conversando com uma cliente no caixa e a cozinheira tinha acabado de ir ao banheiro. Ela foi salva, literalmente, por uma cagada. Seria cômico se não fosse trágico, né?

O fogão está completamente destruído. Parece que o Thor deu uma martelada com muita raiva nele. Há comida por toda a parede e o teto acima do local do acidente também está totalmente lambuzado.

— Precisamos trazer uma equipe de limpeza amanhã cedo para dar um jeito nisso — digo. — Depois de limpo, nos livraremos do fogão e de tudo que foi quebrado por causa do acidente. Teremos que avisar Martina para ficar uns dias com o Café fechado. Pelo menos uma semana.

Voltamos ao salão e minha amiga me olha esperando que eu possa dar boas notícias.

— Já estava na hora de você tirar uma folga, querida — tento confortá-la.

— É… — ela sussurra olhando para o nada.

— Uma semaninha, amiga. Tempo suficiente para limpar tudo aqui e deixar no jeito certo para poder reabrir. Dessa forma, o cheiro desagradável desaparece um pouco também. — Olho para ela. — Agora me diga: o que você estava aprontando com peixe aqui?

— Bolinho de bacalhau. — Seus olhos ainda estão fixos no além. Martina parece anestesiada. — Um maldito bolinho de bacalhau — Começa a chorar de novo — e agora tudo fede a peixe! Uma explosão de peixe!

CAPÍTULO 10

Conheço Alexandre há quase um mês e hoje é o dia de apresentá-lo à dona Laura.

Como pretende impressioná-lo com seus dotes culinários, mamãe decide preparar uma macarronada italiana do zero. É impressionante a agilidade dela: joga farinha, passa o rolo, coloca mais farinha, acerta com doses de água. Parece uma dança.

Quando ela decide que a massa está pronta, pega sua maquininha de cortar espaguete que ganhou há alguns anos de minha avó, que chamávamos de Nonna. Isso facilita bastante o processo de produzir massa caseira.

— O Alê vai chegar às 13 horas, mãe. Você ainda precisa de mim?

— Não, querida. Já me ajudou bastante. Obrigada.

O interfone toca anunciando a chegada dele. Dou uma última vistoriada em meu visual no espelho do lavabo. Jogo meus cabelos para frente e arrumo minha franja.

Agora sim, está ótimo.

Abro a porta do apartamento assim que ouço o elevador chegar e lá está ele, mais lindo do que nunca.

— Como os vizinhos do seu prédio conseguem se controlar? — Alexandre inspira de olhos fechados. — Dá para sentir esse cheiro de dentro do elevador. Deve ser uma tortura para eles.

— Esse é o melhor marketing que existe. Daqui a pouco eles começam a interfonar encomendando molho e massa artesanal.

Depois que meu pai faleceu, mamãe decidiu trabalhar em casa. Dessa forma, evitaria largar uma pré-adolescente sozinha por longas horas livre para aprontar.

Ela sempre teve mão boa na cozinha e, aqui no nosso condomínio, uma vez por mês os vizinhos organizavam bazares, mais para entretenimento do que para comércio, e mamãe participava levando bolos, tortas e molho de tomate caseiro.

Com o tempo, os bazares foram se extinguindo, porém ela fidelizou o prédio todo. Sempre tem alguém interfonando para encomendar alguma coisa.

Dona Laura aparece logo atrás de mim, ainda usando seu avental e com um pouco de farinha na bochecha.

— Não sabia que você tinha uma irmã mais velha — diz Alexandre, cumprimentando-a com a clara intenção de bajular.

— Ah, muito obrigada — ela responde, recebendo-o com um enorme sorriso no rosto. — Entre, querido. Fique à vontade. O almoço está quase pronto, e Charles deve chegar a qualquer momento.

— Charles? — ele me pergunta.

— O namorado dela.

— E quem toca piano? — Alexandre olha para o instrumento no canto da sala assim que nos sentamos no sofá.

— Sua sogra — respondo sorrindo.

— Minha sogra. — Ele ergue as sobrancelhas, repetindo as minhas palavras. — Preciso me acostumar com isso, *minha sogra*. — Ele ri e me beija. — Estava com muita saudade.

Dou risada, pois nos vimos ontem.

Alexandre segue firme nos treinos de ciclismo. Durante a semana, ele treina na USP antes de ir para o trabalho e, aos finais de semana, esse mesmo grupo, do qual agora faz parte, organiza treinos na estrada em cidadezinhas próximas da capital.

Ontem eu o acompanhei, mas não de bicicleta. *A coitada da minha bike nem aguentaria um percurso tão longo.* Participei do passeio de dentro de um dos carros de apoio que acompanha o grupo. O trajeto de ontem foi encantador, pois estávamos rodeados pela natureza, mas pela cara de esgotamento dos ciclistas ao final do circuito, receio que não me senti muito encorajada a participar tão cedo.

— Está na mesa! — dona Laura nos avisa, trazendo a travessa da cozinha para a sala de jantar.

— Oi, meu tigrinho! — mamãe cumprimenta Charles, que acabou de chegar.

— Oi, minha loira! — Ele a abraça.

Afff, sempre quero morrer quando ouço os dois se chamando assim.

Charles e Alexandre se deram bem logo de cara, pois descobriram uma paixão mútua pelo ciclismo e, basicamente, só falaram disso durante o almoço.

— Acho que ambas perdemos os namorados para um par de rodas, não é, querida?

— Pior seria se fosse par de pernas, né? — Nós duas rimos.

Assim que terminamos de comer, mostro o resto do apartamento para Alexandre. Passamos pelo corredor que dá acesso aos quartos.

Alexandre se impressiona com o tamanho da minha suíte. O apartamento tinha originalmente três dormitórios, porém, fiz uma reforma e transformei um deles em um escritório e o anexei ao meu quarto, o que acabou dando a impressão de que moro em um quarto de hotel enorme.

Curioso, Alexandre vai direto à minha mesa, onde estão espalhados alguns desenhos feitos à mão.

— Você é uma artista — diz ele, levantando um dos desenhos e o mostrando para mim.

— Gosto de rabiscar, me ajuda a acalmar os pensamentos.

— É para algum cliente novo? — Ele segura um deles.

— Não. Esses são só lugares que eu crio para mim. Como se fosse um mundo paralelo. — Chego perto dele e pego outro desenho. — Este aqui, por exemplo, é um chalé com que eu sonhei esses dias.

— E esse aqui é o Martina's Café? — Alexandre levanta outro desenho e mostra para mim.

— Sim, depois do acidente não consegui parar de pensar nisso.

— Gostei dessa parte aqui na frente. — Ele indica com o dedo a fachada do Café, onde há duas varandas em frente de cada um dos janelões.

— Pensei em sugerir à Martina uma mudança extra, já que ela está reformando a cozinha toda. Com essa parte externa, você vai poder levar Zequinha às segundas-feiras também.

— Gostei dessa ideia — Alexandre dá uma risada gostosa e larga os desenhos sobre a mesa. — Tenho uma novidade! — continua ele, entusiasmado. — Assinei ontem à noite o contrato de locação de um apartamento. Zeca e eu vamos finalmente dar sossego aos meus pais.

— Que notícia boa!

— E quero te levar para lá agora! — Ele balança as chaves em uma das mãos.

Percebo seu olhar sugestivo e entendo que ele pretende *batizar* o local ainda hoje.

Sinto um leve calafrio correr pelo meu corpo com a ideia. *Vai acontecer, NEM ACREDITO!*

Nós já tivemos alguns momentos mais íntimos. *Muito quentes, para ser bem sincera,* mas ainda não conseguimos transar. Eu morando com minha mãe, e ele com seus pais dificultou um pouquinho. Nunca passamos de alguns amassos.

Alexandre já tinha planos de morar sozinho antes de me conhecer, mas acredito que esse nosso probleminha serviu como um incentivo ainda maior para agilizar o processo.

Assim que chegamos ao prédio, ele me mostra todas as dependências do condomínio rapidamente. Duas piscinas, sendo uma delas aquecida, sauna, academia e salão de festas.

Não teve como não notar a rapidez que passamos por cada espaço. Ele tem urgência e logo já estamos em frente a um dos elevadores para subirmos. Um misto de nervosismo e ansiedade começa a tomar conta de mim.

Assim que as portas do elevador se fecham, Alexandre se atira sobre mim, me prensando contra o espelho, e eu percebo sua excitação de imediato.

— Alê, espera — digo, olhando para cima procurando por uma câmera de segurança.

— Ainda não foram instaladas — ele sussurra ao pé do meu ouvido sem me soltar.

Paro de resistir e nossos lábios se encontram e não se soltam até chegarmos ao andar dele.

A primeira coisa que percebo quando abrimos a porta do apartamento é a varanda. Ela é majestosa, praticamente do mesmo tamanho que a sala. E a vista da cidade aqui de cima é de tirar o fôlego. Não há vizinhos na frente, apenas uma vista ampla e longínqua. Dá para ver a cidade inteira daqui.

Ele se posiciona atrás de mim e me envolve num abraço intenso. Fecho os olhos e meu corpo todo responde ao seu toque.

Observo que o apartamento tem pouquíssimo mobiliário.

— Dei muita sorte com esse apartamento — explica ele enquanto caminhamos em direção ao quarto. — O cara que comprou já estava se preparando para se mudar para cá, porém recebeu uma proposta de trabalho em outro estado. Daí colocou pra alugar pra pagar o financiamento. Eis o motivo dessa cama e do sofá na sala já estarem aqui.

Estou tão excitada que, em vez de prestar atenção no que ele diz, avanço em sua direção e o beijo com intensidade. Meu atrevimento serve como combustível para ele, que logo me deita na cama e avança sobre mim.

Alexandre tira sua camiseta com habilidade e rapidez, exibindo seu tronco bem definido de atleta.

Olho discretamente para sua bermuda e percebo o volume que já se formou.

Ele se lança sobre mim e puxa minha saia para cima. Sinto partes do meu corpo se arrepiarem.

— Você tá bem? — ele sussurra.

— Ótima, continue — quase suplico.

Alexandre sorri puxando minha calcinha e lançando-a para longe. Seus lábios roçam meu pescoço e meu corpo responde ao seu toque de imediato. Suas mãos acariciam meus seios. Eu arqueio as costas com o intuito de encostar minha pele contra a dele. Seu membro roça a parte interna das minhas coxas e eu gemo de leve. Ele parece se divertir percebendo minha urgência e aproxima vagarosamente seu membro rijo em direção à minha virilha. Suspiro ansiosa em seu ouvido, segurando seus cabelos com força, quase implorando para ser penetrada. E, sem precisar dizer nada, ele atende minha súplica, pois também não aguenta mais esse suspense.

— Você é muito gostosa.

Minhas unhas cravam nas suas costas quando sou invadida e ele geme ao sentir todo o meu desejo. Nossa respiração acelera. Suas carícias não são mais suaves, o que acho ótimo, pois me sinto selvagem.

Aos poucos nossos corpos sincronizam os movimentos de vai e vem.

— Você me deixa louco — ele diz quase sem voz. — Quero ficar dentro de você para sempre. — E continua a se movimentar.

Sinto o roçar de sua barba por fazer em meu pescoço. Seguro seus cabelos com mais força e, quando percebo, estamos explodindo juntos!

Estamos ofegantes, suados e exaustos. Alexandre dorme ao meu lado de barriga para baixo, com um dos braços para fora da cama.

Já anoiteceu e a luz que ilumina o quarto vem da lua que já desponta cheia pela janela da suíte.

Me enrolo em um lençol e saio do quarto, deixando-o descansar. A visão dele assim me enche o coração com um sentimento tão forte que chego a acreditar que já o amo.

Arrasto o sofá solitário da sala até a varanda sem fazer barulho e me aconchego ali para admirar a noite.

O sono me vence e, quando abro os olhos, Alexandre está de pé me olhando. Abro o lençol, convidando-o a se juntar a mim. Ele me abraça e ficamos juntinhos olhando para o céu.

— Você é incrivelmente mais gostosa do que eu imaginava. E olha que eu imaginei muito!

Rio sem graça, e ele acaricia meu rosto com a ponta dos dedos.

— Minha gostosa!

— Meu tigrão. — Rimos lembrando dos apelidos horríveis que mamãe e Charles adotaram para si. — Nada de apelidos, combinado? — suplico.

— Pelo menos, nada de apelidos constrangedores.

Ficamos um tempo abraçados em silêncio olhando para o céu. Estou concentrada em uma pequena nuvem que passa sem pressa em frente à enorme lua cheia.

DUAS VEZES AMOR

— Qual seria o momento certo de se dizer "eu te amo" para alguém, sem assustá-la? — ele pergunta enquanto acaricia o topo da minha cabeça.

— Sei lá, acho que é quando você sente isso no fundo do seu coração. Acredito que o amor simplesmente acontece — concluo ainda aguardando a pequena nuvem terminar de fazer sua travessia.

— Eu sinto.

Demoro um pouco para entender o que ele acabou de dizer, mas quando entendo, me viro para ele.

— Você sente? — Eu o encaro, um pouco perplexa.

Alexandre fecha os olhos e abaixa um pouco a cabeça em um sinal positivo com um leve sorriso no rosto. Esse simples gesto me atinge no único lugar que nunca fui tocada em toda a minha vida. A sensação surge no estômago, sobe pelo peito, atinge meus olhos e, em seguida, meu corpo todo é tomado pela sensação. Toco seu rosto com uma das minhas mãos e não digo nada.

Alexandre ergue os olhos e me encara, pegando gentilmente minha outra mão e segurando-a contra o peito esquerdo. Seus batimentos estão acelerados.

— Eu sinto — ele repete, e nos aproximamos mais. Nossos lábios quase se encostam. Fechamos os olhos, e ele diz, com todas as letras, num sussurro delicado: — Eu te amo.

Tento processar tudo o que está acontecendo, o que estou sentindo, os batimentos de Alexandre, o luar, a pequena nuvem, minhas lágrimas.

Lágrimas? Meu Deus, estou chorando. Que diabos está acontecendo comigo?

Afasto todos esses pensamentos malucos e apenas me permito sentir também. Estou totalmente imersa nesse momento, pois quero eternizá-lo em minha memória.

Eu o beijo com todo o meu coração. Alexandre me envolve em seus braços e, quando percebo, estamos nos entregando mais uma vez ao desejo. Só que dessa vez fizemos amor. Sem urgência, sem pressa, apenas amor.

— *Eu também sinto. Eu também te amo...*

CAPÍTULO 11

Martina é o tipo de pessoa que não consegue ficar parada. Nunca! Não consegue descansar. Diz ela que isso é para pessoas cansadas ou mortas, e ela não é nenhuma das duas coisas, definitivamente.

Minha amiga sempre foi muito sonhadora e sempre almejou coisas grandes. Como dizem, sonhar grande ou pequeno dá o mesmo trabalho, então por que ser mesquinho, não é mesmo?

Quando sua tia faleceu, Martina não fazia ideia da fortuna que herdaria. Na verdade, ela nunca imaginara que sua tia era tão milionária.

Eu me lembro bem de como Martina sentiu sua falta nas semanas que se seguiram após sua morte. Foi devastador. Talvez tenha sido a única vez, que me recordo, de vê-la genuinamente triste. Ela é sempre tão alegre, cheia de energia e cativante. Foi duro vê-la amuada, recolhida em seus próprios pensamentos e por tanto tempo.

Houve então uma ligação de um advogado que estava encarregado de cuidar do inventário da herança. Tudo mudou depois disso. Martina pareceu ter acordado de um transe. Não pela felicidade que muitas pessoas sentem quando descobrem que ganharam na loteria ao serem sorteadas com uma bolada que mudará suas vidas para sempre.

Para ela, após passar o baque do primeiro momento da notícia, veio o segundo choque: o valor! Quando Martina descobriu que se tornara multimilionária com apenas vinte e quatro anos, decidiu que jamais gastaria um centavo com qualquer coisa que desapontasse sua tia. Aquela foi a primeira decisão. *Sensata!* Martina tem valores bem definidos de caráter.

A segunda decisão foi mais uma promessa do que uma decisão: realizar o sonho de sua tia, que acabou se tornando seu também.

— Fala sério, Martina, você colocou bacon no sorvete? — digo absolutamente enojada.

— Cala a boca e experimenta. Alguma vez te decepcionei?

Como o Café ainda está fechado e continuará assim pelo resto da semana, mamãe e eu viemos nesta segunda-feira na mansão de Martina almoçar e, para não perder o hábito, ela criou uma sobremesa.

Cheguei a duvidar de algumas receitas quando Martina começou com essa história de querer inovar, mas não houve nenhuma vez em que me decepcionei. Ela consegue me impressionar sempre!

A experiência maluca desta segunda-feira é um sorvete de manga com uma farofa crocante de bacon frito por cima. É magnífico. A sensação dos sabores se misturando na boca é indescritível. Mais uma vez acertou em cheio.

Nós três estamos deitadas nas espreguiçadeiras ao redor da piscina-oásis do jardim da mansão quando Martina começa seu interrogatório sobre Alexandre.

— Então o bonitão já conheceu a sogra, é? — Uma das suas sobrancelhas sobe num tom sugestivo. — E aí, como foi?

— Eles se deram muito bem. Dona Laura amou o rapaz. — Dou risada da forma como conto para ela.

— Dona Laura… — mamãe repete a frase rindo, enquanto leva uma colherada do sorvete à boca.

— Mãe, é pra comer COM a farofa. Eu tô vendo o que você tá fazendo! — Ela empurrou toda a farofinha para um canto da taça de sorvete.

— Laura! — repreende Martina. — Não confia em mim, não?

— É bacon, Martina, no sorvete — mamãe diz se encolhendo toda envergonhada por ter sido pega. — Não consigo, me perdoe! Tenho certeza de que está divino, mas não consigo.

Martina ignora completamente o momento constrangedor que mamãe está vivendo e me lança um olhar curioso. Eu a encaro de volta com vontade de rir, pois Martina está com uma expressão muito engraçada no rosto.

— E você tá com cara de quem liberou a *piriquita*! — diz Martina direta e reta.

Sinto meu rosto enrubescer e quase cuspo todo o sorvete que acabei de levar à boca. Adoro o jeito dela, mas às vezes me esqueço do quanto ela pode ser escrachada.

— Martina! Fale baixo — digo afoita, olhando para os lados, desejando que ninguém nos ouça. Um pensamento de autopreservação inútil, pois estamos só nós três aqui fora.

DUAS VEZES AMOR

Ela parece se divertir com o meu desconforto e continua a provocação.

— Finalmente arrancou essas teias de aranha! Puta que pariu, eu já estava ficando agoniada por você. — E ri de si mesma. — Laura, pode dizer, você como mãe não estava preocupada também? Essa menina precisava transar!

As duas riem, e em pouco tempo Martina está relinchando, como sempre acontece quando sua risada perde o controle, o que leva mamãe à gargalhada também. Logo começa o ciclo de risadas sem fim das duas e não para mais.

É sempre assim. Martina falando alguma bobagem que leva as duas às gargalhadas e em seguida começam a rir da risada uma da outra, lágrimas rolam, é um verdadeiro show de horror. E geralmente sou o alvo disso, então não consigo rir no mesmo nível que as duas estão competindo.

Antes de Alexandre aparecer na minha vida, eu estava, provavelmente, há mais de um ano sem encontros. Ou seja, sem sexo. Minha vida se resumia quase só a trabalho. Um projeto atrás do outro desde que fui contratada para trabalhar no escritório.

Quando as duas finalmente se recompõem, Martina continua com as perguntas.

— Mas então — diz ela passando os dedos abaixo dos olhos para evitar que o rímel desça mais do que já desceu. — Rolou ou não?

— Sim, aconteceu! — respondo, e um sorriso surge com a lembrança da noite anterior.

— Pode me contar tudo! E quero detalhes. Quanto mais sórdidos, melhor. — Ela se aproxima de mim e sussurra: — Ele é grandão? Ele tem cara de ser grandão.

— Martina, não vou falar do pau dele para vocês, e muito menos para minha mãe, tá doida? — Me ajeito na espreguiçadeira e coloco minha taça de sorvete já vazia na mesinha ao lado. — Até porque acho que a coisa ficou séria. Ontem dissemos que nos amamos pela primeira vez. Regras são regras.

Todo mundo conhece as regras. *Jamais falar do pau do seu namorado. Só é permitido comentar sobre paus eventuais.*

— Já? Mas vocês se conhecem há poucas semanas. — Martina demonstra um pouco de perplexidade em sua voz.

— Ah, Martina, para! Ouvir isso da minha mãe até entendo, mas de você? — digo com um leve sorriso travesso. — A pessoa que encontra o amor da vida em cada esquina? Para, né?

— É verdade, vocês duas são bem diferentes nesse quesito — mamãe comenta, deixando sua tacinha sobre a mesa, com toda a farofa de lado.

— Você quis dizer uma com o coração peludo e a outra com o coração quente? — Martina rebate sagaz, como sempre, fazendo graça.

— Coração peludo! Nunca ouvi essa expressão antes. — E caio na gargalhada. — Só você para falar uma coisa dessas, Martina.

Meu celular vibra sobre a mesa e vejo que uma mensagem de Alexandre chegou.

> Você me enfeitiçou.
>
> Não consigo pensar em outra coisa além de vc.
>
> Preciso te ver ainda hj 😄

Não consigo conter minha reação, pois me sinto igual.

> Também preciso te ver hoje.

> Vou ter que comprar umas coisas pro apartamento.
>
> Quer ir comigo? 😊

> Claro! Quando voltar para casa te aviso.

> Te amo 🖤 Gostosa

Abro um sorriso ao ler a mensagem que ele acabou de mandar.

> Te amo, Tigrão

> HAHAHAHAHA 😊

> Até mais tarde...

Encaro as mensagens um pouco mais até ver que ele não está mais on-line e deixo o celular na mesa para me juntar à conversa com mamãe e Martina.

— … e acho que agora chegou o momento, sabe?

Pego a conversa no meio do caminho, mas entendo perfeitamente do que estão falando.

— Martina, você sabe o quanto fico feliz com isso, né?

Eu só observo o rumo que o assunto vai tomando para não as interromper.

— Sim, Laura. Obrigada pelo apoio. — Martina de repente adotou um ar emotivo. — Eu acredito que nada em nossas vidas acontece por acaso e depois do que aconteceu no Café, esse tempinho que tirei para mim foi muito bom para repensar em coisas que deixei para trás. — Seus olhos estão com um brilho emocionado.

— Já decidiu o que vai fazer? — pergunto.

— Minha tia sempre disse que fazer uma boa ação por fazer até ajuda, claro, mas não preenche o coração. A caridade tem que ser uma coisa que você sente dentro de si. Tem que ter um propósito junto. Eu continuo enviando dinheiro para as instituições que ela ajudava em vida. Mantive isso. Mas é débito automático, entende? Eu nem vejo o dinheiro sair da conta.

Martina se acomoda mais um pouco e continua.

— Audrey, quanto falta para o Café ficar pronto?

— Acredito que mais uma semana.

Era para o Café reabrir hoje, mas quando mostrei o desenho que fiz com a sugestão das varandas na calçada, Martina decidiu incluí-las no pacote e fazer tudo de uma vez.

— Ótimo. Eu e você vamos começar a elaborar meu novo projeto. Vamos fazer a *Cozinha Feliz* sair do papel.

— Amiga, eu te ajudo, mas vamos repensar o nome desse projeto, tá bom?

— Mas vai ser uma cozinha feliz, qual o problema?

— Assim como o Martina's Café é o Café da Martina. Você é um fenômeno na cozinha, mas é péssima para criar nomes.

— Um nome melhor vai aparecer, eventualmente — mamãe diz. — Vamos focar no projeto!

— Tudo bem, mas independentemente disso, vai ser uma cozinha muito feliz.

— Vai sim, amiga, vai sim — digo sorrindo.

CAPÍTULO 12

Havia empolgação nos olhos dele. Tanto de Alexandre quanto de seu cão.

Percebi que meu namorado não tem muita noção do que de fato é essencial para um lar e o que é extremamente desnecessário. Toalhas, pratos e lençóis? Essencial. Chopeira portátil com torneira italiana? Desnecessário.

Mas... cada um com suas prioridades.

No final das contas, enchemos um carrinho com toalhas de banho, lençóis, um *coberdrom* – é um cobertor-edredom que o convenci a comprar para ficarmos assistindo séries no sofá enrolados nas noites mais frias –, utensílios para cozinha e banheiro. Agora estamos indo para o setor dos *pets*.

Alexandre disse que quer comprar uma daquelas casinhas enormes de cachorro para deixar na varanda do apartamento, onde ele acredita piamente que Zeca irá dormir. Qual a necessidade de um cachorro, que vai morar em um apartamento, ter uma casinha? Se você tem uma casa com um quintal e os cachorros dormem no sereno, até entendo, mas em um apartamento com varanda? Estou bem curiosa para ver isso.

— Olha, Zeca! Quantas casinhas! — Alexandre aponta para onde elas estão a fim de mostrá-las ao cão.

Zequinha responde com um pulinho e rebolando o bumbum, com a mesma empolgação que seu dono, sem entender ao certo do que Alexandre está falando, mas sua felicidade o contagia.

Ao final, incluímos uma de madeira nas compras, bem mais bonita do que as outras de plástico que também estavam expostas.

Chegamos ao estacionamento e conseguimos ajeitar tudo no carro. Alexandre teve que baixar os bancos de trás para que a casinha coubesse ali dentro.

— Pronto! — diz fechando o porta-malas.

Ele dá a volta e abre a porta de trás do carro, e Zeca já sabe que é sua deixa para entrar.

— Bom garoto! — Esfrega a cabeça do cão, que abre a boca e coloca a língua para fora como se sorrisse para seu dono.

Recebo uma mensagem.

— Olha só! — Mostro meu celular com o WhatsApp aberto. — Ele vai poder te atender amanhã para ajudar a mobiliar seu apartamento. — Ele, no caso, é André, um jovem que trabalha em uma loja de móveis planejados, com que a maioria dos arquitetos do escritório adora trabalhar, pois eles entregam antes do prazo e têm um preço ótimo. — Vai ficar incrível.

Alexandre me puxa pela cintura e me beija.

— Obrigado!

Ainda estou de olhos fechados e ele me beija de novo.

— Por nada.

Chegamos ao apartamento, e Zeca invade com tanta pressa que quase me derruba no chão.

— Meu Deus! O que deu nesse cachorro? — pergunto.

— Desculpe por isso. Zeca ainda não tinha vindo aqui. É sua primeira vez no apartamento.

O cão sai farejando cada canto da casa. Entra no quarto, vai no banheiro da suíte, sai do quarto e corre para a cozinha. Fareja, fareja, fareja. Vai até a varanda e fica olhando através da proteção de vidro a movimentação lá de baixo. Depois volta, cheira o sofá e pula em cima dele. Agora ele está olhando para nossa cara com a língua para fora, como quem diz: *"Pode entrar, gente, tá tudo sob controle, não há perigo algum por aqui, já verifiquei o perímetro"*. Esse cachorro é uma figura!

— É impossível entrar nesse apartamento e não lembrar da última vez que estivemos aqui — ele diz, deixando as sacolas no chão e me puxando para seus braços.

— Foi a primeira coisa que pensei assim que você abriu a porta — eu o provoco.

Alexandre me beija e sobe uma das mãos pelas minhas costas até chegar na minha nuca. Sinto arrepios em todos os poros do meu corpo.

— Gostosa — sussurra no meu pescoço enquanto passa seus lábios pela minha orelha. — Quero arrancar sua roupa toda e te comer bem aqui no meio da sala. — Sinto sua outra mão entrando delicadamente por dentro da minha blusa enquanto ele roça os lábios pelo meu rosto, vindo de encontro à minha boca.

Zeca late chamando nossa atenção, cortando o clima. Me esqueci por completo de sua presença nesse pequeno instante de pegação.

— Sério, cara? — pergunta Alexandre quase numa súplica.

Zeca late novamente, respondendo para ele.

— Vamos ter que deixar esse assunto para outra hora — ele me solta, olhando para Zequinha.

Ele pega as coisas do chão. Eu o ajudo e levo uma sacola com utensílios para a cozinha e deixo em cima da pia de granito, pois não há armários por aqui ainda.

Depois que organizamos tudo, vamos até a varanda com a casinha de Zeca.

— Vem cá, garoto! — Alexandre o chama.

O cachorro nem se move do sofá. Está sentado olhando para nós dois.

— Vem cá! — ele chama de novo, batendo no chão onde estamos sentados. Zeca vem no mesmo instante e para de frente para nós dois.

— Esse aqui vai ser o seu quarto. — Alexandre bate no telhado. — Olha que legal! Entre, veja o que você acha.

Ele colocou dentro da casinha uma almofada gigante, própria para cachorros. Esse trambolho é enorme, acredito que até eu caiba lá.

Zeca nem se move.

— Vamos, garoto! — Ele passa a mão sobre a almofada. — Olha que gostoso.

Nada! O cão continua respirando com a língua para fora, olhando para a cara dele e ignora completamente a existência da casinha. Eu rio um pouco da situação, pois é óbvio que Alexandre percebeu que jogou dinheiro fora com essa coisa.

— Ele gostou mais do sofá — zombo.

— Ele vai gostar da casinha também. Só precisa entrar e descobrir o quanto é confortável.

Ele tenta induzir o cão a entrar, mas Zeca não entende. *Ou finge não entender. Esse cachorro é muito inteligente, aposto que está fazendo de propósito.*

— Se você o forçar, aí é que ele não vai entrar mesmo.

Alexandre vai até a sala e volta com um petisco na mão.

— Você quer, amigão? Hummm, olha que gostoso.

Ele balança o petisco no nariz de Zeca e depois o lança para dentro da casinha.

— Vai lá pegar, menino! Olha lá, pega!

Zeca vira a cabeça em direção ao petisco, porém, continua imóvel. Depois volta a encarar Alexandre com a língua para fora.

— Ah, Zeca, pelo amor de Deus! — Alexandre se debruça em frente à casinha e se enfia lá dentro. Pega o petisco e se senta sobre a almofada. A cena é tão engraçada que não consigo conter uma risada.

Zeca encara Alexandre, põe-se sobre as quatro patas e caminha até o sofá, sobe nele e posta sua cabeça no encosto lateral de onde nos olha deitado, bem confortável.

— Você acabou de ser humilhado pelo seu cachorro, sabe disso, né? — digo rindo. Tiro meu celular do bolso para fotografar a situação. — Me desculpe, mas preciso mandar isso aqui para Martina. — Posiciono a câmera de tal maneira que consigo enquadrar o cão no sofá e Alexandre dentro da casinha. — Isso aqui é hilário demais.

Alexandre sai dali de dentro e me puxa para me beijar.

— Se um dia eu ficar famoso, você vai poder usar essa foto ridícula para me chantagear.

— Pode ter certeza que sim — falo em tom sarcástico. — Tome cuidado comigo! — sussurro baixinho e beijo seus lábios.

— Gostosa e perigosa. Eu tô lascado com essa mulher. — Ele me levanta do chão e me leva lá para dentro. — Vem aqui que vou dar um jeito em você.

— Me solta. — Finjo perplexidade sem intenção nenhuma de ser solta.

Ele me põe de volta ao chão quando chegamos no quarto.

Eu me sento na cama olhando fixamente em seus olhos, indicando minhas intenções mais depravadas.

— Ah, linda, não me olha assim. — Ele se aproxima e me beija, deitando-se lentamente sobre mim.

Eu o quero agora. Começo a tirar minha blusa com urgência. Alexandre joga sua camiseta, que cai para o lado de fora do quarto.

Ouço patinhas caminhando pela sala, pra lá e pra cá, mas tento não me desconcentrar do que está prestes a acontecer.

Alexandre para.

— Droga, eu não tenho camisinha!

— Eu tenho! Está na minha bolsa lá na sala.

— Deixa que eu trago a bolsa aqui pra você.

Ele se levanta num salto e corre para buscá-la. Volta na mesma velocidade que foi. Já estou completamente nua.

Alexandre paralisa no pé da cama e me encara com a bolsa na mão.

— Eu quero eternizar essa imagem! — ele diz enquanto passa os olhos por cada parte do meu corpo. — Você é perfeita!

Me sinto atrevida e desço uma das minhas mãos até a parte mais quente do meu corpo e começo a massageá-la, encarando bem seus olhos, que se fixam nos movimentos que faço.

Alexandre parece acordar de um transe quando minha bolsa cai de suas mãos e faz um baque no chão.

— Continue — ele ordena.

Meus movimentos vão se intensificando. Nunca me senti tão *sexy* em toda a minha vida, mas Alexandre tem despertado certos desejos incontroláveis em mim.

Ele se abaixa e encosta suas mãos em minhas coxas e vem subindo lentamente até chegar aonde estou.

Ouço novamente as patinhas pra lá e pra cá na sala. *O que esse cachorro está fazendo?*

Fecho meus olhos e sinto uma lambida em minha virilha. Solto um leve gemido.

— Quero te ver chegar até o fim. Continue! — Alexandre ordena apertando minhas coxas e continua a beijar e lamber em volta.

Fecho meus olhos e prossigo. Quando sinto que estou quase lá, ele parece perceber, então afasta minha mão e encaixa sua boca perfeitamente em mim. Dou um gemido alto de prazer enquanto me contorço com os movimentos de sua língua até sentir meu corpo todo ser atingido pelo clímax.

Alexandre espera minha respiração se assentar e me entrega a bolsa.

Sem abrir os olhos, remexo com uma das mãos até encontrar uma das camisinhas.

— Agora é a minha vez — diz Alexandre abrindo o pacote com a boca.

Ainda estou sensível lá embaixo e, quando ele me penetra, sinto uma excitação enorme.

Patinhas pra lá e pra cá. Puta que pariu!

Quando finalmente terminamos e estamos deitados lado a lado, ouço um arfar vindo da porta do quarto. É Zeca. Ele está parado na porta olhando para nós.

— Tenho certeza de que você aprontou alguma coisa — afirmo ao cão. — Aprontou que eu sei.

Alexandre está desmaiado. Dou um beijo em seu rosto e me levanto para conferir como estão as coisas do lado de fora do quarto. Me enrolo em um lençol e saio.

Quando passo pela porta, Zeca me segue até a sala.

Olho em volta, nada. Vou até a varanda e percebo algo inusitado.

— Zeca, o que é isso?

Ele se aproxima de mim e ambos estamos olhando para a casinha. O cachorro deixou em frente à portinha de entrada todos os pacotinhos de petiscos que Alexandre havia comprado para ele. Todos fechados e enfileirados.

Eu me sento no pequeno degrau que divide a sala da varanda, e Zeca se senta ao meu lado.

Envolvo o cachorro com um dos braços. Zequinha late em resposta.

CAPÍTULO 13

— Isso aqui é incrível! — falo olhando ao redor. — Martina, como você encontrou este lugar?

Ela me trouxe para conhecer as instalações da "Cozinha Feliz". Vamos chamar dessa forma por enquanto, até definirmos um nome melhor, pois este lugar definitivamente merece um nome grandioso. É um casarão antigo, abandonado em um bairro localizado ao extremo sul da capital paulistana. Caminho ao redor, percebendo todo o potencial do lugar.

— Estou impressionada.

— Eu sabia que você ia gostar! Sabia! — diz Martina com os olhos cheios de emoção. — Vem aqui!

Ela me puxa pelas mãos para me mostrar todo o local. O salão principal de entrada é imponente. Ao lado, há uma antessala menor com uma lareira, e do outro lado, uma saleta que dá acesso à cozinha.

— Amiga, minha ideia é juntar a cozinha a essa saletinha para ficar uma área bem grandona. Quero uma cozinha enorme! — Martina caminha pelo recinto gesticulando e falando. — Já consigo ver mãozinhas ágeis e curiosas mexendo com os alimentos e aprendendo tudo que tenho para ensinar. — Ela para e me olha do outro lado da cozinha. — Audrey, estou cheia de amor dentro de mim, sinto como se transbordasse só de pensar que o sonho vai sair do papel.

— Prometo que este será o projeto da minha vida também. Vou me dedicar com todo o meu coração — digo a ela e realmente sinto isso.

Esta casa tem muito potencial. Já consigo ver tudo acontecendo aqui.

Percebo uma sombra se projetando timidamente na porta entreaberta da casa. Olho com mais atenção e acredito ver um pedaço de cabeça numa altura baixa. Me aproximo.

— Olá! — falo, chegando já bem próximo.

— Oi — Ouço a voz que acompanha aquela pequena pessoinha. Um garotinho que deve ter por volta dos sete anos.

O menino projeta metade de seu corpinho para dentro da casa, mas para, aguardando permissão para avançar. Ele olha em volta e depois se dirige a mim.

— Vocês compraram essa casa?

Martina se aproxima e se junta a mim.

— Eu não compraria essa casa. Tem fantasma nela — ele diz e tenta espiar mais para dentro, curioso.

— Tem fantasmas, é? — Martina se aproxima e se abaixa para ficar da altura do garoto.

— Sim, toda casa abandonada tem fantasmas, você não sabia? — Ele parece incrédulo com nossa ignorância.

Eu sorrio.

— Qual é o seu nome, rapazinho? — Martina pergunta.

— Me chamo Denis. Meu pai queria que eu me chamasse Neymar, mas minha mãe brigou com ele e não deixou. — Ele olha para baixo um pouco decepcionado. — Eu queria me chamar Neymar. Ia ser legal, não ia? — Denis abre um largo sorriso para nós.

— Eu gosto de Denis, você não gosta? — pergunto.

— Gosto, mas Neymar é melhor. Eu jogo bola com os meninos aqui da rua. É bem legal.

— Ah, é?

— Sim. Todos os meninos aqui jogam bola. As meninas também. Vocês vão morar aí? — Crianças e sua maneira de emendar um assunto no outro.

— Não, mas vamos fazer uma coisa legal nessa casa — Martina diz com tanta ou mais empolgação do que Denis ao se imaginar com o nome de Neymar.

— Legal!

— Denis!!! — Um grito aguçado vem de longe. — Denis, menino!

— Minha mãe tá me chamando. Vou indo, tá?

E ele sai em disparada antes que possamos dizer tchau também.

A rua é meio asfaltada e meio de terra. O casarão destoa bastante do restante do bairro, que é bem simples, com casas sem acabamento. Uma praça abandonada com alguns brinquedos que

DUAS VEZES AMOR

precisam de reparos urgentes. A impressão que dá é que todo o bairro foi avançando e invadindo o jardim gigantesco que um dia pertenceu a esse casarão.

Ainda estamos no vão da porta de entrada olhando para fora, acompanhando o pequeno Denis se aproximar de outras crianças e de uma mulher corpulenta, provavelmente sua mãe. Quando ele chega ao seu destino, olha para trás em nossa direção e acena frenético com as mãozinhas. Grita qualquer coisa para as outras crianças, que começam uma brincadeira na rua.

— Acho que já tenho tudo que preciso para começar a desenhar o projeto, tirei todas as medidas dos ambientes e várias fotos também.

— Estou muito ansiosa para ver isso pronto! — Martina se entusiasma.

— Não vai morrer de ansiedade, hein? — digo sorrindo.

— O que tá me matando de ansiedade é saber que raios Alexandre estava fazendo dentro da casinha do cachorro. É alguma perversão nova, é?

Eu quase engasgo com a minha própria saliva ao explodir em uma gargalhada.

— Martina do céu! — respondo quase chorando ao me lembrar da cena. Foi realmente hilária.

— Olha, amiga, eu curto umas extravagâncias sexuais, mas vocês atingiram um outro patamar. Estão de parabéns — diz ela batendo palmas para me zombar.

A volta para casa foi demorada, pois o casarão fica a quase 40km de distância. Passamos a manhã toda lá. Deixo Martina em sua mansão e vou ao escritório para buscar algumas coisas minhas que ainda estão lá.

A mudança do escritório para o novo endereço na Faria Lima está quase toda finalizada e até o final desta semana os sócios pretendem entregar as chaves da casa de Moema para a imobiliária. Foram bons anos aqui. Era tão pertinho de casa e do Martina's Café que dava para ir e vir a pé...

Alexandre me liga enquanto estou encaixotando minhas coisas para contar como foi a visita na loja de móveis planejados e que dentro de duas semanas seu apartamento já estará praticamente todo mobiliado.

— Já aproveitei e levei o resto das minhas coisas pro apartamento. Está inabitável e cheio de caixas pra todo lado — me conta ele.

— Quando os armários chegarem, você vai poder guardar tudo em seu devido lugar e ficará habitável — digo enquanto coloco umas canetas coloridas dentro de um estojo e junto com as outras coisas na última caixa e a fecho. — Preciso ir, podemos nos falar mais tarde? — Olho em volta.

— Claro, te ligo depois então. Estou indo comprar a TV para a sala.

— Ah, que ótimo! Até mais então. Te amo!

— Te amo!

Enquanto estou ajeitando as coisas em meu carro, me pego pensando no pequeno Denis e sinto meu coração quentinho.

Que orgulho da minha amiga.

CAPÍTULO 14

— Hummm, acho que vou querer uma caipirinha. O que acha de pedirmos também uma porção de camarões? — mamãe pergunta com o cardápio na mão.

— Pode ser. Acho que vou pedir uma caipirinha também.

Dona Laura e eu decidimos passar o dia na praia enquanto Alexandre e Charles estavam juntos pedalando na estrada. Na verdade, viemos de manhã cedo para cá de carro e os dois nos encontrarão aqui no final do dia. Agora que Alexandre tem uma companhia para andar de bicicleta, ficou muito mais entusiasmado.

Ontem à noite dormi em seu apartamento pela primeira vez. Como ele teria de acordar às 5h da manhã para o passeio de bike com o grupo de ciclismo, decidimos dormir cedo, mas não antes de matar a saudade da longa semana que nos manteve ocupados e separados.

Depois que voltei do Casarão, mergulhei de cabeça no projeto. Ainda não está totalmente pronto, pois a cada meia hora Martina me manda mensagem ou me liga com alguma sugestão ou alguma mudança nova. Confesso que estou ficando um pouco desgastada com isso, mas entendo perfeitamente sua ansiedade, afinal, é um projeto muito especial.

Além disso, finalizamos a mudança para o escritório novo e Alexandre também se manteve bem ocupado com as compras para seu novo apartamento.

O cantinho dele está começando a ficar com cara de lar. Os móveis planejados chegam na quarta-feira que vem e serão instalados no mesmo dia. Com isso, todas as caixas de papelão vão sumir de lá, finalmente!

Meu celular apita, é uma mensagem de voz de Alexandre:

"Oi, gostosa! Estamos na metade do caminho já. Paramos em um posto para esticar um pouco as pernas, ir ao banheiro e em quinze minutos já voltaremos para a estrada. Cara, achei que seria mais tranquilo. Eu tô morto, hahaha! Mas aí eu penso em você na praia de biquininho e me dá um gás pra chegar logo."

— É o Alexandre? Pergunte de Charles para ele.

Mamãe está aflita com esse passeio desde que os dois decidiram participar. Charles era um homem muito sedentário e estressado. Pouco antes dos dois se conhecerem, ele sofreu um princípio de infarto. Foi socorrido a tempo. Daquele dia em diante, decidiu mudar seu estilo de vida. Começou a se exercitar, mudou toda a sua alimentação e até virou adepto de meditação e yoga. Charles faz exames periódicos e hoje tem uma saúde de ferro, mas mamãe morre de medo mesmo assim.

Pergunto a Alexandre sobre Charles, ao que ele me responde:

"Charles? Eu estou é passando vergonha aqui. O homem não tá nem suando. Tá descendo a serra na maior tranquilidade. Pode falar pra Laura que tá tudo sob controle por aqui. Vou devolver o Tigrão inteiro pra ela."

Nossas caipirinhas chegam assim que guardo meu celular na bolsa.

— Ah, que delícia! — diz mamãe após dar o primeiro gole. — Se existe vida melhor que essa, eu desconheço!

Esta é a nova frase preferida dela. Mamãe recebeu um "meme" em um grupo de WhatsApp com a imagem de um cachorrinho fantasiado de dondoca com um drink ao seu lado e essa frase na legenda. Desde então, usa isso para tudo.

— Com licença! — Uma mocinha se aproxima com uma bandeja cheia de camarões fritos e a coloca sobre a nossa mesa embaixo do guarda-sol.

— Meu Deus, que cheiro bom! — Sinto minha boca salivar.

Como é bom recarregar as energias na praia. Caminho até a água depois de me entupir de camarões. Mergulho na beira do mar e fico curtindo o sol queimar minha pele. Vejo de longe dona Laura sob o guarda-sol, esparramada com seu chapéu cobrindo o rosto.

A praia não está muito cheia. O mar está bem calmo e cristalino. Fecho os olhos por alguns instantes e penso em Alexandre, em seus beijos, em nós dois juntos. Em como eu o amo. Sinto um sorriso brotar em meu rosto. Percebo nesse breve instante o momento incrível em que minha vida se encontra. *Ah, dona Laura, você está certa: se existe vida melhor do que essa, eu também desconheço.*

***

— Oi, Bela Adormecida!

Ah, essa voz. Nem preciso abrir os olhos para saber de quem vem. Acabei adormecendo sob o solzinho do final da tarde. Ainda bem que coloquei bastante protetor solar, do contrário, me lembraria do bronzeado por meses.

— Onde estão os dois? — Ajusto minha espreguiçadeira de modo que consiga me sentar, enquanto olho em volta e vejo que mamãe e Charles não estão por aqui.

— Foram para o estacionamento guardar o resto das coisas. Charles e eu já colocamos as bicicletas no suporte. — Alexandre está vidrado olhando meu corpo. Sinto um misto de timidez e desejo brotar e, sem que perceba, estou tentando me cobrir com a toalha.

— Nada disso. — Ele me impede, segurando meu pulso. Alexandre agora me encara franzindo um pouco os olhos por causa da claridade do sol. — Eu não me canso de te admirar.

— Para! Assim você me deixa encabulada. — Solto um riso sem graça.

Ele sorri de canto de boca e ajeita o cabelo para trás; *eu também não me canso de admirá-lo.*

— Como foi o passeio? — Mudo de assunto para fugir do momento constrangedor.

Alexandre se ajeita na espreguiçadeira ao meu lado e começa a contar de sua aventura ciclística enquanto encara o mar a nossa frente.

É incrível vê-lo tão entusiasmado. Ele emana tanta energia positiva, sempre me sinto revigorada em sua presença.

— Pronto — diz Charles se aproximando de nós. — Já ajeitamos todas as coisas no carro. Podemos voltar para São Paulo a hora que vocês quiserem.

Meu namorado olha para mim e parece que tem uma ideia melhor.

— O que você acha de nós dois passarmos a noite aqui e voltar-mos amanhã? Conheço uma pousada bem bacana próxima da praia. — A ideia é tentadora.

— Mas estamos sem carro. — Eu e minha mania de querer tudo pré-programado.

— Isso não é problema. Tem um lugar do lado da pousada de onde saem umas vans que fazem o trajeto litoral-Jabaquara.

Normalmente não gosto muito de sair da minha zona de conforto. Adoro planejamento para tudo. Já Alexandre tem um espírito aventureiro, é espontâneo e curte aproveitar cada segundo da vida. Diferente do que eu pensava, isso não me assusta. Gosto dessa minha nova vida de aventuras com ele, pois tudo que vem dele é instigante.

— Tá bom — falo meio ressabiada. — Vou confiar em você. Vamos ficar.

Ele se levanta com um sorriso enorme no rosto. Estende sua mão para mim, me levanta gentilmente e me envolve em um abraço terno.

— Vamos, então? Preciso de um banho relaxante, estou bem dolorido — ele diz.

— Vamos.

Charles e mamãe nos dão uma carona até a pousada e depois partem para São Paulo.

O lugar é realmente uma gracinha. Bem estilo praia mesmo. A suíte que Alexandre escolheu tem uma varanda que dá de frente para o mar. Abro as portas de vidro e sinto a brisa fresca me atingir.

Ouço o barulho do chuveiro sendo ligado. Olho para trás e vejo que a porta do banheiro está semiaberta. Caminho na direção do som enquanto vou me despindo. Abro mais a porta com delicadeza, mas Alexandre não percebe minha presença. Está de frente para a água de olhos fechados sentindo o frescor bater em seu corpo completamente nu. Invado o box. Alexandre se vira para mim e abre os olhos sorrindo e logo me puxa para debaixo d'água junto a ele.

A temperatura está fervendo, mas não me refiro à água. Nossos corpos se encostam molhados e a sensação é deliciosa. Alexandre me envolve e me beija enquanto suas mãos passeiam por todo o meu corpo. O beijo se intensifica cada vez mais. Ele me ergue e eu entrelaço minhas pernas em volta de seu corpo. Ele me apoia contra a parede e me penetra. Solto um gemido assim que o sinto me invadir. Então para e me encara com uma expressão séria.

— Você é, de longe... — ele sussurra e faz uma pausa para me beijar — ... a melhor coisa que já aconteceu em toda a minha vida.

Alexandre nem me dá tempo para uma resposta. Ele me pressiona mais forte contra a parede e me beija com tanto desejo, como se o mundo fosse acabar a qualquer instante.

Sou tomada por uma sensação de angústia de repente, mas tento ignorar e me concentrar novamente no que estamos fazendo. Seus movimentos ficam mais frenéticos e percebo que ele está quase lá. A sensação é deliciosa, porém volto a me sentir angustiada.

Quando terminamos, estou em meio a lágrimas. Tento disfarçar, mas ele parece perceber.

— O que houve?

— Não sei — digo, e a sensação toma conta de mim novamente.

Ele desliga o chuveiro, alcança uma toalha e me envolve nela.

— Hey! — diz baixinho olhando para mim, levando uma de suas mãos ao meu rosto.

Uma lágrima escorre pelo meu rosto e eu o abraço forte. De repente me dou conta de que ele também é a melhor coisa que já aconteceu em minha vida e essa angústia pode ser apenas meu subconsciente amedrontado, tentando me sabotar e me convencer de que em algum momento vou estragar tudo.

— Me desculpe, não sei o que me deu — digo sem graça. — É que tudo tem sido tão perfeito que às vezes me assusto.

Ele assimila o que digo, mas não fala nada, seu olhar é vago. Entendo que talvez ele sinta o mesmo.

— É bobagem minha. — Tento descontrair. — Venha, vamos aproveitar o restinho do nosso final de semana.

Ele sorri discretamente e me acompanha de volta ao quarto.

Pedimos o jantar e comemos na varanda.

Alexandre tenta segurar uns bocejos, pois está visivelmente cansado, e o vinho que pedimos acaba piorando a situação. Acho graça em suas tentativas de fugir do sono.

— Pode dormir. Vou ficar aqui fora mais um pouquinho.

— Nossa, me desculpa! Eu estou morto!

— Tô vendo. — Rio da situação.

Ele me beija, se afasta e se joga na cama.

Coloco o restinho do vinho que ainda há na garrafa em minha taça e saboreio sem pressa. Repasso na cabeça meus planos para a próxima semana e logo dispenso esses pensamentos.

Audrey, desligue um pouco! Nem tudo é trabalho.

Entorno todo o vinho goela adentro e volto para o quarto, pois está esfriando um pouco. Me deito ao lado dele e o cubro com a manta que estava caída no chão, ao lado da cama. Sua respiração está pesada, já deve estar sonhando.

Me acomodo e fecho meus olhos. Nesse instante, sinto a angústia voltar.

Merda!

CAPÍTULO 15

— Amigaaaa! Estou tão entusiasmada! — Os olhos de Martina estão brilhando com as notícias que trouxe para ela nessa tarde de segunda-feira.

Hoje mais cedo fui para o escritório novo, que já está funcionando totalmente.

Estava renderizando as últimas imagens do projeto do Casarão quando Fernanda aparece na porta de minha sala.

Faço menção para que entre. Ela se aproxima e fazemos uma breve reunião para alinhamento da semana que se inicia. Depois que viemos para cá, a demanda de trabalho aumentou bastante.

Ao final da conversa, mostro para ela o projeto de Martina.

— Queria mesmo falar com você sobre isso — Fernanda diz enquanto passo as imagens na tela do computador para que ela veja. — Está muito bom! Parabéns!

— Obrigada. Não sei se já é a versão final. Vou mostrar para Martina essa tarde lá no Café e ver se ela aprova sem mudar mais nada.

— O Café já reabriu?

— Vai reabrir hoje, depois do almoço.

— Por que ela não reabriu no final de semana?

— Martina tem uma coisa com as segundas-feiras — respondo rindo ligeiramente.

— Ah, certo. As tais receitas mirabolantes, né?

— Exato!

— Não quero tomar muito do seu tempo, então vou direto ao assunto — Fernanda adianta. — É o seguinte: conversei com os outros sócios aqui do escritório e decidimos que queremos patrocinar toda a reforma do Casarão.

— Como assim? — Eu acho que entendi o que ela disse, mas quero ter certeza, pois fiz o levantamento dos custos de tudo e vai ficar uma fortuna.

— Exatamente isso que você ouviu.

— Sério mesmo?

— Audrey, olhe em volta — ela responde com seus braços esticados.

As divisórias que separam os ambientes do escritório são todas de vidro, dá para ver toda a dimensão do andar de onde você estiver e realmente é muito imponente.

— Nós estamos prosperando muito! — ela continua. — Temos tantos clientes novos que tivemos que contratar mais gente para trabalhar aqui. Nós vamos participar desse projeto, pois ele será o primeiro de muitos outros que queremos ajudar. Por favor, nos dê a honra de começar com o pé direito.

Estou tão emocionada com as palavras de Fernanda que mal posso esperar para contar isso para Martina. Ela vai surtar.

— Sim, amiga, é para se entusiasmar mesmo. Acho que essa sua ideia está contagiando muitas pessoas — falo para Martina, que está com suas mãozinhas juntas feito uma criança.

Ela se levanta da mesinha que estamos sentadas na varanda nova do Café e anda para lá e para cá com um sorriso bobo no rosto e um olhar entusiasmado.

— Eu nem acredito nisso! É fantástico.

— Sim, também fiquei muito feliz com essa novidade e vim correndo para cá assim que pude.

Martina senta mais uma vez de frente para mim, ainda com o sorrisão no rosto.

— Tive uma ideia! Vou organizar um jantar no próximo sábado. Quero seus chefes também, pode convidá-los. Vamos fazer um grande jantar lá em casa — Martina se levanta novamente. — O Casarão vai ter muitos padrinhos. Nossa, preciso ligar para Lúcia.

— Lúcia — repito para mim e sinto uma pontada de ranço no peito.

— Ah, meu Deus do céu! Para com isso, Audrey, Lúcia tá nem aí pro teu macho.

— Quê? — pergunto envergonhada, fingindo não entender do que ela está falando.

DUAS VEZES AMOR

— Não se faz de sonsa — ela responde caminhando em direção ao balcão para ligar para Lúcia. — A fila já andou! — Martina quase grita lá de dentro.

Combinei com Alexandre de nos encontrarmos aqui no Café hoje à tarde para prestigiar a reabertura e experimentar a surpresinha culinária desta segunda-feira.

Tirando a parte da sensação esquisita que me assolou no sábado sem motivo aparente, o resto do nosso final de semana foi maravilhoso.

Ontem de manhã, quando acordamos, fizemos amor antes mesmo de abrirmos os olhos. Foi incrível, como sempre. Depois de saborearmos um café da manhã completíssimo, descemos até a praia e mergulhamos juntos no mar.

A pousada ficava situada no final da praia, próximo a uns rochedos. Não tinha muitas pessoas ali, dando a impressão de que essa parte da praia é particular e pertence somente aos hóspedes. A água do mar era calma, parecia uma piscina salgada. Romantismo puro. Foi um domingo delicioso.

— Precisamos viver mais momentos assim, não acha? — perguntou Alexandre.

— Acho — respondi para ele de olhos fechados, deitada de costas sobre seu corpo na água morna.

— Merecemos isso, não merecemos?

— Se você diz, eu acredito! — Me viro para olhar em seus olhos e lhe dou um beijo na ponta do nariz.

Ele ri.

— Acredite, merecemos!

Martina volta para nossa mesa.

— Tudo acertado! — Ela senta. — Vai ser uma noite de culinária turca. Esteja lá em casa às 15h.

— Vai ser um almoço?

— Um jantar, mas quero você e a dona Laura mais cedo comigo, pois começaremos com os drinks antes — ela impõe.

— Ah, certo! Adorei essa. — Dou risada. — Estaremos nós três bêbadas para recepcionar convidados importantes. Parece um bom plano.

— Quer ser desconvidada? Ainda dá tempo.

Rimos uma da outra.

— Queria te agradecer, amiga — ela diz. — Por tudo. Amei essas duas varandas aqui fora.

— Ah, por falar nisso, preciso te mostrar as imagens do Casarão.

Abro minha bolsa e pego meu computador. Ficamos tão entusiasmadas com a história do patrocínio dos sócios que me esqueci completamente de mostrar para ela as imagens finais.

— Ah, meu Deus. — Ela suspira, trazendo sua cadeira para o meu lado e se ajeita em frente ao laptop.

— Martina, se você me pedir mais alguma mudança, eu juro que te mando pra puta que pariu — digo antes de abrir as imagens.

Ela solta uma gargalhada espalhafatosa.

— Me mostra logo, senão mando mudar tudo sem nem olhar.

— E eu taco esse computador na sua cabeça. — Revido rindo.

Martina olha atenta os slides da apresentação do projeto. Não diz uma única palavra. Depois que termino de mostrar, ela continua muda, porém com um semblante emocionado.

— Estou sem palavras — ela fala. — Eu… eu não sei o que dizer. Você conseguiu captar a alma do Casarão. Ficou incrível!

Martina continua com os olhos fixos na tela do computador.

— Olha, amiga, eu estava brincando. Se quiser que mude alguma coisa, eu altero.

— Você não entendeu. — Ela olha para mim agora. — Está perfeito! Obrigada! Muito obrigada.

— Ah, que ótimo! — respondo mais aliviada do que feliz. — Então, acho que podemos começar os preparativos para a reforma!

— Sim! — Martina se levanta novamente. — Ai, que emoção!

Alexandre chega no Martina's Café no finalzinho do dia e vem acompanhado de Zeca. Estava aguardando por ele para experimentar a tão esperada surpresinha do dia.

— Ahhh, que amor! — cumprimento Alexandre e logo me abaixo para apertar Zequinha. — Não acredito que você comprou um boné pra ele.

Sim, Zeca está com um boné amarelo e uma gravatinha amarela e azul.

— Acabei de pegá-lo no *pet shop*. Ele estava precisando de um banho. Quando cheguei lá, vi que puseram isso nele.

— Adorei o que fizeram. — Abraço Zeca, que está com cheirinho de talco.

Alexandre se senta ao meu lado, e Zequinha se esparrama no *deck* de madeira da varanda. Logo em seguida, Martina surge com dois pratinhos para nós.

— O cachorro tá de boné? — ela pergunta, colocando os pratinhos na nossa frente.

— Gostou? Ele quis se arrumar para a sua reinauguração — brinca Alexandre.

— Eu amei!

— Amiga — Olho para o meu prato —, isso aqui é bolinho de bacalhau?

— Sim!

Volto a olhar para ela, incrédula, pois foi justamente por causa dessa receita que o Café quase foi pelos ares.

— Por quê? — pergunto a ela.

— Por quê? — ela me devolve a pergunta. — Porque eu jamais aceitaria ser derrotada por um bolinho de bacalhau! Aqui quem manda sou eu!

Ela está tão convicta que é impossível não achar graça.

— Agora, devora logo essa merda e me diz se não é a coisa mais maravilhosa que você já comeu na vida.

Sim, é o melhor bolinho de bacalhau que já comi.

Martina volta lá para dentro para atender algumas mesas.

— Eu discordo — Alexandre fala encarando o bolinho. — Já comi coisa mais maravilhosa que essa. — E me lança um olhar sacana.

— Alê! — repreendo-o em voz baixa, dando um tapa no seu braço.

Ele sorri enquanto engole o resto do bolinho e me puxa para seus braços.

— Me desculpe, lindinha, não podia perder a piada.

CAPÍTULO 16

— Uau! Ficou incrível! — digo, olhando em volta.

— Que bom que gostou! Os montadores acabaram de sair daqui. — Alexandre sorri.

— Você gostou? — pergunto, me virando para ele.

— Claro! — ele responde, enquanto senta em uma das banquetas do balcão da cozinha recém montada.

Não me canso de olhar em volta. O apartamento está lindo demais. Cozinha em conceito aberto e o espelho em uma das paredes da sala dá a sensação de que o espaço duplicou de tamanho. Não tenho palavras para descrever. A expressão de alegria no rosto dele me preenche o coração. Vou ao seu encontro e o envolvo em um abraço.

— Agora sim você pode chamar seu cafofo de lar — concluo enquanto olho para ele.

— Falta uma coisa ainda — ele responde.

— O quê? Achei que você já tinha comprado tudo.

Ele sorri olhando para mim.

— Quero você aqui, morando comigo.

Fico meio sem palavras. Na verdade, já tenho ficado muito tempo no apartamento dele, mas ainda não tinha passado pela minha cabeça morarmos juntos. É loucura, nós nos conhecemos há pouquíssimo tempo.

— Não precisa ser imediatamente — ele diz. — Só acredito que é o que vai acabar acontecendo.

Continuo processando a ideia. Não é uma péssima sugestão, para falar a verdade, mas é um passo gigantesco para se dar em uma relação.

Zequinha se aproxima com uma meia na boca, balançando o rabo.

Ele ainda não foi convencido a entrar na bendita casinha, o que frustra um pouco Alexandre, pois ter uma casinha de cachorro sem ter um cachorro que usufrua dela acaba inutilizando sua função.

— Ele tinha parado com a história das meias, mas parece que voltou a ter fixação por elas — comenta, olhando para o cachorro.

— Acho que a gente podia pedir alguma coisa para comer. — Desço minhas mãos até o zíper de sua calça, encarando-o. — E fazer alguma coisa enquanto aguardamos chegar.

Alexandre morde o lábio inferior enquanto sorri de olhos fechados.

— Excelente ideia, linda. — E me beija. — O que você quer comer?

— Vou deixar que você decida. — E minha mão encontra seu membro já excitado.

Ele geme baixinho enquanto o provoco. Vou me abaixando enquanto o encaro. Alexandre se ajeita melhor na banqueta, pronto para receber o que tenho a lhe oferecer, e fecha os olhos.

Ele já está completamente rígido, o que me deixa mais excitada ainda.

Passo minha língua nele, e Alexandre estremece.

— Não pare! — ele suplica.

Alexandre coloca uma de suas mãos em minha cabeça gentilmente, mas percebo que está perdendo o controle enquanto o saboreio.

— Estou ficando louco aqui! Não pare, por favor!

Continuo os movimentos de lamber, sugar e massagear, agora um pouco mais rápido. Alexandre se apoia com o braço no balcão enquanto sua outra mão continua segurando firme minha nuca.

— Tá vindo! — ele se contorce enquanto estou hipnotizada em minha performance.

— Ahhhh!

***

— Eu não acho que seja cedo demais para vocês morarem juntos — Martina diz, entornando o resto da sua taça de mimosa.

Estamos sentadas na varanda de sua mansão. Acabamos de comer um delicioso café da manhã e agora nos entregamos ao drink matinal. *Hummm, adoro mimosas.*

Martina está muito afoita para o jantar de hoje à noite. Quase me implorou para que eu viesse mais cedo, afinal, havíamos combinado que eu chegaria por volta das 15h, porém fui coagida a dormir aqui ontem à noite.

— Como não? A gente se conhece há um mês, pouco mais que isso. Dois, talvez?

— Sério? — ela pergunta, misturando o espumante com o suco de laranja, preparando mais um pouco do drink. — Parece que vocês estão juntos há séculos.

— Isso me assusta. — Pego a taça de suas mãos.

— Você é muito preocupada. Deveria deixar a vida te levar. — Ela sorri, após parafrasear Zeca Pagodinho.

— É, pode ser. — Dou um gole olhando para o espetacular jardim de sua casa à nossa frente.

— Amiga, vai indo aos pouquinhos então. Dorme umas noites lá, volta pra casa, leva mais um pouco de coisas, vai fazendo uma mudança gradual. Assim, você se assusta menos.

— Vamos ver. Tenho medo de que a rotina acabe com o encanto.

— Ah, pronto! Agora você achou mesmo que a paixão ia ser eterna? — Ela me encara. — Esse fogo todo aí uma hora cessa um pouco, mas fica tranquila. A paixão diminui para dar espaço ao amor.

— Não sei...

— Cala a boca e bebe teu drink. Você não sabe de nada, mas desses assuntos eu sei. Vai por mim — ela diz em tom de brinca-deira, mas com um fundo de verdade. — Audrey, seja menos pé no chão. Você vai conseguir aproveitar muito mais a sua vida se parar de querer programar tudo. — Martina se vira e fica de frente para mim. — Deixa fluir. Apenas viva, tá bem? Esse é o melhor conselho que eu posso te dar.

Algo na voz dela me aconchega. Não sei se é o álcool também fazendo efeito, mas as palavras dela me atingem profundamente.

Eu entendo que esse meu receio é natural, pois nunca tive uma relação tão intensa antes. O que me assusta é que tudo tem acontecido muito rápido. Tenho medo de que Alexandre e eu estejamos sendo impulsivos e inconsequentes, mas ao mesmo tempo parece tão certo o rumo que as coisas estão seguindo. Eu amo nossa vida juntos, nossos momentos, nossas brincadeiras, nossa intimidade, nossa paixão. O que me assusta é que está tudo muito perfeito e, na vida real, convenhamos, isso não dura para sempre. Vou seguir o conselho da minha amiga. Algo dentro de mim quer muito que eu me permita viver tudo isso.

Os convidados já começaram a chegar. Caminho em volta das mesas e do buffet e me encanto com a variedade de frutas e castanhas que compõem a decoração. Martina pensou em cada detalhe para esse jantar tão especial.

Alexandre deve chegar a qualquer momento. Me avisou que vai se atrasar um pouco, pois hoje mais cedo fez uma trilha de bicicleta no interior de São Paulo e precisou dar uma cochilada antes de vir.

Passo pelo salão principal e cumprimento os convidados que estão aglomerados, conversando alegres entre si.

Avisto Martina no topo da escada, olhando para baixo, paralisada. Decido me juntar a ela.

— Tá tudo bem? — pergunto.

— Sim — diz ainda olhando para baixo. — Esse jantar é diferente. Tem um propósito muito especial.

— O projeto do Casarão já está tocando o coração de muita gente. Conversei com algumas pessoas. — Olho para baixo. — Vai ser incrível e transformador. — Dou um sorriso para tranquilizá-la.

— Estou apostando minha vida nisso — ela diz, com ternura.

Aos poucos o lugar vai se enchendo cada vez mais. Pessoas da alta sociedade, empresários, investidores, gente muito influente está presente nesse evento. Sinto um frio na barriga de emoção.

Vejo Alexandre se aproximar. *Como esse homem é lindo!*

— Desculpe pelo atraso — ele diz e me abraça.

— Fico feliz que você tenha conseguido vir. — E olho em seus olhos.

— Uau! Você está muito linda!

Estou usando um vestido *rouge* bem acinturado e os cabelos meio soltos. Fiz uma maquiagem marcante em meus olhos e, nos lábios, um tom neutro. *Caprichei!*

— Vai dormir lá em casa hoje? Zequinha mandou te perguntar.

Dou risada e confirmo com a cabeça.

— Oi, Audrey! — Fernanda se aproxima para me cumprimentar junto de os outros sócios do escritório que acabaram de chegar.

— Ah, que bom que conseguiram vir!

— Nós não perderíamos esse evento por nada.

Vejo Martina atravessar o ambiente toda apressada e sorrindo de orelha a orelha.

— Martina! Você já conhece a Fernanda, mas queria te apresentar os outros sócios do escritório — digo, enquanto ela cumprimenta cada um deles de forma carinhosa. — Esses são Elisa e Alberto.

— Muito prazer em conhecê-los — ela diz. — Vocês não têm noção da gratidão que tenho por estarem patrocinando esse projeto tão bonito. Ele significa muito para mim.

— Nós que agradecemos por nos permitir fazer parte disso.

Eu já participei de diversos jantares aqui na mansão, mas nunca vi um tão cheio. Ela contratou o dobro de colaboradores que costuma contratar para poder dar conta da demanda da noite.

Nós nos acomodamos nas mesas e os garçons já começam a passear no entorno, com bandejas cheias de pratos para nos servir.

Como sempre, Martina é impecável e surpreendente na escolha do cardápio.

Quando estamos todos já satisfeitos, Martina se coloca em pé e começa um lindo discurso.

— Primeiramente, gostaria de agradecer a cada um que está aqui presente. Há alguns dias, fui obrigada a fazer uma pausa em minhas atividades no Martina's Café por conta de um incidente. Em um primeiro momento, fui inundada por um sentimento de decepção, derrota. — Martina começa a caminhar entre as mesas enquanto fala ao microfone. — Porém, durou pouco. É o que dizem, "há males que vêm para o bem", certo? — Ela dá um breve sorriso e continua: — Me peguei pensando muito em minha tia, a quem devo toda essa vida de luxo aqui — Ela ergue as mãos em volta da sua mansão — e me lembrei de conversas que tivemos em seus últimos momentos de vida. Ela se abriu comigo e revelou seu desejo de fazer algo de bom, devolver de alguma forma, para quem mais precisasse, um pouco de dedicação. — Martina faz uma pausa e percebo que está emotiva. — Me desculpem. Sei que já faz anos que ela se foi, mas até hoje sinto muito a sua falta. — Um garçom se aproxima e lhe oferece um copo com água. Martina aceita, agradece e ele se afasta. — Conversamos muito na época sobre o assunto, mas não conseguimos chegar a uma ideia concreta do que fazer. A única coisa que sabíamos era de nossa vontade de participar do projeto, não apenas colaborar financeiramente. Queríamos conhecer os rostos das pessoas que teriam suas vidas impactadas por nós. Tínhamos o desejo, mas faltava o projeto. — Ela olha ao redor novamente. Estão todos concentrados em suas palavras e comovidos.

Martina continua:

— Minha tia não está mais aqui, mas consigo sentir em meu coração sua alegria. Esteja onde estiver, consigo senti-la. — Fecha os olhos com uma das mãos no coração.

Já sinto lágrimas se acumularem em meus olhos e tento contê-las com a ponta de um lencinho, para não borrar minha maquiagem. Alexandre coloca sua mão sobre a minha e passa delicadamente o polegar em meus dedos.

— E eu sei que estou com dificuldade criativa para pensar em um nome apropriado para o Casarão. — Martina está olhando para mim, sorrindo. — Mas não consigo pensar em nada mais apropriado do que homenagear a criadora dessa ideia. Então, meus amigos, quero convidá-los a fazer parte desse grande projeto chamado "Casarão da Tia Mila", onde nós acolheremos e cozinharemos com amor e alegria.

Martina depois me contou que não havia preparado o que iria dizer. Deixou que a emoção conduzisse suas palavras, o que tornou tudo mais emocionante.

Todos estão aplaudindo, enquanto ela caminha de volta entre as mesas. As pessoas se levantam para abraçá-la. De longe, este se tornou um dos momentos mais emocionantes que já presenciei em minha vida.

Olho para Alexandre e vejo que ele tenta conter um pouco a emoção, mas seus olhos também estão marejados.

— Isso foi incrível — ele me diz.

Martina chega a nossa mesa tomada pela emoção.

— Amiga — ela me diz —, por favor, não implique com o nome, eu juro que tentei ser o mais criativa possível, mas não consegui.

— Cala a boca! — rebato, abraçando-a e rindo. — Esse nome é perfeito!

Algumas pessoas já estão indo embora, mas outras estão animadas demais para pensar nisso.

Alexandre engatou uma conversa com um grupo de pessoas sobre mercado financeiro, então aproveito para dar uma passada rápida no banheiro.

No caminho, dou de cara com Patrick no corredor próximo ao lavabo. *Meu Deus, me esqueci completamente que fiquei de marcar um jantar que eu nem queria ir,* e fico muito sem graça de vê-lo aqui.

— Oi, Audrey, como vai?

— Ah, olá, Patrick! — digo sem jeito, estendendo a mão para cumprimentá-lo.

— Martina me contou que vocês vão patrocinar a reforma do Casarão.

— Ah, sim, faremos isso — respondo, olhando em volta, esperando que Alexandre não nos veja.

A porta do lavabo se abre e Lúcia sai lá de dentro.

— Oi, Audrey, como vai? — ela me cumprimenta.

— Bem e você?

— Também — ela responde e logo se aproxima de Patrick.

— Já estou pronta, amor, podemos ir?

Levo um segundo para entender o que se passa na minha frente.

— Até mais, Audrey — Patrick diz, enquanto coloca sua mão na cintura de Lúcia, conduzindo-a para irem.

— Até... — respondo, vendo-os partir.

Martina vem ao meu encontro, com um sorriso malicioso.

— O que foi? — pergunto para ela quando já está na minha frente.

— Você é tão ridícula que às vezes nem consigo acreditar. — E solta uma gargalhada.

— Para com isso! Eu? Ridícula? Por quê?

Um garçom passa por nós com uma bandeja cheia de taças. Martina pega duas e me entrega uma delas.

— Vamos brindar aqui à sua cara de trouxa. — E bate com a sua taça na minha.

— Eu vou dar com essa taça na sua cabeça! — digo, rindo da cara dela e tentando me conter também.

Martina não se aguenta e se entrega às gargalhadas e logo seu ruído suíno surge quando ela começa a querer puxar o ar.

Dessa vez, rio junto, pois realmente estou me sentindo um pouco idiota aqui.

CAPÍTULO 17

— Esplêndido! — Dona Elza caminha pela sua nova sala de estar, admirando cada detalhe de seu apartamento recém-reformado e redecorado. — Não consigo acreditar no que meus olhos veem.

Conseguimos entregar a obra um pouco antes do previsto. Dona Elza retornou de sua viagem à Europa e nos pediu que viéssemos encontrá-la aqui. ·

Uma das exigências sobre a qual a cliente foi mais enfática era de que suas obras de arte tivessem destaque por toda a casa, sem parecer um museu.

Realmente fico impressionada com o trabalho que fizemos. Luxo e requinte é o que define. Conseguimos compor elementos modernos e clássicos, dando leveza ao ambiente. Todas as suas peças de arte ficaram destacadas com elegância.

— Fernanda, estou em choque com o resultado — digo a ela enquanto dona Elza admira um de seus quadros do outro lado da sala.

— Ficou incrível, não é mesmo? — ela indaga enquanto tira algumas fotos para incluir em nosso portfólio.

Olho em volta, maravilhada. Vou até a cozinha para verificar as mudanças que também foram feitas por lá, enquanto ouço Fernanda conversar com a cliente. Não consigo ouvir o que dizem, somente ouço as vozes. Me ajeito para conseguir um ângulo bom de todo o espaço e tiro algumas fotos. *Caraca, isso aqui ficou fantástico mesmo!*

As vozes se aproximam e agora as duas se juntam a mim.

— ... e com toda a certeza podemos nos organizar para essa nova empreitada — Fernanda fala para dona Elza enquanto olha para mim, me incluindo no assunto. — Vou organizar uma equipe para fazer acontecer.

Perdi o começo da conversa, mas entendo que deve se tratar de mais algum projeto novo que a cliente queira iniciar.

— Acho que já finalizamos por aqui — Fernanda conclui, já se preparando para que possamos partir.

A cliente nos acompanha até a porta de entrada e se despede de nós. Quando entramos no elevador, Fernanda me pergunta:

— Tá a fim de fazer uma viagem?

— Viagem?

— Dona Elza é dona de um hotel-fazenda no interior e pretende modernizá-lo de cabo a rabo. — Ela me informa com um sorriso de orelha a orelha. — Precisamos ir até lá passar uma semana para fazer a visita técnica.

— Uma semana para uma visita técnica? Qual é o tamanho desse hotel?

— A visita dura um dia, mas ela nos presenteou com uma estadia de uma semana pelo nosso trabalho aqui no apartamento.

O elevador chega ao andar térreo.

— Com direito a acompanhante. — Ela pisca para mim e sai dando um saltinho.

Fernanda geralmente é muito contida e calma, foram pouquíssimas as vezes que a vi um tantinho eufórica.

— Que ótimo! — Continuo caminhando ao seu lado até chegarmos à portaria do condomínio.

— Organize uma equipe do escritório para fazer a visita com você e, assim que finalizarem tudo, aproveite uma semana por lá.

— Você não vai? Quer dizer, achei que essa cortesia de dona Elza seria para os sócios. — Estou assimilando todas as informações que Fernanda acabou de vomitar sobre mim.

— Não podemos nos ausentar uma semana inteira nesse momento, mas também não podemos fazer a desfeita de não aceitar.

Eu acho ótimo, para falar a verdade, pois estou me sentindo exausta e esgotada. Estamos com múltiplas obras em andamento nas últimas semanas, isso inclui o Casarão, também já começou a quebradeira por lá.

— Eu aceito! Acho que seria ótimo mesmo.

— Perfeito! Então estamos conversadas!

Preciso ligar para o Alexandre!

DUAS VEZES AMOR

Devo admitir que minha vida anda bem atribulada. São tantas coisas acontecendo ao mesmo tempo que parece que o fato de o dia ter apenas 24 horas não me basta. Fiquei bem contente em poder espairecer fora da capital. Mesmo que eu esteja aqui a trabalho, respirar um ar puro faz muito bem.

O hotel fica a duas horas de São Paulo. Fiquei encantada. O lugar lembra bastante aquelas construções da era colonial do Brasil. A casa principal comporta uma recepção enorme e dois restaurantes. As acomodações para os hóspedes são chalés espalhados por todo o terreno da fazenda. É bem aconchegante e privativo.

O chalé onde me instalei dá de frente para um lago e, mais adiante de onde ficam os tais chalés, temos acesso a outro casarão, um pouco menor que o principal, onde há uma piscina aquecida e duas salinhas de spa também com vista para o lago. O complexo é bem maior do que eu imaginava.

Há poucos hóspedes por aqui e eu acho isso ótimo, pois tudo que mais quero é sossego.

Alexandre vai chegar hoje à noite para passar o resto da semana comigo. Como o avisei muito em cima da hora, ele não conseguiu se organizar para trabalhar remotamente como estou fazendo aqui, mas não tem problema, acabou sendo bom, pois os primeiros dois dias foram super puxados e eu nem conseguiria dar atenção a ele.

Minha equipe e eu trabalhamos ininterruptamente por dois dias assim que chegamos. Recrutei uma equipe grande. Depois de levan-tarmos todas as informações que precisávamos, dei um dia de folga para que aproveitassem a estadia, e eles se foram na manhã seguinte.

Hoje é meu primeiro dia sozinha. Neste exato momento, estou aproveitando o final da tarde na varandinha do meu chalé, com meu computador aberto, adiantando o que posso, para quando ele chegar eu me jogar em seus braços.

O dia está maravilhoso, o céu é bem azul, com pouquíssimas nuvens, a temperatura também está amena, perfeito para mim. Não paro de olhar em volta, estou encantada com tamanha beleza. Fico imaginando como ficará isso tudo após nossa intervenção. Decidimos por não perder as características originais do lugar, não queremos que perca sua identidade. Faremos somente melhorias. Esse Hotel-Fazenda já ganhou meu coração.

Ah! Dona Elza, muito obrigada pela oportunidade!

Meu celular toca, é Martina. Claro que é Martina! Reviro um pouco os olhos, pois ela está ligando por videochamada. Assim que atendo, seu rosto surge e reconheço o cenário ao fundo, em reforma. Ela está no Casarão.

— Audreeeeey! Amiga, quando você volta desse fim de mundo?

— Não é fim de mundo — digo rindo —, estou pertinho daí.

— Estou aqui no Casarão.

— Eu reconheci o lugar.

Martina vira a câmera e começa a me mostrar o caos que se encontra o local.

— Eles estão quebrando tudo! — ela diz de fundo enquanto passeia pelos ambientes.

— É assim mesmo. A cozinha do Martina's Café ficou pior que isso e eu nem estou me referindo à reforma — falo, me recordando do estado em que encontrei o local após a explosão de peixe.

Martina não apareceu no Café durante a reforma, ela estava muito abalada. Decidiu ir somente quando ficou pronto.

— O pessoal da reforma ainda está aí? — pergunto.

— Estão de saída já. Estou tão ansiosa para a inauguração do Casarão da Tia Mila.

— Eu também, amiga, mas você precisa se acalmar. Aparecer aí toda hora não vai acelerar o processo.

Ela volta a imagem para seu rosto e continuamos a conversa.

— E como estão as coisas aí no seu retiro espiritual?

— Eu vim a trabalho, cretina. — De um tempo pra cá, comecei a chamar Martina de cretina. Virou seu novo apelido carinhoso, e ela parece não se importar.

— Sei bem, trabalhou dois dias e vai passar mais três descabelando a periquita.

Dou uma gargalhada tão alta, aquilo me pegou desprevenida, pois não lembro de ter comentado com ela que Alexandre estaria vindo para cá. Na verdade, como eu disse, minha vida anda tão atribulada que às vezes me esqueço de atualizar Martina sobre o que tenho feito.

— Alexandre passou no Café ontem à noite, pouco antes de fecharmos. Ele me contou que iria te encontrar hoje depois do trabalho.

— É verdade, ele está vindo para cá.

Dou uma olhada no topo das notificações do celular e vejo que tem uma mensagem que chegou há pouco. Deve ser dele. Meu corpo reage na mesma hora.

— Olha só — ela diz — depois nos falamos. Já está escurecendo e odeio dirigir à noite.

— Tá bom. Segunda passo aí no Café e conversamos com mais calma.

Nós nos despedimos e eu abro a mensagem imediatamente. É uma foto de Alexandre com Zequinha dentro do carro.

Já estamos a caminho.

Não posso acreditar que ele está trazendo o cachorro junto. Imediatamente após esse pensamento, um sorriso surge.

Venham com cuidado
♥

CAPÍTULO 18

Assim que respondo a mensagem, corro para me arrumar.

Alexandre vai levar ao menos 2 horas para chegar aqui, mas uma ansiedade enorme toma conta de mim.

Guardo meu computador, dou uma geral no quarto e corro para o banho.

Quando o relógio marca exatamente 20h, ouço uma batidinha na porta do chalé. Meu coração dispara. Dou uma verificada rápida no espelho.

Abro a porta com cuidado, caso seja um serviço de quarto, não quero que vejam que estou usando somente a camisola mais sexy que eu encontrei para comprar antes de vir para o Hotel-Fazenda.

A paixão é algo inexplicável, não é mesmo? Sempre me pergunto se é de fato possível uma pessoa ficar mais sexy a cada vez que a vemos. Sei lá, isso acontece com frequência comigo e com Alexandre. Ele desperta um incêndio dentro de mim.

— Oi — ele diz quando a fresta da porta se abre.

— Oi — digo abrindo mais e o convidando a entrar.

Seus olhos hipnotizados escaneiam cada parte de meu corpo. Alexandre está literalmente paralisado enquanto passeia com seus olhos por minhas curvas. A sensação, já familiar, toma conta de todas as células do meu corpo.

— Saudades. — Alexandre já me toma em seus braços.

Ficamos inertes na entrada no chalé com nossos corpos grudados por um longo tempo.

— Senti demais a sua falta — ele sussurra em meu ouvido, mas não me solta.

— Estou aqui há somente três dias — comento achando graça.

— Não importa. — Alexandre se afasta um pouco. Nossos olhos se encontram.

Zequinha entra, passa por nós e começa a vasculhar o ambiente. Sai farejando tudo. Depois, vai até a varanda e se deita no assoalho frio com a carinha virada para dentro.

Eu já falei que esse cachorro é uma figura?

Alexandre me ergue e automaticamente minhas pernas envolvem seu corpo. Eu o beijo e fecho os olhos. Ele caminha apressado até a cama.

— Te desejei essa semana toda — ele diz erguendo minha camisola e se desvencilhando de sua bermuda com pressa.

— Eu também. — Minha voz falha pela ansiedade de sentir ele me invadir.

Alexandre me invade com força, cheio de vontade. Eu o sinto rígido e pulsando dentro de mim. Não consigo pensar em mais nada, apenas me entrego ao que desejei todos esses dias.

Abro os olhos lentamente. Zeca está ao meu lado na cama com sua língua para fora me encarando. Me espreguiço e percebo Alexandre se mover um pouco também, mas continua dormindo. Eu me levanto tentando não acordá-lo e saio da cama.

Zeca caminha rapidamente até a porta de entrada do chalé. Para e olha para mim.

Acho que ele está querendo ir lá para fora… talvez para fazer suas necessidades?

Alexandre ainda dorme pesado, então coloco uma roupa e abro a porta para levar o cachorro para um passeio.

Fecho e começamos a caminhar. Zeca é o tipo de cachorro que não precisa de uma coleira, ele caminha ao lado de quem o está guiando. Não é do tipo que sai correndo – a não ser que encontre algum palhaço em seu caminho, aí a história é outra.

Ainda é bem cedo, o sol acabou de nascer e os únicos sons que se pode ouvir são de passarinhos acordando em seus ninhos. Fecho os olhos e inspiro o ar puro para dentro de meus pulmões.

Um latido alto de Zeca me traz de volta dos meus devaneios. Abro os olhos assustada, pois o silêncio é tanto que qualquer ruído mais forte parece um estrondo.

— O que foi, cachorro? — pergunto sussurrando, como se o cão fosse me responder murmurando também para não acordarmos os poucos hóspedes que ainda dormem em seus chalés.

Zeca dá outro latido forte e olha para baixo. O cachorro fez um cocô enorme.

Meu Deus! Esqueci de pegar sacolinha, e agora? Não posso largar essa monstruosidade aqui.

Ele late novamente, chamando minha atenção, como se eu não tivesse notado a obra prima que ele acabou de criar.

— Zeca, pelo amor de Deus, você vai acordar todo mundo. Eu já entendi que você cagou!

Zeca começa a andar em volta de seu bolo fecal enorme, farejando, como se o examinasse. Sinto náusea e desespero.

Coloco as mãos dentro dos bolsos de minha calça em vão, procurando por qualquer coisa que eu pudesse usar para catar esse negócio, mas não acho nada. Penso, por um instante de desespero, em sacrificar a malha fina que estou usando. Zeca late novamente, por duas vezes agora, o que me faz ter vontade de cavar um buraco e me enterrar ali.

Espera! Vou enterrar essa nojeira. Boa ideia! Não é o que os gatos fazem? Ótima ideia.

— O que vocês estão fazendo aqui? — Alexandre surge de repente, e eu levo um susto enorme e dou um grito. — Calma. — Ele ri e me abraça.

Nesse momento, Zeca torna a latir.

— Seu cachorro fez um cocô imenso e parece que quer acordar o planeta inteiro para mostrar a sua obra de arte.

Alexandre solta uma gargalhada.

— Na verdade — ele diz enxugando as lágrimas que rolaram em seu rosto —, ele está te dando um comando.

— Seu cachorro está me treinando?

— Ele sabe que não pode deixar aí o que ele fez, ele vai ficar latindo até recolhermos.

Era só o que me faltava!!!

CAPÍTULO 19

Depois que resolvemos o assunto catastrófico do início dessa manhã, aproveitei que já estávamos ao ar livre para apresentar todo o lugar para os dois.

Fizemos uma caminhada longa. Eu mesma ainda não tinha me aventurado por toda a extensão daqui.

Encontramos um bosque bem no final do terreno.

— Uau! — Alexandre exclama enquanto nós três estamos parados, admirando o lugar.

— Uau! — repito, olhando em volta.

— Esse lugar… parece mágico.

— Sim. — Dou alguns passos mais adiante, pois consigo ouvir um som leve de água que atrai minha atenção. — Por aqui. — Continuo a andar, um pouco mais apressada.

Após mais cinco minutos dentro do bosque fechado, nos deparamos com uma cachoeira.

— Uau — Alexandre murmura quase sem som, com seus olhos arregalados. — Acho que encontramos um pequeno paraíso.

Realmente, o lugar é de tirar o fôlego. Olhamos incrédulos em volta. Um pequeno paraíso escondido dentro de um bosque. É indescritível.

Alexandre começa a se livrar de suas roupas, encarando a água cristalina que se forma com a cascata da cachoeira.

Zeca late de empolgação, abanando o rabo, enquanto seu dono dispara e se joga no riacho.

— O que você tá esperando? — ele me pergunta ao emergir da água, jogando seu cabelo para trás com uma de suas mãos. — Venha!

Olho em volta para me certificar de que estamos realmente a sós. E estamos.

Deixe a vida te levar, Audrey!

Em poucos instantes, estou completamente nua e me jogo na água sem pensar duas vezes.

Zeca está eufórico do lado de fora. Faz menção de se jogar também e nos acompanhar, mas desiste e começa a andar na beirada da água, olhando para nós, de um lado para o outro.

Alexandre se aproxima de mim e me abraça.

— Eu te amo, Audrey! Eu te amo, minha linda! Que lugar incrível! — E me abraça, emocionado.

— Eu também te amo muito!

Ele me conduz para debaixo da cachoeira e sentimos a água bater contra nossos corpos, renovando nossas energias, e essa foi uma das sensações mais libertadoras que já senti em toda a minha vida. Estamos completamente nus em um riacho que encontramos dentro de um bosque encantado. Isso aqui daria uma cena incrível de filme.

Eu assistiria, definitivamente!

Ficamos ali por longos minutos, acredito que passou de uma hora, com certeza, mas começo a me sentir faminta.

— Não quero mais sair deste lugar — digo —, mas estou ficando com fome.

— Eu me mudaria para cá. Construiria uma pequena cabana logo ali — Ele estende o braço indicando um espaço qualquer — e dormiria todas as noites ouvindo o som da cachoeira.

Alexandre se vira para mim.

— Tive uma ideia!

Eu o encaro, curiosa.

— Vamos voltar aqui à tarde — ele diz olhando nos meus olhos. — Eu, você e umas garrafas de vinho.

Um enorme sorriso brota em meu rosto.

— Fantástico! — concordo. — Podemos trazer algumas camisinhas também. — Lanço um olhar sugestivo para ele.

— Hummmm!!! Agora você fez um *upgrade* maravilhoso na minha ideia. — Alexandre me puxa para mais perto de seu corpo gelado pela temperatura da água.

Almoçamos cedo no restaurante principal do hotel. Comida caseira e deliciosa. Depois, fomos até a loja de conveniência ao lado da recepção, onde se pode comprar todo tipo de artesanato típico da região, além de compotas e bebidas. Fomos direto para o setor de alcoólicos.

Nada de vinhos, havia somente suco de uva natural e cachaças artesanais. Alexandre escolhe uma feita de mel e limão.

— Essa aqui deve ser muito boa.

— Não sei, cachaça não é muito forte, não? — pergunto ressabiada.

— É o que vamos descobrir. — E pisca um olho para mim. Quase derreto com esse gesto. — Se não tem vinho, temos que improvisar.

Dou de ombros e acabo concordando.

Preparamos uma pequena malinha para levar algumas coisas para a nossa tarde romântica. Toalhas, uma coberta para forrar o chão de cascalho, alguns salgadinhos e queijos, a cachaça e camisinhas – no plural mesmo, Alexandre pegou um punhado delas.

Dessa vez Zeca não nos acompanha. Alexandre me garantiu que o cachorro é acostumado a ficar dentro de casa por algumas horas sozinho e aqui ele se comportaria da mesma forma.

— Mais tarde, quando voltarmos, eu levo ele para passear.

Chegamos em nosso pequeno paraíso. Gosto de acreditar que ninguém jamais esteve aqui antes de nós e que, portanto, o lugar nos pertence.

Estendemos o enorme edredom no chão, jogamos duas almofadas e nos sentamos.

— Você sabe qual é o significado da cachoeira para a espiritualidade? — ele me pergunta enquanto afofo uma das almofadas.

— Tem a ver com energias renovadas, algo assim, né?

— Também. — Ele se aproxima de mim. — A cachoeira é um símbolo de movimento constante. — Estamos sentados de frente para o pequeno riacho, admirando a água cair, criando um véu perfeito sobre a água. — Ela é fonte de energia, vida e transformação. É como a nossa vida: se estamos em movimento, as coisas tendem a fluir.

Em um primeiro momento, achei que Alexandre estivesse falando qualquer coisa só para criar um clima com toda essa natureza ao nosso redor e eu acho até graça nisso. Pensei que dizia por dizer somente.

— Sabe, Audrey — ele continua e agora está com o semblante mais sério, porém não me encara diretamente, seu olhar fica vago, fixado em algum ponto para dentro do bosque, como se buscasse alguma lembrança em sua mente. — Você apareceu na minha vida em um momento tão… — E se cala, como se tentasse escolher palavras leves para prosseguir — … peculiar. Eu só queria te dizer uma coisa e gostaria que você guardasse isso para sempre dentro do seu coração. — Ele inspira fundo, com uma expressão séria e doce ao mesmo tempo.

Fico inerte. Pela primeira vez nesses poucos meses que estamos juntos percebo fragilidade em Alexandre. Algo tão diferente do que ele sempre demonstrou para mim. Eu me sinto um pouco preocupada com o que está por vir, mas me mantenho calada e só escuto.

— **Você me salvou de todas as formas possíveis, e o mais engraçado de tudo é que você não tem a menor noção disso.** — Ele leva minha mão aos seus lábios e a beija com ternura. — Muito obrigado!

Alexandre encara o fundo dos meus olhos. Sou pega de surpresa, pois jamais esperaria por uma conversa como essa.

— Desculpe, não queria deixar o clima pesado — ele fala agora com um leve sorriso, enquanto pega a garrafa da bebida. — Acho que foi a magia desse lugar que tocou em alguma coisa dentro de mim. — Olha em volta, forçando a tampa para abri-la.

Eu o encaro tentando decifrá-lo e percebo neste exato momento que eu mal o conheço. Não sei muita coisa sobre seu passado, sobre sua família. Estamos sempre tão ocupados com trabalhos e mudanças constantes que, nos momentos em que estamos juntos, é tanta euforia que nunca houve espaço para conversas mais profundas, ou até mesmo dolorosas, e isso me pega de tal forma que começo a chorar.

— Hey! — Ele larga o que tem em suas mãos e se concentra em mim. — Me desculpe! — E me abraça.

— Não, por favor, não peça desculpas — respondo, olhando em seus olhos. — Você não tem do que se desculpar. — Enxugo a lágrima que escorreu em meu rosto com a mão.

— O que houve?

— Me sinto um pouco insensível por nunca ter notado que você, em algum momento da sua vida, talvez muito próximo de nos conhecermos, estivesse em sofrimento.

— Linda! — Ele passa o dorso de sua mão em meu rosto. — Não faz sentido se culpar por algo que você nem fazia parte. Você não foi o motivo da minha dor. — Ele me dá um beijo delicado na maçã do rosto. — Você foi a minha cura. Essa é a sua importância para mim.

Alexandre me envolve em um abraço intenso e amoroso. Sinto seu coração bater contra meu peito.

— Tá sentindo? — pergunta, referindo-se aos seus batimentos. — Esse coração, Audrey, não importa o que aconteça, saiba que ele vai sempre bater por você.

CAPÍTULO 20

— Caraca, no terreno do Hotel-Fazenda tem um bosque com cachoeira? — Martina larga o pedaço de alga que está manuseando para prestar atenção na história da viagem.

— Na verdade, descobrimos depois, conversando com o pessoal que trabalha lá, que fomos além das propriedades do hotel.

— Entendi. — Martina agora corta pedaços minúsculos de legumes e os separa em grupos.

— Você vai mesmo servir sushi na segunda-feira? Acho que foge bastante da proposta do Café, não? — pergunto curiosa.

— Não é sushi! — Ela larga tudo e me olha com desdém, como se eu fosse muito burra por não entender que algas, peixe cru e legumes juntos poderiam formar diversas coisas além de sushi.

— Nossa, me desculpe se ofendi sua gororoba "não sushi". — Ergo as mãos e arregalo os olhos em ironia.

Faz uma semana que voltamos da fazenda e desde que cheguei em São Paulo não tive um minuto de sossego. Tivemos uma reunião no escritório com a dona Elza para definirmos algumas coisas sobre o projeto para o Hotel-Fazenda, depois visitei quase todos os dias o Casarão da Tia Mila, pois Martina quase me obrigou a isso, mesmo sabendo que eu não gerencio obra, só coordeno os projetos.

Por outro lado, confesso que gosto de acompanhar o progresso, é gostoso ver meu trabalho ganhando forma. Apesar de ter me encontrado com Martina algumas vezes no Casarão, não tivemos oportunidade para conversar sobre a minha viagem, e esse foi um dos motivos de visitá-la em sua mansão hoje. E pelas mimosas também, obviamente.

Dormi quase a semana toda no apartamento de Alexandre. Minha mãe tem cogitado até vender o nosso apartamento, pois ela também tem ficado mais na casa de Charles. A ideia de morar com Alê não me assusta mais. Principalmente depois de nosso final de semana no Hotel-Fazenda. Nossa conexão se tornou muito mais forte. Pode ter sido o efeito da cachoeira? Pode! Gosto de acreditar que sim, porque torna tudo mais emocionante.

— Daqui a pouco Lúcia aparece por aqui. Eu a convidei para nossa tarde das meninas. — Martina agora guarda todos os microcubinhos em pequenos potes separados e os leva até a geladeira.

— Lúcia está vindo? Por quê?

Não sei porque ainda me incomodo com a presença dela. Na verdade, me senti mal por ter sentido o que senti por ela depois de questionar Martina.

— Falei com ela ontem — Martina volta para o balcão de sua enorme cozinha onde estamos sentadas. — Ela me contou que Patrick a traiu.

— O quê?

— Na verdade não traiu. Lúcia descobriu que ele era casado e ela que era a outra.

— O quê?! — exclamo agora num tom mais agudo e meio esquisito.

— Ela está arrasada. Fiquei com pena. Lúcia deve estar chegando.

— Não, tudo bem — respondo, meio sem jeito. — Deve ter sido bem chocante para ela.

— Pois é.

Lúcia chega logo em seguida e nos atualiza com sua versão da história. Patrick está passando por um divórcio, mas não oficializou ainda, pois sua ex-mulher tem muitos bens dele em seu nome, o que tem dificultado algumas coisas para ele.

— E pelo que eu entendi — Lúcia continua —, Patrick a traiu, então ela está mesmo dificultando muito.

— Se eu fosse sua mulher, arrancava até as cuecas dele — Martina diz. — Depois gastava o limite de todos os cartões de crédito dele com outros machos.

— Martina! — eu a repreendo, horrorizada.

— Uma mulher traída — Martina diz calmamente — é capaz de coisas muito criativas quando decide ser vingativa.

DUAS VEZES AMOR

Lúcia cai na gargalhada, e Martina a acompanha. As duas parecem se divertir com a situação.

Martina já passou por algumas situações em sua vida. Ela diz essas coisas, mas nunca desceu do salto para se humilhar por ninguém. Martina é o tipo de mulher que se for traída, o que já aconteceu, simplesmente some da vida da pessoa. E eu não sei até hoje o que ela faz, mas todas as vezes que alguém a machucou em um relacionamento, a pessoa acaba voltando arrependida, pedindo perdão e implorando para reatar, mas ela nunca volta atrás. Sempre diz que os homens têm apenas uma chance com ela e azar o deles se desperdiçar.

Acho isso tão foda.

— Mas e agora, o que você pretende fazer? — pergunto a Lúcia.

— Eu não sei — responde ela, pensativa.

— Foi ele que te contou tudo isso ou você descobriu sozinha? — Martina pergunta.

— A ex dele tinha colocado um detetive atrás de Patrick. Estávamos na quinta-feira jantando em um restaurante incrível quando ela apareceu. Ela começou a me xingar de tudo achando que EU era a tal amante de Patrick. Peguei minha bolsa e fui embora, larguei os dois lá discutindo e saí morrendo de vergonha. Aí ele apareceu em casa uma hora depois para tentar se explicar — Lúcia conta e sua feição passa de nervosismo para tristeza.

— Que situação — murmuro me compadecendo.

— Foi muito constrangedor mesmo. Imagine se algum conhecido assistiu àquilo? Eu saí de lá de cabeça baixa querendo me esconder dentro da minha bolsa.

— Vão falar o que de você? Quem passou papelão com certeza não foi nenhuma de vocês duas — Martina diz enfática — Foi Patrick que colocou vocês nessa situação. Ele que lide com isso.

— Mesmo assim, as pessoas falam, né? — insiste Lúcia.

— Olha aqui! — Martina se aproxima. — O que as pessoas pensam ou dizem diz mais respeito sobre elas do que você. É nessas horas que separamos o joio do trigo. — E dá uma piscadinha.

Martina é uma das melhores pessoas que eu conheço para dar conselhos.

Lúcia passou cerca de uma hora conosco e depois se foi. Disse que tinha outro compromisso, mas Martina e eu percebemos que a pobre loira checava seu celular quase a cada minuto.

— Ela está muito envolvida com Patrick — Martina afirma, enchendo sua taça novamente. — Conheço bem a peça, tenho certeza de que vai perdoá-lo e encontrar uma "explicação" para toda essa lambança que ele aprontou.

Martina aproxima a jarra com a bebida do meu copo para preenchê-lo, mas tenho metade da minha mimosa para finalizar ainda.

— Obrigada, amiga, mas acho que vou beber só mais essa tacinha mesmo.

Martina recolhe a jarra olhando para mim.

— Meu estômago está um pouco sensível. Já marquei para passar num gastro essa semana — explico, mesmo sem ela ter me perguntado nada.

— Você precisa desacelerar. Mas se desligar cem por cento. Não adianta ir descansar uma semana num paraíso com cachoeira, com a cabeça enfiada no trabalho. Isso daí é estresse.

— Sim, eu sei. Alexandre e eu estamos planejando uma viagem mais longa, talvez para fora do Brasil. Inclusive, aceitamos sugestões.

Não estamos planejando nada concreto. Para falar a verdade, enquanto estávamos entornando nossa garrafa de cachaça em nosso bosque encantado, já bem bêbados e cansados de tanto transar, começamos a falar sobre lugares no mundo que gostaríamos de conhecer. E para ser bem sincera, eu não me lembro de muita coisa do que foi dito.

Eu falei para o Alexandre que cachaça era uma ideia perigosa.

Chego no *hall* do apartamento de Alexandre e, antes de colocar minha chave na fechadura, ouço sua voz alegre com alguma coisa. Zeca late animado e Alê fala coisas que não consigo entender, mas percebo que ele está conversando muito animado com o cachorro.

Abro a porta devagar e entro no apartamento sem ser notada. Alexandre está na varanda e, quando me vê, diz com grande entusiasmo:

— Olha isso! — Ele aponta para a casinha. — Zeca finalmente entrou pela primeira vez na casinha!

Alexandre está com um sorriso de orelha a orelha, admirando o que parece ser o momento mais esperado de sua vida. Acho graça e sorrio para ele.

Zeca está só com a cabeça pra fora e late para mim.

— Parabéns, Zequinha! — Eu me abaixo até a portinha da sua casa para fazer carinho em sua cabeça.

— Linda! Eu falei "Zeca, casinha!". E ele simplesmente ENTROU na bendita casa! Estou há semanas tentando convencer esse cachorro a fazer isso.

Eu me levanto e o abraço sorrindo, sentindo meu coração quentinho com essa cena que acabei de presenciar. Foi nesse exato momento que decidi me mudar definitivamente para cá. O momento em que a alegria de Alexandre em ver seu cachorro entrar numa casinha de madeira que está há séculos entulhando sua varanda. Apenas tive a certeza de que aqui era o meu lugar. Eu quero morar onde a alegria de Alexandre está.

CAPÍTULO 21

Com a minha mudança definitiva para o apartamento de Alexandre, mamãe decide colocar nosso apartamento à venda.

Não foi nenhuma surpresa que isso fosse acontecer, pois já havíamos cogitado essa hipótese antes, levando em conta que nenhuma de nós tem passado muito tempo por lá.

Charles nunca dormiu em nosso apartamento. Mesmo mamãe sendo viúva há mais de uma década, nunca se sentiu à vontade para colocar outro homem para dormir onde meu pai já viveu. Mesmo seu casamento não tendo sido o mais feliz ao lado do meu pai, dona Laura sempre respeitou sua memória.

Confesso que pensar em outras pessoas aqui, vivendo entre essas paredes onde criei todas as memórias de uma vida inteira, me dá certa angústia.

Entro em meu quarto depois de dias sem passar por aqui e, enquanto separo o que vou levar comigo e o que vou doar, sinto meu coração apertar e sou tomada por uma vontade incontrolável de chorar. Eu me sento em minha cama e abraço forte uma almofada enorme que tenho desde a adolescência.

Admiro cada canto da minha enorme suíte como se fosse a última vez que a verei na vida.

Mamãe aparece na porta e apoia sua mão no batente.

— Entre, mãe — digo com os olhos cheios de lágrimas e noto que seus olhos começam a marejar também.

— Foram bons anos vivendo aqui, não é mesmo? — Ela se senta ao meu lado e passa seu braço ao redor do meu corpo para me abraçar.

Eu me aconchego em seu abraço morno e amoroso, como uma criança. Não existe coisa melhor no mundo inteiro do que um abraço de mãe quando nos sentimos vulneráveis.

— Você está fazendo a coisa certa, meu amor — ela me diz enquanto faz carinho em meu cabelo. — E fico feliz por saber que você está seguindo um caminho que te faz feliz. — Sinto que sua voz está embargada.

Ela me afasta um pouco para olhar em meus olhos.

— Vai ficar tudo bem! Nós duas vamos ficar muito bem.

— Sim, eu sei. — Enxugo minhas lágrimas com minha blusa de moletom.

Mais tarde, naquele mesmo dia, depois de Alexandre e eu finalizarmos minha mudança, voltamos para o apartamento, agora apenas de mamãe, e decidimos fazer minha despedida oficial. Charles e Martina também aparecem e fizemos uma noite de pizza, vinho e piano. Sim, dona Laura ama tocar piano para entreter as visitas.

Foi uma noite muito agradável e feliz. Conversamos bastante, demos muitas risadas. Não tenho nem como descrever a felicidade que sinto tendo ao meu redor as pessoas que mais amo na vida comemorando um momento tão especial para mim e para Alexandre.

Já faz alguns dias que não venho ao Casarão e percebo como adiantaram bem o trabalho por aqui.

— Acredito que em mais uma semana entregaremos nossa parte — o empreiteiro me informa. — Aí vocês já podem chamar o pessoal da limpeza de obras e estará pronto para mobiliar.

Percebo como está bem mais claro e iluminado agora que a pintura está praticamente finalizada.

Martina surge em um rompante.

— Amiga!!! Mal posso esperar para ver isso aqui decorado! Vai ficar incrível demais!

— Com certeza — digo abraçando-a.

— Quero te mostrar uma coisa — Martina me puxa pela mão e eu a sigo até a parte de fora.

— Olha lá! — Ela aponta para além da propriedade e vejo a antiga pracinha, que antes estava completamente abandonada, sem aquele mato enorme que quase cobria os brinquedos deteriorados.

— Uau! Cortaram todo aquele mato!

— Olha melhor!

Me aproximo um pouco mais e vejo que os brinquedos da praça foram trocados e foram colocados bancos brancos lindos ao redor de toda a praça.

— Você passou direto e nem viu quando chegou, né?

— Nossa, pior que não vi mesmo, ando bem distraída ultimamente.

— Pois é, você anda estranha mesmo. Já falei que você precisa tirar umas férias.

— Tias!!! — Ouvimos um grito agudo infantil e, quando nos viramos em direção ao som, vemos Denis correndo com um largo sorriso no rosto. — Tias!!! — Ele se aproxima, ofegante.

— Oi, menino Ney! — Martina o cumprimenta.

O garoto solta uma gargalhada gostosa. Denis adora que o chamemos assim.

— Obrigado pela pracinha, tias. Minha mãe mandou eu *vim* agradecer vocês.

— Você fez isso? — eu me viro para ela.

— Tenho meus contatos na prefeitura — ela diz, mas sem se gabar. Na verdade, Martina sente certa repulsa por conseguir uma coisa dessas somente por seu status social. — É um absurdo uma rua dessas com tantas crianças não ter um espaço decente para elas poderem brincar em segurança.

— Quando que vai ficar pronto isso daí? — Denis olha em direção ao Casarão.

— Logo, logo — respondo.

— Daqui cinco minutos?

— Não — Eu rio de sua inocência —, daqui umas duas ou três semanas.

— Então não é logo, demora muito ainda, nossa! — Denis se emburrece um pouco.

— Quer entrar pra ver?

— Posso mesmo? Legaaal!!

Martina conduz o garoto para dentro na maior empolgação. Vejo que tem uma ligação perdida de Alexandre em meu celular e retorno para ele aqui de fora.

— Alô — ele atende ao primeiro toque.

— Oi, desculpe. Estou aqui no Casarão e não ouvi meu celular tocar dentro da bolsa.

— Sem problemas.

Alexandre não costuma me ligar. Temos o hábito de nos falar somente por mensagem.

— Que horas você chega em casa hoje?

— Bom, daqui vou dar uma passada rápida no escritório. Tenho uma reunião com Fernanda e minha equipe, depois estou livre. Devo chegar por volta das 17h. Por quê?

— Ah, ótimo! Estarei em casa também.

— Ok — respondo meio sem entender sua urgência em me ligar, pois essa conversa poderia ter acontecido por WhatsApp.

Claro, não me aborrece nem um pouco receber uma ligação dele durante o dia.

— Certo! Até mais tarde então, minha linda!

— Até…

Não consigo evitar um riso e desligamos logo em seguida. *Alexandre está aprontando alguma coisa.*

Abro a porta do apartamento e Alexandre está na cozinha sentado no balcão somente de calça de moletom e sem camisa. Essa visão me estremece.

Ele vem ao meu encontro e me cumprimenta. Percebo que a cortina da varanda está completamente fechada, o que acho estranho, pois sempre deixamos tudo aberto.

Alexandre tem um sorriso estampado em seu rosto. Sinto certa desconfiança. Zeca nem se levanta do sofá para me receber, só abana seu rabo me encarando. *Esse cachorro adora esse sofá.*

— Quero te mostrar uma coisa! — Alexandre me conduz até a varanda. — Espero que você goste. — Há um misto de incerteza e empolgação em seus olhos, o que me causa certo desconforto.

Quando Alexandre abre as cortinas, mal posso acreditar no que vejo.

— Meu Deus! — exclamo levando minhas mãos ao rosto — Você... você fez isso tudo hoje? Como?

Alexandre criou um pequeno escritório, mas é tão confortável e delicado.

— Abra as gavetas.

Faço o que ele me pede e dou de cara com todos os meus desenhos. Aqueles que costumo, ou costumava, fazer e que me relaxavam tanto.

Ele se lembrou disso.

— Queria que você tivesse um cantinho todo seu aqui, para se sentir mais em sua própria casa. — Ele olha para a casinha do cachorro — É, na verdade você vai dividir o espaço com o bolota, se não se importar.

— Claro que não me importo. — Eu me sento na cadeira e passo as mãos sobre o tampo da mesa, maravilhada.

— Não é muita coisa, eu nem sabia se você ia gostar. Talvez eu devesse ter te perguntado antes. E eu passei na sua mãe, ela me entregou esses desenhos. Achei que você iria querer eles aqui.

Abro outra gaveta e vejo um mar de cores. Lápis, canetas, réguas de todos os formatos e mais um monte de apetrechos de papelaria.

— Ah é, eu comprei essas coisas também. Não sabia o que comprar, então comprei tudo que achei.

Me levanto e vou até ele.

— Eu te amo! — abraço e beijo sua boca com tanta intensidade. Com tanto amor. — Obrigada.

Devo dizer que a calça de moletom de Alexandre começou a ficar bem indecente e hilária.

— Me desculpe — ele diz, rindo. — É uma reação automática aos seus toques. Não consigo evitar.

— Não evite — respondo ainda entre risos e o beijando.

Eu o empurro para dentro do apartamento enquanto o beijo. Estou sedenta por ele.

— Zeca, casinha! — Alexandre diz.

O cachorro imediatamente sai do sofá e corre até sua casinha.

— Audrey, caminha!

— Hey! — dou um tapa em seu braço.

Alexandre ri de sua própria piada horrível. Eu rio também, de tão péssima e absurda que ela foi. Mas o arrasto para o nosso quarto, tudo que quero é estar em nossa *caminha* com ele agora.

CAPÍTULO 22

Quase todas as manhãs, Alexandre tem acordado bem cedo para ir pedalar com o grupo de ciclistas do qual ele faz parte. Agora ele inventou de fazer uma prova de longa distância e tem feito treinos específicos com um professor particular para se preparar.

Quando ele retorna, já estou acordada esperando por ele para tomarmos café da manhã juntos antes de sairmos para trabalhar.

De vez em quando, Alexandre me convence de irmos de bicicleta para o trabalho, pois há uma ciclovia daqui até lá. Dá para irmos sem perigo – eu sou medrosa, não gosto de pedalar disputando espaço com carros e motos, então a ciclovia me deixa mais segura.

Alexandre é mais atrevido, deve ser pelo fato de estar acostumado, devido aos treinos que já faz quase diariamente.

Como trabalhamos no mesmo bairro agora, Alexandre me acompanha até o meu escritório e depois segue para o seu. No final do dia, eu o aguardo para voltarmos juntos.

Essa tem sido nossa rotina e gosto muito dela. Alexandre tem trazido entusiasmo para minha vida, mesmo eu tendo o dobro de responsabilidades no trabalho do que tinha antes de tê-lo conhecido, minha vida hoje é muito mais leve pelo simples fato de ele a ter invadido.

— Oi, Jaque! — Entro no Martina's Café e cumprimento a garota, que está no caixa.

— Oi, Audrey! Quanto tempo! — Jaque deixa de lado alguns papéis que estava manuseando para me cumprimentar com um abraço.

Jaqueline era garçonete no Café e agora Martina a promoveu a gerente.

— Olha só, gostei do novo *lookinho*! — Jaque agora não usa mais o uniforme que usava para atender as mesas, está bem elegante e com um crachá de metal delicado sobre a camisa escrito seu nome e a nova função que exerce.

— Ah, você gostou? — ela diz sorrindo, passando as mãos sobre a calça social. — Martina me comprou essas roupas novas. Disse que era para eu me sentir mais confiante.

— Você se sente?

— Ah, Audrey! Eu me sinto incrível. Estou muito feliz por Martina confiar em mim.

Jaqueline tem apenas vinte anos e é muito responsável. Martina logo percebeu que a menina tinha muito potencial e começou a investir nela. A promoção foi o primeiro passo, Martina pretende ajudá-la com os estudos também.

— Fico feliz demais por você. Você merece!

Antes da reforma do Café, minha mesinha preferida era em frente a um dos janelões laterais. Agora, com as varandas novas, tenho um novo espaço preferido lá fora. Vou até lá e espero minha mãe descer do prédio para tomarmos um café juntas e nos deliciarmos com a surpresinha do dia.

— Nem parece que já faz uma semana que você se mudou lá de casa — mamãe diz revirando uma colherzinha dentro do seu cappuccino.

— Sim, essa semana passou bem rápido.

— Então agora você é ciclista também? — questiona mamãe olhando para minha bicicleta acorrentada na grade do lado de fora.

— Não no nível de Alexandre, só me locomovo de casa pro trabalho e aos domingos passeamos pela ciclofaixa até os parques.

Vim do escritório até o Café de bicicleta sozinha. Parece tolo para quem já está acostumado, mas para uma pessoa como eu, que ainda se sente insegura, fazer um percurso sozinha é desafiador. Mas ao mesmo tempo é uma sensação libertadora. *Eu recomendo!*

— Como foi no gastro? — mamãe pergunta.

— Ele me disse que não é nada demais. Deve ser somente estresse ou ansiedade, o que pode causar as azias que ando sentindo. Nos exames não apareceu nada de grave, então ele só me pediu que evitasse comidas pesadas, bebidas alcoólicas e diminuísse o café.

Mamãe encara meu café expresso.

— Ele disse diminuir, não evitar, mãe.

— É em você que vai doer, não em mim. — Dona Laura leva seu cappuccino à boca. — Hummm... isso aqui está divino!

— De qualquer forma, é mais de manhã que sinto desconforto. Depois, ao longo do dia, passa.

Vemos Martina chegar da rua. Ela acena para nós enquanto adentra ao Café e vem direto em nossa direção.

— Me distraí toda no Casarão hoje de manhã. Quando vi, já tinha passado do meio dia — diz ela ao sentar.

— Mal posso esperar para conhecer esse Casarão — comenta mamãe.

— Ah, Laurinha, você vai amar! Não consigo ficar um dia sem dar uma passada lá para conferir como está ficando.

— Mas é uma viagem, não é do outro lado da cidade?

— Sim, no extremo sul da capital.

— E você faz essa viagem todos os dias?

— Sim, mãe. Já disse pra ela que não adianta ir toda hora lá. — Agora me viro para Martina: — Amiga, vá uma vez por semana, assim você dribla um pouco essa sua ansiedade.

Não adianta falar, Martina finge não ouvir e amanhã estará lá novamente.

— O rapaz bonitão me disse hoje que até quarta-feira a reforma já estará finalizada e que já dá pra mandar limpar tudo.

O rapaz "bonitão" a que Martina se refere é o engenheiro responsável pela reforma do Casarão. Ele é realmente muito bonito. Bonito a ponto de, quando está no escritório, arrancar suspiro de todas as mulheres.

Bom, de alguns rapazes também.

— A pergunta que não quer calar: o que você vai servir hoje à tarde? — mamãe pergunta.

— Ahhh! Hoje preparei uma novidade! Já deve estar para ser servido, inclusive.

— Não vai ser sushi, né? — pergunto com um leve sorriso no rosto.

Martina me encara com raiva nos olhos.

— Não era sushi!

— Sushi? — Mamãe faz cara de dúvida ao perguntar.

— Semana passada Martina serviu um prato com peixe cru aqui.

— Sério?

— Tá legal, não foi a melhor das minhas ideias — Martina confessa um pouco chateada.

— Amiga, eu tinha te falado que não parecia uma boa ideia.

— Não importa. Ficou uma delícia, mas parece que não combinou com o ambiente. — Martina faz sinal de aspas com as mãos de forma bem exagerada. — Alguns clientes disseram.

A nova garçonete se aproxima com três pratinhos sobre uma bandeja e nos serve ao chegar em nossa mesa.

— Obrigada, Aline.

Dou uma olhada para o alimento e não consigo decifrar se é doce ou salgado.

— É uma espécie de pudim? — mamãe pergunta cutucando o que quer que fosse aquilo com seu garfinho.

— Isso mesmo! Mas é um pudim salgado. Me inspirei em algumas receitas do norte europeu — com isso, Martina explica a origem da criação desta segunda-feira.

Corto um pequeno pedaço e levo ao nariz para cheirar antes de colocar na boca. O aroma dos temperos atinge diretamente alguma coisa dentro do meu estômago, eu sinto uma náusea no mesmo instante.

— Meu Deus! — Me levanto de súbito com uma das mãos em minha boca. Um enjoo forte toma conta de mim e corro para o banheiro dos clientes.

— O que foi isso? — Ouço mamãe dizer ao longe e em segundos as duas estão dentro do banheiro me vendo debruçada sobre a privada.

— Eu acho que estou doente! Preciso desacelerar — digo chateada e preocupada.

Um silêncio paira no ambiente. Ninguém diz nada. Quando me viro, mamãe e Martina estão se encarando.

— O que foi?

— Querida, quando foi sua última menstruação? — mamãe me pergunta delicadamente.

— Não estou grávida, mãe, usamos camisinha todas as vezes. Inclusive, minha menstruação deve chegar esta semana.

As duas continuam me encarando em silêncio. Pego meu telefone celular no bolso da calça para conferir o aplicativo que eu uso para checar a data.

— Meu Deus! — Sinto meu coração vir até minha boca. — Não pode ser! Não pode ser! Devo ter esquecido de marcar alguma coisa aqui. — Sinto um pavor tomar conta de mim. — Ai, meu Deus!

— Calma, querida, calma.

Começo a repassar as últimas semanas em minha cabeça, todas as vezes em que eu e Alexandre fizemos amor, todas as vezes nós nos cuidamos.

— Ai, não! — Levo minhas mãos ao rosto ao me lembrar de nossa tarde de cachaça na cachoeira.

Me lembro que foi muito intensa. Muito! Na verdade, o final de semana todo estávamos pegando fogo. Será que vacilamos? E agora?

— Amiga, tem uma farmácia aqui no quarteirão. Vou lá comprar um teste e você já tira isso da sua cabeça, tá bem? Vamos descobrir em alguns minutos se é estresse ou se Alexandre marcou um gol.

— Martina do céu! Tá atrasada há quase três semanas já e eu nem me dei conta!

Estou em prantos. Como isso foi acontecer?

Martina sai aos tropeços do banheiro. Mamãe me ajuda a levantar do chão.

— Por que você está tão apavorada, querida?

— É muito cedo, mãe. É muito cedo. — Tento organizar alguns pensamentos em minha cabeça, mas não consigo. — Acabamos de decidir morar juntos, estou me acostumando com essa ideia ainda. E o meu trabalho. Nossa...

— Acalme-se, você não sabe ainda. — Mamãe tenta me consolar, mas percebo um sorriso tímido em seu rosto. Ela tenta esconder, porém falha miseravelmente.

Martina surge novamente no banheiro com uma sacola plástica e me entrega.

— Vocês poderiam me esperar do lado de fora?

As duas saem e agora estou sozinha. Me sento na cabine do banheiro e abro a embalagem. Retiro o lacre e posiciono o palitinho para receber meu jato de urina.

Esses foram os dois minutos mais longos de minha vida. E quando eles terminam, os dois risquinhos confirmam o novo rumo que minha vida estaria prestes a tomar.

Meu choro alto faz elas entrarem no banheiro mais uma vez. Mamãe também chora e me abraça. Martina dá pulinhos atrás de nós e diz alguma coisa, mas não consigo prestar atenção. Minha mente está longe. Não sinto medo. Não sinto nada. Uma emoção nova começa a tomar conta de mim. Parece que estou assistindo a um filme em câmera lenta. Vou processando a informação que acabou de se confirmar.

Quando me dou conta de que o final de semana mais romântico e intenso de nosso relacionamento acabou gerando um fruto, não consigo me conter. Estou esperando um filho de Alexandre. Preciso falar com ele agora!

CAPÍTULO 23

Ando pelo apartamento de um lado para o outro.

Zeca me acompanha sem entender nada. Sento no sofá e o cachorro se coloca na minha frente. Deita sua cabeça marrom em minha perna olhando diretamente para mim.

É engraçado como nos acostumamos aos sons de nossa casa. Dá para saber se a vizinha está saindo para trabalhar atrasada dependendo da forma como seu calçado bate no piso do andar de cima. Se está usando salto alto, se é ela ou seu marido caminhando. Barulhos das persianas sendo abertas de manhã ou fechadas de noite, o arrastar de móveis, entre outros sons.

É possível ouvir os motores do elevador se engrenando conforme o sobe e desce cada vez que ele é acionado por alguém. Conseguimos ouvir as portas de correr do elevador ao chegar em nosso andar. E é esse som que me faz levantar de súbito do sofá. Sei que Alexandre abrirá a porta do nosso apartamento em cinco segundos, pois os motores do elevador cessaram em nosso *hall*. Zeca também sabe e corre para a porta para recepcionar seu dono.

A porta se abre e meu coração está a mil. O que vai acontecer depois que eu contar que Alexandre vai ser pai?

Observo a interação de Zeca e Alexandre se cumprimentando e parece que a cena dura séculos.

Alexandre se vira e tenta trancar a porta enquanto Zeca salta tentando alcançar seu rosto para lambê-lo.

— Cachorro louco, se acalme! — Alexandre tenta controlar o animal, rindo.

Eu apenas observo a cena, que parece se movimentar em câmera lenta. Noto os minutos que restam antes de sua vida mudar para sempre. Minha mente me leva para longe com meus pensamentos a mil e tomo um susto quando Alexandre toca em mim.

— Hey! — ele diz sorrindo, segurando meus braços.

— Nossa, me desculpe, acho que dei uma viajada aqui. — Eu não faço a menor ideia do que acabou de acontecer.

Socorro, será que os hormônios da gravidez já estão afetando meu cérebro?

Alexandre me encara com curiosidade.

— Tá tudo bem?

Quando ouço essa pergunta, começo a chorar.

— Linda, o que houve? — Alexandre me toma em seus braços e sinto o calor de seu corpo me acalentar. Uma de suas mãos me envolve e a outra segura minha cabeça massageando levemente meus cabelos.

Eu não faço a menor ideia de como começar essa conversa, então apenas curto o carinho de Alexandre. *Audrey, pelo amor de Deus, fale logo!* – a voz de Martina surge em minha cabeça me dando uma bronca.

— Acho melhor nos sentarmos — digo séria.

Alexandre me conduz até o sofá e nos posicionamos de frente um para o outro.

Zeca se aproxima arfando, como se soubesse que está prestes a presenciar uma situação importante, e agora estão os dois olhando para a minha cara.

Um pouco mais cedo, quando cheguei em casa, Zequinha estava deitado na varanda com metade do corpo dentro de sua casinha. É assim que ele fica às vezes. Ele entra metade de seu corpo marrom, deixando seu bumbum do lado de fora. É uma graça.

Quando o cão percebe minha presença, vem rebolando em minha direção para me receber. Eu me agacho e o abraço forte. Zeca nota que estou angustiada e para com sua agitação imediatamente. Se acalma, pois percebe que eu preciso dele assim.

— Zeca, tem um bebê na minha barriga! E agora?

Quando me ouço dizer isso em voz alta, o choro toma conta de mim. Zeca enfia sua cabeça no vão entre meu ombro e minha cabeça e leva uma pata sobre meu braço, essa é sua forma de nos abraçar. Eu o agarro com força e sinto sua respiração calma em meus cabelos. Como se ele dissesse: *"vai ficar tudo bem!"*

Então passei uma hora conversando com o cachorro e ele permaneceu pacientemente uma hora olhando para minha cara. Não sei se estou louca, mas tenho certeza de que ele entendeu tudo que desabafei. *Cara, eu amo esse cachorro!*

Quando já estou mais calma, Zeca levanta sua cabeça em direção ao *hall*, pois ouve os motores do elevador cessarem em nosso andar. E sei que em alguns instantes Alexandre abrirá a porta.

Zeca coloca sua pata em minha perna, como quem diz *"vai fundo, pode contar para ele que eu te dou apoio"* e o gesto do cachorro me acalma. Me encoraja. Respiro fundo.

— Tenho uma coisa para te contar — começo. Alexandre me olha com atenção e preocupação, segurando uma de minhas mãos. — E não sei como começar, então vou logo dizendo do que se trata, acho que assim vai ser melhor.

Puxo o ar fundo e sinto meus pulmões se preencherem de ar. Fecho meus olhos e digo:

— Estou esperando um bebê. — Não consigo abrir meus olhos. Não consigo. Estou com medo da reação dele. Levo minhas duas mãos ao rosto e me escondo feito uma criancinha.

O silêncio ensurdecedor que se instala na sala é quebrado por um latido de Zeca. O animal parece perceber a tensão que há no ambiente e a dissipa.

Nós dois encaramos o cachorro, que nos encara de volta. Ele late mais uma vez, ansioso, agora olhando para Alexandre, como quem diz *"Vai, meu, faz alguma coisa, caralho!"* – tenho certeza de que Zeca falou isso. CERTEZA!

Isso me faz cair na risada. Não sei mais se estou rindo de nervoso ou de desespero. A situação fica muito embaraçosa. Alexandre começa a rir também e Zeca começa a latir. Parecemos três idiotas.

Não foi assim que imaginei que aconteceria tudo, estava com tanto receio desse momento, mas tudo correu melhor do que eu esperava.

Alexandre vai do riso às lágrimas. Ele está emocionado agora. Zeca projeta seu corpo sobre ele, assim como fez comigo uma hora atrás. Estou imóvel observando a cena de Zeca e Alexandre abraçados.

— Eu vou ser pai, Zequinha! Eu vou ser pai!

Sorrio emocionada, assistindo aos dois comemorarem a notícia. Que cena linda! Sinto meu coração quentinho.

Zeca desce do sofá e nos encara. Alexandre olha para mim. Eu o encaro de volta e estamos sorrindo feito bobos.

— Foi naquela cachoeira, não foi? — ele pergunta.

— Só pode ter sido.

— Audrey, Audrey… — Alexandre me puxa para mais próximo de seu corpo e me embala. Me aconchego em seu colo e quero ficar presa nesse momento para sempre.

Alexandre decide preparar um jantar especial para comemorarmos a novidade. Me sento no sofá admirando-o na cozinha indo para lá e para cá pegando utensílios, panelas, alimentos na geladeira e começando o preparo. Vez ou outra ele olha para mim e abre um sorriso. Eu retribuo.

Mil pensamentos tomam conta de minha mente. Faço uma miniretrospectiva de todos os nossos momentos juntos, desde a primeira vez que o notei no Martina's Café. É engraçado recordar a primeira sensação que Alexandre me despertou naquela segunda-feira.

Um sorriso surge em meus lábios quando me lembro que nossa primeira interação aconteceu por causa de uma torta de aspecto horroroso e que era ao mesmo tempo deliciosa. O aroma de maçã e canela invade minhas narinas com a recordação.

Logo em seguida, me lembro de nosso primeiro beijo em seu carro depois do jantar na mansão da Martina e um calor intenso invade meu corpo. Começo a rir quando me lembro da manhã seguinte, Martina e mamãe aflitas dentro do meu quarto, desesperadas para saberem dos acontecimentos da noite anterior.

Me lembro de nossas viagens, nossos domingos andando de bicicleta na ciclofaixa, nossas trocas de mensagens durante o dia e, por fim, da cachoeira.

Esse último pensamento me gera um leve desconforto. Lembrar de como Alexandre ficou frágil naquela tarde me deixa levemente entristecida pelo fato de não termos tocado mais no assunto.

Olho mais uma vez para Alexandre na cozinha, que agora se abaixa para enfiar no forno uma travessa. Seus cabelos caem sobre o rosto enquanto ele tira a luva protetora para guardá-la na gaveta. Logo em seguida ele joga o rosto para o lado para afastar sua franja, me encara e caminha em direção ao sofá onde continuo sentada.

Alexandre olha para seu relógio no pulso esquerdo enquanto se ajeita ao meu lado.

— Nossa lasanha estará pronta em quarenta minutos.

Amo lasanha, hummm...

***

— Você já tem ideia de nomes? — Alexandre me pergunta enquanto coloca um pedaço generoso de lasanha em meu prato.

— Não — respondo, e no mesmo instante me dou conta de que nunca em toda a minha vida pensei em nome para futuros filhos.

Eu já pensei em ter filhos, claro. Acho que todo mundo em algum momento da vida já pensou nesse assunto, mas nunca pensei em nomes, pois nunca me aprofundei na questão.

— Você tem alguma ideia de nomes? — devolvo a pergunta a ele, que agora está se servindo.

— Já sabe se é menino ou menina?

— Alexandre! — Eu o repreendo achando graça de sua pergunta. — Eu acabei de descobrir que tem um nenê aqui — Ponho a mão na barriga —, sei tanto quanto você sobre o assunto.

Ele ri.

— Não entendo nada de crianças há um bom tempo. — No mesmo instante que Alexandre diz isso, seu rosto se retrai.

— Como assim? — Fico um pouco séria. Deixo meu garfo na mesa. — Você tem filhos?

— Não! — Ele diz com um sorriso discreto, mas inseguro. — Não, nada disso.

Continuo encarando-o aguardando alguma resposta, porque agora minha fome desapareceu completamente.

Seu semblante entristece. Alexandre olha para baixo e se prepara para me contar a história mais triste de sua vida.

CAPÍTULO 24

Nós dois estamos chorando.

Alexandre chora por tocar em suas feridas ainda abertas. Eu choro, pois me dói em diversos lugares imaginar como tudo aconteceu.

Há quatro anos, Alexandre estava para se formar na faculdade. Encontrava-se no auge de sua vida. Tinha uma família estável. Seus pais eram amorosos e felizes com seus dois filhos, Alexandre e Bernardo. Alexandre na época com vinte e seis anos, e Bernardo recém completara dezesseis.

Quando Bernardo nasceu, já teve que travar uma batalha por sua vida. Ele nascera com uma condição rara de saúde que afetava seu pequeno coração. Os médicos explicaram na época que o bebê tinha poucas chances de passar de um ano de vida. Porém, Bernardo ignorou essas projeções.

Alexandre, com apenas dez anos de idade, acabou virando um irmão super protetor. Ele já tinha idade suficiente para entender que seu irmãozinho precisaria dele a vida toda.

Foi Alexandre quem escolheu o nome de seu irmão. Por sorte era um nome bonito que não tinha nada a ver com personagens de jogos de videogame ou desenhos animados. Era o mesmo nome de um coleguinha com quem gostava de brincar na época.

Na verdade, Alexandre tinha dois melhores amigos. Bernardo e Benício eram irmãos gêmeos e moravam em seu prédio. Alexandre ficou angustiado de escolher o nome de um dos dois e queria que seu irmãozinho tivesse nome composto, porém seus pais o convenceram de que Bernardo-Benício não seria uma boa composição de nomes e que ele deveria optar por apenas um. Apesar de Alexandre ficar reticente, acabou decidindo pelo nome de Bernardo por meio de uma brincadeira infantil – quem nunca utilizou *uni-duni-tê* na vida para determinar os rumos de alguma indecisão, não é mesmo?

Bernardo passou sua vida toda fazendo acompanhamento médico para controle, mas nunca precisou se privar de muitas coisas. Seu coração foi se fortalecendo ao longo dos anos por conta própria, contrariando todas as probabilidades.

Quando o garoto completou quatorze anos, Alexandre lhe deu uma prancha de surf de aniversário e decidiu levar seu irmão para a praia para ensiná-lo o esporte que tanto amava na época. Seus pais ficaram desesperados, eram extremamente protetores com o garoto, mas, no final, decidiram por permitir.

Desse dia em diante, a relação de Alexandre e Bernardo se fortaleceu ainda mais. Os dois nutriam uma paixão por esportes e faziam tudo juntos.

Os laços entre os dois foram se fortalecendo com o tempo e os irmãos se tornaram melhores amigos. Mas Alexandre continuou sendo extremamente zeloso com o caçula.

Pouco antes de Bernardo completar dezesseis anos, sua saúde deu sinais de alerta. Começou com desmaios e um cansaço excessivo. O garoto começou a tomar medicação, mas não havia muito mais o que se fazer. Era questão de tempo. Somente um transplante de coração poderia salvá-lo, porém o jovem Bernardo não teria tanto tempo para esperar. Somente um milagre mudaria o rumo dessa história.

Para seu décimo sexto aniversário, Bernardo pediu um cachorro de presente. A essa altura, a família atendia a todos os seus caprichos.

Sua condição oscilava bastante entre dias de muita fraqueza e outros com mais disposição. E foi num desses dias bons que Alexandre levou o irmão a uma feira de adoção de animais que estava acontecendo bem pertinho de onde moravam.

Alexandre e Bernardo passaram a tarde brincando com os animais abandonados, mas o que chamou mais a atenção do garoto foi um labrador marrom. Era o único animal que não interagia com ninguém. Estava deitado de costas ignorando a tudo e a todos à sua volta. Bernardo foi de encontro ao triste cachorro. Sentou do lado de fora do cercadinho e começou a conversar com o bicho.

Então soube, por meio dos responsáveis pela feira, que aquele labrador, que tinha mais ou menos um ano de idade, havia sido abandonado pelos seus tutores, que precisaram se mudar para outro país. Uma desculpa bem comum quando se trata de abandono animal.

Tanto Alexandre quanto Bernardo souberam que aquele seria o mascote perfeito. Bernardo o nomeou de Zeca e os três voltaram juntos para casa.

DUAS VEZES AMOR

Zeca se apegou instantaneamente à sua nova família e principalmente ao garoto de coração fraco. Os dois formavam uma dupla e tanto. O cachorro trouxe sorrisos até nos dias mais difíceis. Parecia entender exatamente qual era seu papel com cada membro daquela família.

Ao final de cada dia, quando Bernardo se recolhia para ir dormir, Zeca o acompanhava e dormia ao pé de sua cama e lá ficava a noite toda, como um cão protetor.

Bernardo faleceu numa manhã de domingo. Simplesmente não acordou mais. Naquela manhã, Alexandre foi até o quarto do irmão com uma bandeja para servir o café da manhã na cama, como fazia desde que seu irmão começou a ficar mais debilitado. Zeca estava deitado em cima da cama junto do garoto. Quando viu Alexandre surgir no batente da porta, soltou um leve gemido de sofrimento sobre o corpo já frio de Bernardo. Alexandre tentou acordar o irmão, mas em vão.

Ficamos um longo tempo quietos. Nossa lasanha já está fria sobre nossos pratos.

— Nunca senti tanta dor na minha vida. Meu irmão era tudo pra mim. E lembrar dele me dói tanto, como se ainda fosse recente, sabe? — ele diz já conseguindo conter as lágrimas que teimam em escorrer por seus olhos.

— Minha pós-graduação nos Estados Unidos — ele continua — foi uma fuga. Eu não conseguia mais ficar aqui. Tudo me lembrava dele. Achei que ficando longe, vivendo uma vida nova com novas distrações, me faria bem. — Alexandre respira fundo, já mais calmo agora.

— Quando voltei para o Brasil, este ano, todas as lembranças vieram à tona de uma só vez, pois voltei para casa, e minha mãe manteve o quarto dele intacto. Todas as suas coisinhas no mesmo lugar, do mesmo jeitinho.

Desde que Alexandre começou a contar a história, Zeca se aproximou e deitou sobre seus pés, onde permanece ainda, como se também sentisse falta do garoto que o acolheu antes de morrer.

— Aquele dia no Café... — Alexandre pega uma de minhas mãos e sorri enquanto passa de leve o polegar sobre ela. — Eu havia passado o dia todo fora de casa. Estava fazendo hora para voltar, pois sempre que voltava, tudo me entristecia novamente. Estava decidido a ir embora outra vez. Mas quando te vi — Ele chega mais perto de mim — tive vontade de ficar mais um pouco.

Ele se aproxima mais.

— Linda, você foi trazendo cores para meus dias cinzentos. Quando me dei conta, eu pensava cada vez menos no meu irmão com tristeza. A dor foi sumindo. Hoje sinto saudade. Muita saudade, só que aquela dor que me corroeu por todos esses anos não me consome tanto. Ela ainda tá aqui, mas não como antes.

Zeca agora se senta e respira de boca aberta. Alexandre acaricia as orelhas do cachorro.

— Hoje, eu sinto por ele não estar aqui pra eu contar para aquele pirralho que ele seria tio — Alexandre sorri, como se imaginasse a reação do garoto com a notícia.

— Eu sinto muito! — digo, finalmente quebrando meu silêncio. — Sinto muito por vocês terem passado por algo tão devastador.

— Não sinta. — Alexandre leva minha mão aos lábios e beija com ternura. — Você é o motivo da minha cura. Minha e do Zeca. — Ele sorri olhando para o bicho que está com a língua para fora o encarando de volta.

Agora que conheço a história toda, mesmo que bem resumida, consigo enxergar Alexandre com mais clareza. Consigo amá-lo ainda mais. Entender esse laço afetivo que ele tinha tão forte e protetor com um irmão mais novo me fez adorar a ideia de ele ser o pai dos meus filhos.

— Adoraria ter conhecido o seu irmão — digo sem pensar.

— Ele teria amado você. Certeza!

Zeca late, concordando.

CAPÍTULO 25

Martina me liga por videochamada agora de manhã.

Atendo mesmo ainda não vencendo esses enjoos matinais. Estou abraçada na privada, de pijamas e com o celular ligado sobre a pia com Martina ouvindo meus sons desagradáveis.

— Eu não aguento mais esses enjoos! — grito debruçada, derrotada.

— Amiga, que fase — Martina diz de dentro do aparelho. Ela não consegue me ver, pois posicionei o celular virado para cima.

Ao ouvir a voz vinda do telefone, Zeca se debruça sobre a pia e fica de frente para o aparelho.

— E aí, bombonzinho? Tá de babá hoje, é?

Zeca responde com um latido. Eu me levanto para lavar meu rosto na pia. Me olho no espelho e noto que meu rosto está levemente arredondado. *Será que está mesmo?*

Pego o aparelho e caminho até a cozinha para preparar meu desjejum, mesmo sabendo que vou botar tudo para fora. Faço as coisas enquanto converso com Martina.

— E o Alexandre?

— Ah, hoje ele tinha vários compromissos logo cedo e já correu para o escritório.

— E como foi ontem quando contou pra ele?

— Ah. — Suspiro e me sento no balcão da cozinha para comer minha torrada com manteiga e o café com leite que terminei de preparar. — Martina do céu, se prepare pra ouvir uma história triste.

Revivo novamente tudo o que escutei e, conforme vou contando para ela, e quanto mais eu falo, tudo se torna mais real e sinto uma vontade enorme de largar tudo para ir abraçar Alexandre de novo.

— Audrey, eu nunca imaginei uma coisa dessas — Martina diz ao final e seu rosto está bem entristecido. — Tadinho do Alexandre, amiga!

— Pois é… — respondo enquanto acaricio a cabeça de Zeca. — Lembra daquela pousada que acabamos passando a noite de última hora no litoral?

— Claro, lembro, sim.

— Lembra que te contei que senti uma angústia repentina?

— Lembro, sim. Só você pra sentir angústia com um boy magia daqueles te *bulinando* no chuveiro — Martina diz com seu sorriso sarcástico, tentando trazer um pouco de leveza para a conversa.

— Cala a boca, ridícula! — exclamo soltando uma risada. — É inacreditável como você consegue botar humor em situações horríveis. Você é péssima!

— Eu sei e você é patética. Somos uma dupla perfeita!

— Enfim — retomo o assunto. — Você acredita que ele costumava frequentar aquela pousada com o irmão quando os dois iam surfar?

— Ah, mentira! — ela diz quase em um sussurro, agora bem próxima da tela do celular. — Então aquela angústia era de Alexandre, e você sentiu, de alguma forma — Martina fica mais afastada do aparelho e fala olhando para algum ponto fixo fora da tela.

Martina é meio esotérica, meio espírita, sente energias, mexe com cristais e adora uns santinhos da igreja católica também. Apesar de não frequentar nenhum desses lugares muito assiduamente, é bem espiritualizada da maneira dela.

— Sei lá — digo, pensando no menino. — Só sei que quando Alexandre me contou isso, me arrepiei toda.

— Sempre achei que vocês dois tinham uma conexão muito forte. Só pode ser alma gêmea isso, sabia?

— Como assim? — Acho graça do que ela diz.

— É sério! Uma vez li em algum lugar algo sobre o assunto. — Martina volta a ficar com o olhar vago, como se buscasse na memória a informação. — Quando a gente tem tanta afinidade com alguém, conseguimos sentir suas emoções.

— É, pode ser — respondo enquanto vou arrumando a bagunça do meu café da manhã, que ficou intocado.

Como não estou com a menor vontade de sair de casa hoje, decidi trabalhar daqui, do meu escritório na varanda, que tem uma vista incrível.

Meu cantinho ficou uma gracinha. Alexandre quis me dar o que eu tinha no outro apartamento. Fez do seu jeito e foi isso que tornou esse espaço tão especial para mim. Pego umas folhas de papel e espalho lápis coloridos por toda a mesa.

Zequinha entra em sua casinha e fica de frente para mim, me olhando enquanto me organizo para começar os trabalhos. Ligo as caixinhas de som e sincronizo com meu celular. Escolho uma playlist de músicas instrumentais relaxantes e pronto. Meu ambiente criativo está criado. Pego o lápis grafite e começo a rabiscar.

O verão começa a se aproximar, então os dias já estão começando a se alongar mais. Nem percebo que já são quase sete horas da noite. Fiquei praticamente o dia inteiro sentada nessa mesa rabiscando.

Alexandre chega em casa cheio de sacolas.

— Eu não resisti!

— O que foi que você comprou? — Deixo as coisas na mesa e me aproximo dele para cumprimentá-lo.

— Passei na Decathlon para comprar umas coisas que faltavam pra corrida de sábado. — Alexandre abre as sacolas enquanto vai tirando tudo de dentro. — E acabei comprando isso aqui também.

Ele tira de dentro da sacola um capacete infantil minúsculo azul.

— Para o bebê pedalar com a gente.

— Alê! — Solto um riso enquanto manuseio o capacetinho. — O bebê é do tamanho de, sei lá, alguma coisa de oito centímetros.

— Nosso bebê já tem oito centímetros?

— Sim! — Pego meu celular e abro o aplicativo que baixei mais cedo, que mostra a evolução semana a semana da gestação. — Veja!

— Uau! — Ele pega o aparelho de minhas mãos e olha para o pequeno fetinho. — Oi, bebê!

Mesmo sabendo que aquela imagem não é de nosso filho, a cena é comovente de assistir.

— O que mais tem aí?

— Comprei mais uma garrafa de água, uma mochila de ciclismo, essas barrinhas de proteína... — Alexandre vai tirando tudo de dentro das sacolas e ajeitando em cima do sofá.

Há semanas Alexandre vem treinando intensamente para essa tal corrida que vai acontecer no próximo sábado. Mamãe está desesperada, pois Alê convenceu Charles de participar também. Os dois têm treinado juntos com um professor especializado nesse tipo de competição.

Claro que eles participarão como amadores, mas Alexandre está determinado a trazer uma medalha para casa.

— Conseguiu comer hoje?

— Pulei o café da manhã. — Faço uma careta. — Minha mãe me disse para chupar um limão de manhã cedo, que isso ajuda a driblar os enjoos matinais. Mas não tínhamos em casa.

— Por que você não me falou? Eu podia ter passado no mercado antes de vir pra casa. Quer que eu vá agora? — Ele já se levanta pegando as chaves do carro.

— Não precisa.

— Eu já volto! — Alexandre já está abrindo a porta para sair.

— Hey! — Seguro seu braço, puxando-o para perto de mim. — Não precisa.

Me aproximo mais. Alexandre larga a porta meio entreaberta, fitando meus olhos, que já estão cheios de desejo.

— Vem cá — sussurro fechando meus olhos.

Alexandre me envolve em seus braços e nossos lábios se tocam delicadamente. Sinto sua respiração quente em meu rosto e um calor me invade o corpo todo. Ele me prensa contra a parede enquanto abre a boca de leve para sentir minha língua encontrar a dele.

— Faz amor comigo agora!

— Ah, linda! — Sinto sua pelve me comprimindo, revelando sua excitação.

— Agora! — Mordo seu lábio inferior.

DUAS VEZES AMOR

Alexandre me levanta do chão, e eu entrelaço minhas pernas ao redor de sua cintura e o beijo intensamente enquanto ele me conduz até nosso quarto.

— Você é deliciosa, sabia? — ele diz enquanto me deita com cuidado na cama, já tirando a camisa.

Eu adoro o momento que antecede o nosso sexo. O exato momento em que ele tira a sua camisa sem tirar os olhos de mim. A expressão que surge em seu rosto é sempre a mesma. Uma mistura de ansiedade e desejo.

Obviamente que quando nossos corpos se entrosam é maravilhoso. Mas no exato momento em que nossos olhos se encontram, enquanto ele se livra de sua camisa, o que dura exatos 10 segundos, é o meu preferido. E é esse olhar que Alexandre me dá que me faz entrar em combustão segundos antes do ato em si.

Já estou pronta para ele e quero senti-lo dentro de mim agora!

Quando Alexandre começa a projetar seu corpo sobre o meu, me viro de bruços, sentindo o peso de seu corpo sobre minhas costas.

— Quero assim.

— Ahh, linda! Assim você me deixa louco! — ele sussurra e geme ao pé do meu ouvido.

Empino um pouco o bumbum para provocá-lo ainda mais.

— Faz amor comigo agora!

Alexandre me invade e somos consumidos por um desejo intenso, como se não nos víssemos há tempos.

CAPÍTULO 26

Eu já comentei aqui que adoro segundas-feiras por conta das receitas malucas no Martina's Café, certo?

Bem, devo dizer que as manhãs de sábado na mansão da Martina também podem ser incluídas nos dias preferidos da semana. Principalmente quando o céu está bem azul e sem nenhuma nuvem pairando sobre nossas cabeças, como no dia de hoje.

— Martina, você me viciou nesse negócio de *mimosas*. — Dona Laura se delicia com seu drink matinal esparramada em uma das espreguiçadeiras.

— Queria tanto uma *mimosa*. — Martina também me viciou nesse drink, mas me contento com a versão da bebida feita sem álcool para mim.

— Alguma notícia dos dois? — mamãe se refere a Alexandre e Charles.

— Nada ainda. — Verifico meu celular para ver se Alê me mandou alguma mensagem. — Eles devem estar competindo ainda. Relaxa, mãe.

— Charles é cardíaco, não consigo relaxar.

— Ah! Para com isso, Laurinha! — Martina se intromete. — Charles não é cardíaco.

— Ele já teve complicações.

— Sim, mãe, no passado. Hoje ele não vive mais estressado e se alimenta super bem.

— E agora é um superatleta sarado.

— Sarado — mamãe repete o que Martina disse, rindo e se sentindo mais leve.

— Se for menina, bem que você poderia colocar meu nome — sugere Martina, enquanto mete a mão dentro do potinho de amendoins japoneses. — Isso daqui é super calórico, vai direto pra bunda.

— Gosto do nome Cecília para menina. Ou Sofia.

Mamãe sempre comenta que esses seriam um de meus nomes se a escolha dependesse somente dela, mas papai os achava muito comuns. Bonitos, mas comuns. Por isso decidiram por Audrey. Eu gosto do meu nome. *Audrey*.

— Ai, gente, eu não sei. Gosto de pensar que o nome vai surgir. De alguma forma, saberei como meu bebê gostará de ser chamado.

— Alexandre ainda tá com a ideia de homenagear o irmãozinho? — mamãe pergunta. — Até gosto do nome. Bernardo!

— Ai, gente! Para, vai! — Martina senta. — Homenagear gente que já se foi?

— Qual o problema? — mamãe pergunta, sentando de pernas cruzadas também.

— Ah, não sei. Você vai repreender o seu filho e aí o fantasma acha que é com ele e vem assombrar.

— Credo! — Quase dou um grito em minha resposta e começo a rir. — Martina do céu! Olha o absurdo que você disse!

Não consigo parar de rir e me sinto mal por isso. Apenas não consigo. Estou tendo um leve ataque de risos.

— Essa foi uma das coisas mais absurdas que eu já ouvi na vida.

— Obrigada, mãe! Eu concordo em número, gênero e grau! — digo, tentando me recompor um pouco. — Um fantasma achar que está levando uma bronca. Affff! Só você, amiga, pra dizer uma coisa dessas.

— Ué, melhor não arriscar. Eu não arriscaria.

— Tá bom — respondi me virando para vascular minha bolsa, pois ouço o meu celular tocar.

É Alexandre me ligando por chamada de vídeo. Meu coração acelera um pouco e sinto um leve friozinho na barriga.

Eu me levanto e começo a caminhar pelo jardim para ter um pouco mais de privacidade.

A tela se abre e a imagem dele brota. Está suado e ainda usa seu capacete.

— Minha linda! — Alexandre é dono de um sorriso encantador.

— Oi! — retribuo seu sorriso encarando-o.

— Eu ganhei uma medalha! — Ele afasta um pouco o celular de seu rosto para me mostrar sua nova conquista. — Eu disse! Eu disse que levaria uma medalha pra você e pro nosso neném!

— Pergunte do Charles! — mamãe grita lá da piscina.

— Ele foi muito bem! Aquele senhorzinho tem fôlego pra caramba.

— Senhorzinho! — Dou risada, pois Alexandre tem um jeito muito engraçado de falar. É autêntico tanto quanto Martina. — Tá tudo bem, mãe! — grito de volta para acalmá-la e volto minha atenção para ele.

— Você está linda!

— Obrigada! — Não sei por que, mas ainda fico meio tímida quando ele me faz elogios. E são bem constantes.

— Tomara que nosso bebê puxe a beleza da mãe.

— Tomara que nosso bebê seja aventureiro e goste de esportes igual ao pai.

Nós nos fitamos um pouco. Acredito que Alexandre deve estar imaginando nosso filho, assim como estou agora.

— Uau! — por fim, ele diz. — Linda, vamos ter um bebê, um filho! Isso tudo é ainda tão surreal!

— Nem me fale. — Ando de um lado para o outro, de vez em quando olhando em direção à área da piscina, onde elas se encontram.

Vejo a mamãe ao telefone. Tenho certeza absoluta que ligou para Charles.

— Loucura, né? Pensar em como nossas vidas viraram de ponta cabeça — comento, retomando o assunto.

— Acho que, na verdade, elas entraram no eixo.

— Como assim?

— Pelo menos a minha. — Alexandre tira o capacete e ajeita os cabelos para trás. — Se em menos de um semestre nos aconteceu tudo isso — Alexandre até arregala um pouco os olhos —, já imaginou daqui um ano onde estaremos?

Não consigo fazer esse tipo de projeção, pois minha vida com Alexandre tem sido uma caixinha de surpresas. Foram tantas coisas vividas em tão pouco tempo.

— Ah, linda! Sou tão feliz com você! Quero voltar logo pra casa pra te ver.

Não consigo conter o meu sorriso. Sou completamente apaixonada por ele.

— Vem logo então! Corre pra casa pra gente comemorar.

— Estou indo. Te amo, minha linda!

— Te amo, meu campeão!

Assim que desligamos, retorno para a área da piscina e me junto a elas. Mamãe sorri para mim quando me sento.

— Tudo bem, querida? — ela pergunta.

— Tudo bem, sim. Eles já estão a caminho — respondo guardando o aparelho dentro da bolsa.

Pego de volta minha bebida não alcoólica e por algum motivo, quando o líquido atravessa minha garganta, sinto um amargor e um leve enjoo.

— O que foi? — Martina me encara.

— Não sei, senti um negócio estranho aqui — apoio o copo novamente na mesinha ao meu lado.

Ela continua a me olhar.

— Coisas de grávida. — Sorrio, piscando para ela.

CAPÍTULO 27

O que vivo a partir de agora, duas horas após minha videochamada com Alexandre, parecem cenas fragmentadas.

Não sei se porque entro em desespero ou porque ativo um módulo de negação da realidade no meu cérebro. E a situação toda se desencadeia da seguinte forma:

— Acidente? — Ouço mamãe dizer num tom mais alto do que o normal ao telefone. No mesmo instante meu coração dispara. — Para que hospital eles foram levados?

— Eles? — As palavras saem de minha boca quase em uma súplica por mais informações.

Minha mente começa a processar tudo em câmera lenta. Vejo Martina correr para dentro da casa, mamãe ao telefone ainda buscando mais informações, me puxando pelo braço.

— Estamos a caminho!

— O que aconteceu? — pergunto, sentindo meu corpo todo formigar enquanto sou guiada para dentro da sala de estar.

Martina desce a escadaria correndo, quase tropeçando.

— Vamos!

Chegamos ao hospital muito rápido. Mamãe pega informações sobre os pacientes na recepção e logo seguimos por um corredor lateral que dá direto em uma enfermaria.

Martina me guia pelo braço até avistarmos o *box* onde Charles se encontra deitado com o braço esquerdo engessado e um curativo na testa. Mamãe o abraça chorando.

Caminho entre os outros boxes procurando por ele, mas Alexandre não está aqui. Volto correndo e sinto meus batimentos na garganta.

Quando entro no *box*, escuto Charles dizer o que eu mais temia ouvir:

— Ele foi trazido às pressas pra cá. Deu entrada no centro cirúrgico em estado grave. Ele tentou desviar de um animal que atravessou a estrada.

Charles está chorando, muito abalado. Eu não estou chorando. Estou em prantos.

Avisto Martina conversando do outro lado da enfermaria com um casal de senhores que parecem ter chegado agora, muito abalados.

Por instinto, pego meu celular em minha bolsa para ligar para Alexandre e vejo que tem uma mensagem de voz dele aqui. Me esqueci completamente do aparelho esse tempo todo. Pelo horário, ele deve ter mandado antes de pegar a estrada. Eu me afasto para ouvir. Quero que ele me diga que está tudo bem! Que ele ainda está a caminho. Eu preciso que ele esteja a caminho, vindo para casa.

— *"Oi, minha linda!"* — ele faz uma pausa. — *"Eu sei que acabamos de desligar a câmera, mas me deu saudade!"* — Ouço seu riso tímido e no mesmo instante sinto uma pontada no peito. As lágrimas começam a escorrer em meu rosto. — *"Estou aqui caminhando até o carro e me deu uma vontade enorme de te dizer umas coisas."* — Ouço cascalhos sendo pisados, ele está caminhando enquanto fala comigo. Fecho meus olhos e continuo a ouvir suas últimas palavras. — *"Obrigado, linda! Obrigado de todo o meu coração por tudo. Por ter trazido cores à minha vida. Por ter tirado de mim aquela dor. Por tudo!"* — Ouço sua respiração e tenho a sensação de que ele está aqui ao meu lado. Meu coração está acelerado e dói. — *"Eu nunca serei capaz de agradecer por tudo que você fez por mim da forma como você merece. Então quero te prometer aqui que vou te amar até o meu último dia de vida. Quero viver minha vida toda ao seu lado. Prometo pra você, minha linda, que farei de você a mulher mais feliz do mundo, pois eu sou o homem mais feliz do universo. Meu coração é todo seu, linda!"* — Ouço novamente sua doce risada. — *"Já, já tô aí pra te encher de beijos."*

Estou sentada no chão, escorada em uma parede no fundo da enfermaria. Coloco a mensagem para ouvir novamente. E outra vez. E assim permaneço pelo que pareceram horas, ouvindo a mensagem de voz, num *looping* infinito.

Martina vem caminhando em minha direção. Logo atrás dela vejo o casal de senhores abraçados desamparados em um choro de desespero. Um médico está com um dos braços estendido com a mão no ombro do homem que chora.

Martina me abraça forte.

— Sinto muito, amiga!

Fecho meus olhos.

— Eu sinto muito! — Martina repete aos prantos sem me soltar.

Abro os olhos e sobre seu ombro vejo mamãe olhando em nossa direção, uma de suas mãos está em seu peito e seus lábios dizem sem som algum "eu sinto muito".

CAPÍTULO 28

Por mais que eu me esforce, é muito difícil processar tudo que aconteceu nesse final de semana. Em um momento estou na piscina feliz, aguardando o amor da minha vida voltar de viagem dali a poucas horas. Em outro, estou no hospital recebendo a notícia de que ele não sobreviveu a uma cirurgia.

Em um final de semana comum, teríamos passado a manhã de domingo andando de bicicleta com Zeca pela ciclofaixa, mas não, hoje não, pois tive o funeral de Alexandre para comparecer. Segunda-feira compartilharíamos um momento tão lindo juntos. Seria o primeiro ultrassom do nosso bebê, mas Alexandre não poderá me acompanhar, pois está a sete palmos debaixo da terra.

Logo após o ultrassom, passaríamos na casa dos pais dele. Eu finalmente conheceria o casal que gerou meu príncipe encantado. Levaríamos um dos bolos do Martina's Café que seu pai adorava. Em vez disso, conheci seu Fred e dona Eunice no dia em que eles enterraram o seu segundo filho.

Ainda não tive forças para voltar para casa. Martina buscou Zequinha para mim ontem, logo quando voltamos do hospital, e o trouxe para o apartamento de minha mãe, onde estou agora.

Não sinto fome, não consigo dormir. Não tenho forças para nada. Meu quarto está praticamente depenado, pois a maioria das minhas coisas eu já levei para o apartamento de Alexandre na mudança e outras coisas doei.

Basicamente sobrou minha cama e o armário, que é embutido na parede. E esse quarto tão grande e vazio faz eu me sentir ainda mais sozinha.

Zeca está amuado desde ontem. Ele também não comeu e não bebeu água desde que chegou. Quando me viu, parecia que já tinha entendido tudo. Não fez a festa que costuma fazer quando nos encontra. Já sentei no chão ao seu lado para fazer carinho, ele nem sequer levantou a cabeça.

Eu te entendo, Zeca, me sinto exatamente igual.

Não sei quantas foram as vezes que peguei por impulso meu celular com a esperança de ter ali alguma novidade. Alguma mensagem me explicando que tudo foi um mal-entendido. Que enterraram outra pessoa em seu lugar e que, na verdade, foi um erro médico, que ele ainda está vivo.

É loucura pura. Eu sei. Me sinto presa dentro de um pesadelo horrível e luto para tentar acordar, mas é em vão.

Estava tudo tão bem planejadinho. Seríamos felizes para sempre. O plano era envelhecermos juntos. Quanto mais eu penso em nosso futuro, menos sinto vontade de viver.

— Hey. — Mamãe surge na porta. Zeca continua imóvel.

Ela se aproxima da cama e senta ao meu lado. Não existem palavras que possam me confortar, então ela simplesmente me abraça.

— Por que, mãe? Por quê? — Sou tomada novamente por um choro carregado de dor. Mamãe me segura com força e apenas me consola. — Por quê?

Pego no sono em seu colo. Foi um descanso agitado. Eu me reviro de um lado para o outro. Devo ter tido algum pesadelo, pois acordo no meio da noite incomodada. Sinto uma dor de cabeça forte, acredito que pelo tanto que chorei. Na verdade, o que me acordou não foi a agitação causada por algum pesadelo, mas uma cólica ao pé da barriga.

Meu Deus, acabei me esquecendo completamente que estou grávida!

Eu me levanto para ir ao banheiro, mas a dor é bem forte e me sento novamente na cama esperando que ela passe um pouco.

Acendo a luminária de parede que tem na lateral da minha cama e dou um grito na mesma hora.

Mamãe surge no quarto com o rosto pálido e olhos arregalados.

— O que foi, filha? Você tá bem?

Levanto a coberta e mostro para ela o sangue na cama enquanto choro mais ainda.

— Meu Deus! — Mamãe se aproxima de mim e me ajuda a levantar, mas na hora que coloco meus pés no chão, uma dor surge mais uma vez e me derruba na cama.

Minha calça de pijama de moletom está suja, mas não temos tempo para que eu a troque. Quero ir para o hospital.

Nenhuma de nós toca no assunto o caminho todo. Mamãe dirige e tenta me acalmar. Eu me pego desejando que Deus me leve embora também. *Não é justo!*

Mamãe para o carro na frente do hospital e larga a chave com um manobrista. Grita por ajuda.

Alguém aparece com uma cadeira de rodas e eu me sento e sou levada para dentro. As dores são intensas e sinto mais sangue escorrer.

Mamãe olha para mim com os olhos cheios de lágrimas, seu rosto está corado de tanto chorar.

— Encaminhem a paciente para a emergência! — grita uma voz masculina atrás de mim.

— Emergência? — Olho desesperada para mamãe. — Então estou perdendo meu bebê? — pergunto quase entrando em choque, com as mãos na barriga.

— Vai ficar tudo bem! Estou aqui, meu amor — diz mamãe enquanto sou levada para dentro.

Sinto novamente uma dor alucinante ao pé da barriga. Agora está vindo com muito mais força do que durante a madrugada, quando começou.

Olho para baixo. Minha calça de moletom está mais manchada de sangue. Minha visão fica turva. Apago.

CAPÍTULO 29

— Audrey, como se sente agora? — Ouço uma mulher perguntar.

Reparo que estou em um dos quartos do hospital, deitada.

Uma médica está em pé ao meu lado. Minha mãe chora sentada no sofá. Ela se aproxima quando percebe que despertei.

Como essa médica imagina que me sinto? Será que acha que por eu estar medicada, não sinto dor alguma? Tenho vontade de dizer que estou estraçalhada. Que nada mais me restou nessa vida.

Viro meu rosto, um pouco irritada, para o outro lado, a fim de ignorá-la.

Mamãe se aproxima da cama, mas eu a ignoro também. Não quero falar com ninguém. *Ah, que vontade de sumir!*

— Ela precisa descansar um pouco. — Ouço mamãe tentando explicar o meu mau comportamento à doutora.

— Claro, compreendo. Volto daqui a pouco, quando formos realizar o ultrassom.

— Espera! — Eu me viro para ela de súbito. — Ultrassom? Por quê?

— Bem, os seus níveis hormonais ainda estão um pouco mais elevados do que o normal para quem sofreu um aborto espontâneo, o que indica que você pode não ter perdido o bebê, ou pode indicar que se tratava de uma gravidez gemelar.

— O quê? — Estou totalmente confusa. Totalmente. — Você pode ser mais clara? Não sei se entendi.

— Significa que poderiam ser gêmeos? — mamãe pergunta, com um leve tom de esperança.

— Sim. Existe essa possibilidade. Precisamos confirmar se está tudo bem e se podemos liberá-la.

— Claro. — Minha voz quase não sai.

É muita informação. Muita coisa para processar em tão pouco tempo. Tento não pensar muito a respeito, não quero me prender a uma coisa boa que logo será arrancada de mim.

Ao mesmo tempo, uma partezinha bem pequena minha se agarra com muita força na hipótese de algo do Alexandre ter ficado comigo.

Meu mundo foi do céu ao inferno em um único final de semana. E me pergunto: quantas perdas uma pessoa é capaz de suportar em tão curto espaço de tempo? A vida realmente pode mudar num piscar de olhos, não é mesmo?

Tive perdas irreparáveis. Perdi o amor da minha vida e o fruto do nosso amor. Já ouvi falar que a dor de um aborto é insuportável. E é mesmo, porém eu já estava imersa em outra dor, sou incapaz de precisar qual delas foi a pior.

A doutora retorna com a máquina que vai definir os rumos da minha vida daqui para a frente. Uma enfermeira me prepara para o exame.

Fecho meus olhos e sinto uma lágrima escorrer. Mamãe segura uma de minhas mãos em silêncio. A doutora apoia o transdutor na minha barriga e sinto o aparelho escorregar pela minha pele. Permaneço de olhos bem fechados, pois não quero olhar a tela do computador. Não consigo ver, mas consigo ouvir. O som ecoa num ritmo bem acelerado do que parecem ser batidas de um coraçãozinho guerreiro.

— Ah, meu Deus! — Ouço mamãe dizer com a voz embargada.

Mantenho meus olhos fechados, pois não preciso enxergar para ter a certeza de que sim, alguma coisa permaneceu.

Penso em Alexandre, seu rosto surge com um sorriso largo em minha mente. Ele vai estar comigo para sempre, um pedacinho dele ficou aqui.

DEPOIS...

CAPÍTULO 30

Esta semana completa um ano que Alexandre se foi, talvez seja por isso que estou meio inquieta.

Sem querer, minha mente acabou me transportando para aquele final de semana terrível, e as lembranças invadiram meu coração com força total.

De vez em quando ainda escuto a mensagem de voz que Alexandre me enviou poucas horas antes de morrer. Não tive coragem de deletá-la do meu celular. Parece que se eu fizer isso, vai tornar a coisa ainda mais real. Parece loucura, eu sei. Mas apenas não consigo. Talvez um dia…

O luto é algo muito individual e cada pessoa tem sua forma de lidar com ele. Eu não sei se estou lidando muito bem, pois já se passou um ano e ainda sinto uma falta enorme de Alexandre e de tudo que tínhamos pela frente para viver.

Martina acha que sinto revolta e que isso tem dificultado o meu processo de cura. Na verdade, quem disse isso foi Sebastian, o guru uruguaio que Martina conheceu e agora ela não solta um peido sem consultar Sebastian.

— *Buenos días, caríssima*!

Ah é, e Sebastian está passando uma temporada aqui na mansão dela. Já faz um mês que se mudou para cá com a desculpa de estar limpando a energia da casa com seus incensos e uma bola de cristal.

Na boa, como que Martina tá caindo na desse cara?

— Bom dia! — respondo sem sequer erguer meus olhos.

— Dormiu bem, *mi* querida?

Não aguento nem a voz desse cara.

— Aham.

Sebastian se senta do outro lado do enorme sofá onde estou, na varanda de frente para o jardim. Percebo que ele vai tentar iniciar alguma conversa fiada e faço menção de me levantar. Martina aparece na mesma hora.

— Vai sair? — ela pergunta.

— Ah, sim, tenho uma consulta no pediatra. Estou atrasada. — A consulta é somente depois do almoço, mas preciso sair daqui agora.

— Certo… — Martina franze a testa e cruza os braços olhando irritada para mim.

Já estava mesmo na hora de eu começar a pensar em me mudar da casa dela de vez. A presença desse guru só está adiantando meus planos.

Depois que Alexandre se foi, me concentrei somente em manter meu bebê vivo dentro de mim. O rumo da minha vida acabou sendo tomado pelas decisões alheias. Basicamente, mamãe e Martina decidiram tudo por mim.

— Você não pode ficar sozinha no seu apartamento, volte para casa — mamãe disse.

— O apartamento está praticamente vendido, mãe.

— Adiei a venda. Não conseguiria seguir com meus planos sendo que os teus foram arrancados de você.

Mesmo que mamãe dissesse o contrário, me sentia como um estorvo em sua vida. Comecei a desejar ir embora do seu apartamento e deixá-la viver sua vida com Charles. Não me parecia certo. Foi quando Martina sugeriu que eu viesse morar em sua mansão.

— Essa casa é imensa, cheia de quartos vazios. Você vindo para cá daria alguma utilidade a eles.

— No caso, eu viria acompanhada de um labrador e já, já um bebê barulhento.

— Melhor ainda. O silêncio dessa casa é deprimente.

Sei que ela disse isso mais para me confortar e convencer. E como eu disse, Martina já havia decidido que seria assim. E assim foi.

A presença constante de Martina nesses últimos meses foi realmente muito reconfortante. A convivência diária nos uniu ainda mais e fortaleceu nossos laços de amizade, que já eram muito fortes.

Como tenho algum tempo até a hora da consulta pediátrica, decido visitar um condomínio novo no bairro Chácara Santo Antônio. Pelas fotos que a corretora me enviou, é bem o que eu procuro.

DUAS VEZES AMOR

Chego ao local e sinto um leve entusiasmo. O condomínio tem oito torres com vários apartamentos em cada uma delas, em um terreno imenso, bem arborizado, com alamedas que interligam todos os espaços em comum. Parece um bairro inteiro entre muros, totalmente seguro.

Deve levar umas duas horas para caminhar tudo isso.

Estaciono meu carro numa área destinada a visitantes, onde marquei de me encontrar com Samara, a corretora de imóveis.

— Oi, Samara, desculpe por decidir vir de última hora — eu a cumprimento enquanto ajusto o bebê no carrinho.

— Nossa, que bebê lindo! Parece ser tão novo ainda.

— Ah, sim, ele acabou de completar três meses.

— Corajosa, você.

— Por quê?

— Querer encarar uma mudança com um bebê tão pequenininho.

— Ah, pois é… — *O que ela tem a ver com isso?*

O apartamento é um pouco maior do que o de Alexandre. Tem uma varanda gourmet, dois quartos e cozinha ampla. Fica no sexto andar, com vista para toda a extensão do condomínio. A visão que tenho aqui de cima é deslumbrante, parece que estou em algum outro lugar que não seja São Paulo.

— Samara, este condomínio é realmente impressionante.

— É mesmo! A construtora desenvolveu uma proposta inovadora para a cidade. Parece um clube, não é?

— Sim — respondo, debruçada no parapeito da varanda olhando para baixo.

Fecho meus olhos por um breve instante e imagino minha vida recomeçando aqui. Inevitavelmente, a imagem de Alexandre surge em meus pensamentos. Com seu sorriso largo e contagiante de sempre, entendo que esta é a decisão certa a ser tomada.

— Samara, quando podemos fechar?

— Se quiser, pode se mudar agora mesmo — ela diz com entusiasmo.

— Me envie a papelada para assinar a compra. Este apartamento não está mais à venda.

— Está certo, Audrey. Te envio no final do dia. — Samara sorri.

— Você se importa se eu ficar mais um pouco aqui?

— De forma alguma, fique o tempo que precisar. Te espero lá embaixo, para te mostrar todas as maravilhas que este condomínio tem a lhe oferecer.

Samara desce. Vou até o carrinho onde Benício dorme tranquilamente.

Estou tão feliz que não consigo me conter. Pego-o no colo, pois preciso sentir o calor de seu corpinho no meu peito, isso me acalma tanto.

Caminho com ele por todo o apartamento e entro em um dos quartos.

Seus pequenos olhinhos se abrem e encontram os meus.

— Oi, meu amor! — Benício abre seu sorriso banguela, que sempre faz meu coração derreter. — Esta será a nossa nova casa. E este aqui é o seu novo quartinho. — Ele fecha os olhos novamente e volta a dormir nos meus braços.

Alexandre não teve a oportunidade de decidir nada sobre a vida de nosso filho e nem nunca terá como participar de nada. Isso foi arrancado dele da forma mais cruel possível. Pensei muito sobre a noite em que ele me contou sobre seu irmão e de que ele mesmo havia escolhido seu nome. Eu me recordo da história dos amigos gêmeos e de como se decepcionou por não poder colocar um nome composto em Bernardo.

Porém, o nome de Benício – o outro irmão – me pareceu ser uma bela opção para colocar em nosso filho. Nunca saberei se essa seria realmente a escolha de Alexandre para o bebê, mas acreditar que sim acalenta um pouquinho meu coração. Foi dessa forma que o nome surgiu quando soube que meu bebê era um menino. Foi o modo que encontrei de tentar fazer Alexandre participar desse momento, mesmo não estando mais aqui.

Volto para a mansão, e Zeca vem me receber na porta.

DUAS VEZES AMOR

— Olá, porpetinha! Me desculpe sair sem me despedir — digo ao cão, que abana o rabo com a língua para fora.

— Não se despediu de ninguém, né? Saiu voando daqui.

— Ah, me desculpe, Martina, é que eu tinha horário.

Martina olha para seu relógio no pulso, depois me olha de volta.

— Passei na minha mãe na volta. — Vejo Sebastian por sobre seus ombros, ainda sentado no sofá, prestando atenção em nosso diálogo. — Vou lá pra cima arrumar umas coisas.

Estou no meio da escadaria e percebo Martina logo atrás de mim. Continuo caminhando até entrar em meu quarto.

Ela me acompanha e fecha a porta assim que entra.

Sento na cama e deito Benício para poder trocar sua fralda.

— Acho que precisamos ter uma conversa — Martina começa.

Nós duas estamos tendo alguns atritos já faz alguns dias. A presença de Sebastian tem me irritado muito. Nem sei se por preocupação ou por ciúme da relação dos dois. Preciso admitir de uma vez por todas que é por ambos os motivos.

Continuo concentrada na troca da fralda enquanto ela fala.

— Queria entender o que está acontecendo com você. — Ela senta de frente para mim com as mãos sobre suas pernas. — Amiga, você precisa entender, Sebastian apareceu em um momento delicado e salvou minha pele.

— Com sua bola de vidro? — Torço a boca para dizer isso e nem ao menos consigo olhar em seus olhos, tamanha minha irritação.

— Você não entende nossa conexão.

— Ah, na boa, Martina! Sempre te achei muito esperta pra cair numa cilada dessas. — Minha voz se elevou um pouco. Olho para Beni, que sorri para mim. — Esse cara é nitidamente uma fraude! Você está se apegando a meia dúzia de palavras que ele te disse de uma situação óbvia! Até Benício conseguiria ter te alertado lendo uma de suas fraldas cagadas.

Uma semana antes do nascimento de Beni, um ex-namorado da época da adolescência de Martina apareceu em seu Café, disse ele, sem saber que era dela. Ernesto foi o primeiro amor de Martina. Foi com ele que minha amiga perdeu a virgindade, inclusive.

Martina e Ernesto começaram a sair nas semanas que se seguiram e, como eu estava recém-parida, não tive como prestar atenção nas intenções desse reencontro.

Ela já estava sendo sondada por Sebastian nas redes sociais. Ambos andavam trocando mensagens pelo *chat* do Instagram. Martina viu seu perfil esotérico de guru e achou incrível. Um belo dia, Sebastian manda uma mensagem em tom sério, dizendo-se muito preocupado, pois teve uma visão do além e precisava entregar a ela uma mensagem.

Martina ficou desesperada quando Sebastian disse que ela precisava se afastar de um amor do passado. E que essa era a mensagem, que ele não estava autorizado a dizer mais nada.

Pouco tempo depois, Martina acabou descobrindo que Ernesto se reaproximou dela por interesse, pois faliu suas empresas e tinha herdado uma dívida impagável.

De onde veio a inspiração de Sebastian para enviar a tal mensagem dos quintos dos infernos? Fazendo um simples trabalho de *stalker* pelas redes sociais e pelo Google. Foi exatamente assim que eu, desconfiada dessa história toda, liguei meu radar de FBI e rastreei todas as informações que Sebastian disse ter recebido em sonho, pela bola de cristal, ou pela puta que o pariu.

Estavam lá, todas as informações sobre Ernesto Vianna. E como Sebastian soube da ligação de Ernesto e Martina? Por uma foto que Ernesto postou dos dois e a marcou nas redes sociais. Seu perfil era aberto.

Sebastian não passa de um *stalker* trambiqueiro pronto para dar o bote. Martina engoliu a papagaiada desse guru fajuto e desde então sua vida é baseada no que esse sujeito determina.

Quando esses dois começaram a se aproximar cada vez mais, tentei alertar minha amiga, mas foi em vão. E a gota d'água para mim foi quando ele veio morar aqui com a desculpa de fazer um trabalho espiritual para ela. Cansei.

Desde então tenho buscado pela minha própria casa. Já estava mais do que na hora mesmo.

— Você está muito amargurada! O convívio está ficando insuportável. Já está mais do que na hora de você superar suas dores.

Não posso acreditar no que acabei de ouvir. Juro que essa me pegou em cheio.

— Não se preocupe com isso. Você não precisará mais carregar o fardo de me abrigar aqui. Comprei um apartamento essa tarde. — Pego Benício no colo e me levanto. Meus olhos ficam marejados, pois ainda estou muito sensível com o luto que parece não ter fim.

— Você... o quê? — Martina demora a entender o que acabei de cuspir com palavras duras.

— Me mudo em poucos dias. Já assinei a papelada. — Caminho até a porta do quarto e, de costas, finalizo a conversa. — Espero que você enxergue as intenções desse guru dos infernos antes que seja tarde demais. — E me retiro.

CAPÍTULO 31

Ontem foi o dia de nossa mudança.

Meu Deus, que cansativo! Nosso apartamento ainda não está completo, mas já tem carinha de lar. E sim, a casinha do Zeca está novamente na varanda. Esse cachorro agora só dorme se for dentro de sua casinha de madeira. Não é que a persistência de Alexandre com esse trambolho deu certo?

Durante o tempo que moramos na mansão de Martina – pasmem –, a casinha ficava em meu quarto. Zeca não se acostumou a dormir no enorme jardim, como qualquer outro cachorro. Uivava nas primeiras noites, e eu não sabia mais o que fazer. Achava que era saudade do seu dono, mas não.

Na verdade, Zeca é um cachorro mimado de apartamento mesmo. Quando tivemos a brilhante ideia de deixá-lo dormir em minha suíte, a choradeira passou. Daí, Martina, para tirar uma com a minha cara, subiu a casinha para o quarto sem me dizer nada. Quis matá-la, mas no final acabou sendo uma coisa boa. Dormir sozinha também me dava vontade de chorar e, no caso, tanto Zeca quanto eu compartilhávamos da mesma dor. Ficarmos juntos foi reconfortante para ambos.

Mamãe e Charles vieram almoçar em meu novo apartamento hoje. Na verdade, eles trouxeram comida de um restaurante mexicano que nós amamos. Achei maravilhoso, pois estou exausta da mudança de ontem e, como Beni é muito pequeno, eu ainda acordo durante a noite ao menos duas vezes para amamentá-lo e trocar suas fraldas. Ou seja, motivos não me faltam para eu estar muito exausta!

— Eu achei muito precipitado da sua parte já ter se mudado agora. Ficar sozinha com um bebê tão pequeno e um cachorro... — Mamãe olha para Charles, que coloca um taco de carne cheio de chilli na boca. — Querido, vá com calma na pimenta!

— Senti que era a hora certa, mãe. Vai ficar tudo bem. Nós estamos bem. — Olho para Beni em seu cercadinho, com as perninhas agitadas.

— Pelo menos agora moramos mais perto uma da outra, posso vir todos os dias ficar com você até Benício estar maiorzinho.

— Isso seria ótimo! — Meus olhos chegam a brilhar, pois entendo que minha decisão foi precipitada mesmo.

Meu plano inicial era de nos mudarmos somente quando Beni já tivesse ao menos oito meses.

— E como está o pessoal do grupo de ciclismo, Charles?

Eles se entreolham. Charles voltou a pedalar assim que se recuperou das fraturas do acidente, mas tanto ele quanto mamãe sempre evitam tocar no assunto comigo, por motivos óbvios.

— Ah... Sim, estão bem — Charles responde olhando para seu prato. Minha pergunta o pegou de surpresa, pois mudei de assunto bruscamente.

— Você quer mesmo falar sobre isso, filha?

— Mãe, eu preciso começar a falar sobre as coisas para poder superá-las. Sinceramente — Suspiro —, estou um pouco cansada de permanecer em luto. Preciso aceitar de uma vez por todas que Alexandre não voltará mais. — Olho em volta. — Aqui começarei uma nova vida com meu filho e ele precisa de uma mãe feliz — Me ajeito na cadeira —, ou pelo menos uma que se esforce para que isso aconteça.

— Tudo a seu tempo, minha querida — Mamãe coloca sua mão morna sobre a minha —, mas me alegra saber que você já se sente pronta para seguir em frente.

— Beni é minha maior motivação.

— Os filhos têm esse poder sobre nós. — Mamãe sorri para mim.

Antes de irem embora, mamãe e Charles fizeram uma faxina quase completa no apartamento e ficaram de olho em Beni para que eu pudesse tirar um cochilo. *Nossa, eu estava mesmo precisando disso!*

Eles se despedem de mim assim que volto para a sala, renovada.

— Bom, nós estamos indo. — Eles se levantam do sofá.

— Eu sou a pior anfitriã do mundo — digo rindo. — Primeira vez de vocês aqui e, além de terem que trazer o almoço, ainda limpam minha casa inteira.

Eles riem junto comigo. Dona Laura me abraça e, enquanto os acompanho até a porta, ela me diz:

— Você e Martina precisam fazer as pazes. Pense nisso com carinho.

— Ela foi muito cruel. — Olho para baixo, feito uma criança.

— Eu sei, querida. — Mamãe toca meu rosto suavemente. — Todos nós somos seres imperfeitos e de vez em quando erramos feio. Faz parte da nossa jornada.

— Aquele cara, mãe...

— Eu também não confio nele, mas deixar Martina sozinha e vulnerável nas mãos dele é muito pior.

Eu não tinha pensado muito bem sobre isso. Mamãe tem total razão. Nossa, eu preciso acordar para a vida urgentemente!

***

— Ainda não conhecemos nada do nosso condomínio novo — digo a Zeca, ambos olhando pela varanda, lá para baixo. — Quer passear?

Zeca se sacode todo com a língua para fora. Ele entende muito bem a palavra "passear". É uma de suas favoritas.

Coloco Benício deitado no carrinho, prendo Zeca em sua coleira-guia e descemos.

Atravessamos os corredores entre os prédios, a área das piscinas, o parquinho infantil, a quadra de esportes e finalmente chegamos ao parque que rodeia toda a extensão do condomínio. O dia está bem agradável, um final de tarde bem bonito.

— Olha, Zeca! — Aponto mais a nossa frente. — Uma área para cachorros!

Que demais, esse condomínio tem um espaço cercado para os cachorros correrem livres sem suas coleiras. Vejo alguns poucos cães soltos lá dentro com seus tutores em volta. Alguns encostados do lado de fora do cercado admirando os animais brincarem; outros sentados nos bancos lendo livros. *Gostei!*

Eu me aproximo da portinha do cercado, estaciono o carrinho do Beni ao lado de um banco vazio e retiro a coleira de Zeca.

— Divirta-se, garoto! — Esfrego suas orelhas e o guio para dentro.

Sento no banco ao lado do carrinho e vejo Zeca farejando todo o gramado, de ponta a ponta, fazendo reconhecimento da área. Outros cachorros se aproximam e começam a se cumprimentar cheirando os traseiros uns dos outros. De repente me pego pensando se nós, humanos, tivéssemos o mesmo hábito ao nos cumprimentarmos e sinto vontade de rir com a ideia.

Quando percebo que Zeca já está totalmente entretido com seus novos amigos caninos e Benício está dormindo tranquilo no carrinho, decido pegar meu celular para mandar uma mensagem para Martina. Quando abro o aplicativo, vejo que Martina está gravando um áudio para mim. Fecho correndo, pois não quero que ela veja que estou on-line.

Espero cinco minutos e então abro novamente. Clico para ouvir.

"Oi, tudo bem? Então…" — Segundos de silêncio, ouço somente sua respiração. — *"Só pra te avisar que chegou uma daquelas caixas aqui."* — Ai, não! Eu me esqueci completamente das caixas. — *"Bom… se quiser, me passa seu endereço novo que eu mando entregar para você. Ou você pode passar aqui para buscar também…"* — Mais silêncio. — *"Então é isso, me avise, ok? Beijos."*

"Oi… Nossa, me esqueci completamente das caixas. Olha só, eu posso passar aí para buscar, não tem problema." — Benício começa a chorar a plenos pulmões. — *"Peraí, já falo com você."*

— O que foi, meu amor? — Eu o pego no colo e sinto o cheiro de sua fralda carregada. — Ai, meu Deus.

Levanto com Beni no colo para tentar acalmá-lo e me aproximo do cercado, de onde vejo Zeca do outro lado correndo atrás de um poodle.

— Zeca! — grito, mas o cachorro não me escuta. — Era só o que me faltava!

Sinto uma leve pontada de desespero, pois Beni não vai parar até que esteja trocado, e Zeca não me parece estar a fim de colaborar.

Eu me sento novamente no banco esperando que tudo se resolva num passe de mágica, pois eu mesma não consigo pensar no que fazer. Não posso largar o cachorro aqui sozinho e também não posso deixar meu filho sofrendo todo cheio de merda!

— Olá, tá tudo bem?

Um rapaz com um cachorro aparece na minha frente, estou tão desesperada que nem o vi se aproximar.

— Ah, oi. — Tento disfarçar o caos que está rolando, mas o que menos preciso agora é fazer amizades. Simplesmente não é o momento ideal.

— Aquele labrador é seu?

— É, sim. — Ando de um lado para o outro com Beni no colo aos berros. — Zeca, vamos!! — Mais uma vez em vão.

— Eles fazem de propósito. A minha é exatamente assim.

— Zeeeeeeca!!!!

Finalmente o cachorro para o que está fazendo e vira sua cabeça em minha direção, com as orelhas para cima.

— Vem já para cá!

Zeca começa a vir em trotes até a porta do cercado.

— Me desculpe, mas estou numa situação de emergência aqui. — Ponho Beni aos berros no carrinho para poder colocar a coleira no cachorro.

— Eu que peço desculpas, não quero te atrapalhar.

— Até mais! — Eu me viro apressada e parto em passos largos.

Só consigo pegar meu celular novamente depois de Beni já ter tomado banho e mamado. Agora vejo pela babá eletrônica que ele dorme no berço.

Abro o WhatsApp e vejo que Martina havia me respondido com outro áudio.

"Dá para ver que tá bem agitado por aí. Olha só, eu posso levar até aí." — Ela faz uma pausa. — *"Preciso conversar com você."*

> Ok, pode vir aqui.

> Eu também preciso conversar com você...

Passo meu endereço ao final da mensagem e deixo meu celular sobre a mesa de centro. Ligo a TV e Zeca vem da varanda até onde estou. Quando dou permissão, o cachorro sobe no sofá e se esparrama todo, apoiando sua cabeça marrom sobre minha perna para receber cafuné.

Depois de nossa última discussão e, mesmo eu permanecendo na mansão por mais duas semanas até minha mudança acontecer, Martina e eu evitávamos nos encontrar. Estávamos muito magoadas uma com a outra e talvez um encontro poderia ter sido fatal para nossa amizade. Então, me mantive bem ocupada e fora de casa o máximo de tempo possível para não precisarmos nos trombar. Assim, eu conseguia evitar o guru de araque também.

O interfone do apartamento toca. É Martina. *Não acredito que ela decidiu vir HOJE!*

— Sim, ela é minha convidada, pode deixar subir. — Autorizo sua entrada no condomínio pelo interfone.

Verifico Beni pela fresta da porta de seu quarto e vejo que ainda dorme tranquilamente.

Martina leva dez minutos para chegar até meu apartamento, esse condomínio é muito grande. Abro a porta para recebê-la e percebo que está um pouco ofegante.

— Puta que pariu!

Essas foram as primeiras palavras que Martina soltou quando me viu, com os cabelos um pouco desalinhados e segurando uma caixa de papelão em seus braços.

— Deixa eu adivinhar: você parou o carro no primeiro estaciona-mento que viu e teve que andar até aqui? — Como o condomínio aqui é muito grande, existem dois estacionamentos para visitas. Um bem na entrada, que dá acesso aos primeiros prédios, e outro que, para ter acesso, deve-se seguir por uma via lateral das instalações até chegar aos prédios ao fundo, onde eu moro. É uma caminhada de pelo menos oito minutos a pé. Parece pouco – *para quem não está carregando uma caixa relativamente pesada nos braços.*

— Porra... — ela arregala os olhos e me entrega a caixa.

Martina praticamente se joga em meu sofá assim que adentra o apartamento. Zeca se aproxima dela se abanando todo.

— Sebastian foi para um retiro espiritual em algum lugar no sul do Brasil, só volta no meio da semana.

— E? — pergunto mais em tom de "foda-se" do que de curiosidade.

— E é justamente por conta disso que estou aqui.

CAPÍTULO 32

Logo após a morte de Alexandre e com todos os problemas sobre estar grávida, sofrer um aborto, descobrir ainda estar grávida... foram tantos eventos que hoje, quando me lembro de tudo que passei, é difícil acreditar que de certa forma sobrevivi. Obviamente que mesmo tendo pessoas ao meu lado me dando todo o suporte, precisei contar com apoio profissional.

Doutora Bia é minha terapeuta, e seu acompanhamento foi fundamental para todo esse meu processo.

Foi durante nossas sessões que percebi, ainda no começo da gestação, que seria importante manter os laços paternos na vida de Benício. Eu não podia esconder de seu Fred e dona Eunice que eles seriam avós. Na verdade, essa nunca foi minha intenção. Eu só não me sentia preparada ainda, mas eu precisava estar em algum momento e o quanto antes, pois era direito deles também participar da vida do neto. Uma parte de Alê também permaneceu para eles, não só para mim.

Eu não queria encontrá-los pessoalmente. Ainda não me sentia forte o suficiente para isso, mas fui sem coragem mesmo.

Uma tarde, voltando de uma consulta médica com minha mãe, passamos próximo ao antigo prédio onde Alexandre vivia com seus pais.

— Estacione aqui, mãe. Preciso resolver isso de uma vez por todas.

Desci do carro e caminhei em direção à portaria do prédio.

— Boa tarde — cumprimentei quando o interfone acionou. — Gostaria de falar com dona Eunice ou senhor Fred, do apartamento 61.

— Eles não moram mais aqui. Se mudaram há pouco mais de uma semana.

— Como assim? Para onde?

— Sinto muito, mas não posso fornecer tais informações.

Sinto uma lágrima surgindo em meus olhos. Eu me viro em direção ao carro onde mamãe está ao volante de janela aberta acompanhando a situação. Ela desce do carro e vem até mim.

— Eles não moram mais aqui. — Não consigo controlar o pranto que já embaça toda a minha visão.

Laura aciona novamente o interfone.

— Por gentileza, é um assunto delicado de família que precisamos tratar. Vocês poderiam nos fornecer algum contato deles?

— Sinto muito, são as normas de segurança. Infelizmente não podemos passar informações sobre os condôminos. — A voz faz uma pausa. — Mas nós podemos passar o recado para eles. Talvez eles passem por aqui para buscar alguma correspondência em algum momento.

— Ah, por favor! Isso seria ótimo.

Mamãe deixa meu número de telefone na portaria e partimos.

Passaram-se meses e nada. Eu sentia um misto de desapontamento e alívio ao mesmo tempo. Eu queria a presença deles na vida do bebê – de quem até então eu ainda não sabia o sexo –, mas ao mesmo tempo não me sentia pronta para me ligar a nada que fosse me lembrar que Alexandre não estava mais aqui.

Ao sair de mais uma sessão com a doutora Bia, vi uma chamada não atendida em meu celular. Um telefone desconhecido com DDD de Minas Gerais. Não dei importância, achando que poderia ser algum *call center*.

Entretanto, ao estacionar na garagem da mansão – eu já estava morando com Martina a essa altura –, meu telefone toca outra vez. O mesmo número de Minas Gerais.

Meu coração bate um pouco mais acelerado, minha intuição começa a me dizer que não se trata de *call center* algum. Respiro fundo e atendo.

— Alô?

Um silêncio do outro lado da linha.

— Alô? — repito.

— Audrey? — A voz feminina quase sussurra. Percebo imediatamente a emoção da mulher.

— Dona Eunice? — Meus lábios tremem de leve e meu coração acelera mais.

A emoção toma conta de ambas e os primeiros minutos ao telefone foram de choro, suspiros e grande emoção.

Ficamos por mais algum tempo conversando. Não consegui me alongar por muito tempo, só o suficiente para dar a notícia.

Foi uma conversa muito difícil, porém senti que cumpri meu dever. *Pronto, agora eles já sabem!*

Criamos o hábito de trocar mensagens por WhatsApp depois disso. Mensagens curtas de bom dia e coisas triviais sobre o avanço da gravidez. Percebi que ela queria participar de alguma maneira, mesmo estando longe. E que era mais fácil lidar com as mensagens do que com uma ligação.

Certo dia, durante mais uma consulta médica de rotina, descobri que meu bebê seria um menino. Mandei a imagem do ultrassom para Eunice.

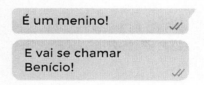

Ela me ligou na mesma hora. Atendi com alegria e percebi mais familiaridade em sua voz dessa vez. Não éramos mais duas estranhas, já havíamos estabelecido uma conexão mútua de afeto.

Quando Benício nasceu, Eunice e Fred vieram para São Paulo conhecê-lo, ainda na maternidade. Foi um encontro emocionante.

— Veja, querido! Ele se parece muito com Alexandre. — *Talvez com o joelho dele.*

E desde seu nascimento, de tempos em tempos, dona Eunice e seu Fred me enviam uma caixa com produtos para bebês. Fraldas, mamadeira, roupinhas, brinquedos, tudo que se possa imaginar que um bebê precise eu sempre vou encontrar dentro dessas caixas.

Martina continua estatelada em meu sofá, encarando o teto. Dou uma olhada na babá eletrônica sobre a mesa de centro e me deparo com Beni e Zeca interagindo através da grade de madeira do berço. Benício com a mãozinha para fora tentando alcançar o focinho de Zeca, que está próximo a ele encarando-o de volta.

Durante o período todo em que estive grávida, Zeca parecia entender o que se passava. Tornou-se muito mais atencioso comigo e, sempre que podia, fazia questão de estar perto de minha barriga.

Eu me lembro bem de uma vez, ao final da gestação, Benício já estava bem agitado, louco querendo sair, imagino eu, dava para perceber seus chutes visivelmente em minha barriga. Zeca e eu estávamos no sofá e o cachorro encarava o relevo que se formava em minha pele com os movimentos que o bebê forçava pelo lado de dentro e começava a latir.

Como é bom ter cachorro. Eles são muito engraçados!

Assim que Beni nasceu e voltamos da maternidade para a mansão, Zeca desenvolveu uma posição protetora ao redor do bebê. No início, senti um pouco de receio por se tratar de um animal perto de um recém-nascido tão pequenino e delicado, mas logo fui convencida pelo próprio animal de que ele seria tão zeloso – ou mais – do que qualquer ser humano. Até hoje sinto meu coração quentinho quando vejo a interação entre os dois. *Zeca é melhor que muita gente, que fique claro isso aqui!*

— Amiga — Martina resmunga ainda olhando para o teto. — Vou te contar coisas bizarras que descobri nesse sábado. Tá preparada?

Imagino que o que quer que esteja por vir, tem a ver com aquele guru de araque, e isso aguça minha curiosidade num grau altíssimo!

— Você não deve ter nada alcoólico aí não, né? — Martina vira o rosto em minha direção.

— Minha resposta certamente irá te decepcionar.

— Ainda bem que eu sou uma mulher precavida! — Martina se debruça para a frente e arranca de sua bolsa uma garrafa azul de uma bebida que nunca vi na vida. — Tem gelo nessa casa, pelo menos?

— Tem. — Solto uma risada e me levanto imediatamente para buscar um copo com gelo para ela.

Martina enche o copo quase inteiro de uma vez só. Ouço o estalar dos cubos de gelo ao serem envolvidos pelo líquido, sinto a boca salivar. *Saudades de um bom drink!*

— Caraca, isso aqui é forte! — ela exclama assim que entorna quase metade do copo de uma só vez.

— Martina, pelo amor de Deus, desembucha logo essa história! Estou levemente nervosa aqui.

— Levemente? — ela repete com um risinho no rosto.

— Levemente! — enfatizo.

— Ok! — Ela deixa o copo sobre o descanso em cima da mesa ao lado da babá. — Tá legal, preciso começar dizendo que talvez... — Ela levanta seu dedo em riste e uma de suas sobrancelhas acompanha o movimento, o que me remete à imagem de uma professora em sala de aula. Acho graça. — Talvez você tenha um pouco de razão sobre Sebastian.

— Um pouco?

— É, um pouco. — Martina dá de ombros.

— Cadê ele?

— Já disse! Viajou para algum retiro no sul. Olha, nem me importa pra falar a verdade. Já está decidido que quando ele voltar, não será para minha casa.

— Ele se mudou?

— Sim — Ela pega seu copo de volta, dá outro gole. — Mas ele ainda não sabe.

— Como assim?

— Mandei trocar as fechaduras de tudo.

— Pelo jeito, talvez eu tenha TOTAL razão sobre ele, então.

Zeca vem do corredor calmamente até nós e se deita sobre o tapete, em frente ao sofá. Olho instintivamente para o monitor da babá e vejo Benício dormindo.

— Os cachorros são as melhores babás, sabia disso, né? — Martina continua rodeando o assunto. Já estou ficando mais nervosa, mas preciso concordar. Zeca é incrível com Beni. Meu celular já não aguenta mais armazenar tantas fotos e vídeos fofos dos dois.

Ela preenche seu copo com mais bebida, porém, dessa vez, deixa o líquido gelar e se vira para mim novamente.

— Estou desconfiada que Sebastian não seja gay e ainda que tá a fim de mim!

— Como assim, ele não é gay? — Essa me pegou totalmente de surpresa. *Como assim ele não é gay?*

— Bom, ele nunca disse realmente que era, né? A gente que presumiu. — Ela se joga de novo para trás, dramática. — Eu adorava a ideia de ele ser gay. Isso arruinou tudo!

— Tá, mas amiga, você vai expulsá-lo da sua casa só pelo fato de ele ser hétero?

— Audrey! Para de ser tapada, pelo amor de Deus! — Martina senta novamente. — Que motivo você acha que levaria um homem a fingir ser gay para se aproximar de uma mulher? E se enfiar dentro da casa dela? Eu estou sozinha vivendo com ele naquela casa desde ontem! E hoje descubro isso!

É muita informação agora para digerir. Realmente, é uma situação perigosa mesmo.

— Tá, mas como você descobriu isso? Ele apareceu de chinelo Rider e camisa regata na sala coçando o saco?

O silêncio ensurdecedor que precede um ataque de risos é sensacional. Você sente toda aquela ansiedade brotar no estômago e, de repente, ela atravessa sua garganta numa gargalhada explosiva.

Ouço Benício chorar. *Que merda, acordei meu filho.* Tento conter minha risada enquanto caminho até seu quarto para pegá-lo, mas é impossível fazer isso ouvindo Martina relinchando na sala. Ela perde totalmente a classe quando ri desesperada. Nunca vi uma gargalhada tão escandalosa como a dela. É tão engraçada!

Volto para a sala com o bebê envolto em meus braços e me sento novamente no sofá. Zequinha imediatamente aproxima seu focinho sobre o bebê para se certificar de que Benício está bem. Depois volta a se esparramar no tapete.

— Ele não usa Rider, nem regata — Martina fala em voz mais baixa, tentando controlar sua vontade de rir. — A parte do saco, acredito que basta ter um para querer coçá-lo. Independentemente de orientação sexual, imagino eu.

— Claro — digo enquanto me ajeito para amamentar Benício.

— Enfim, na verdade comecei a desconfiar ontem à noite… — ela finalmente começa a contar o que realmente interessa. — Assim que você carregou sua mudança, eu fiquei bem chateada, tá legal? — Finjo verificar Benício para evitar contato visual. — E aí pode ser que eu tenha chorado um pouco e Sebastian estava lá para me consolar. Ele me abraçou, disse coisas reconfortantes e tal.

Martina se debruça para pegar seu copo novamente.

— Sebastian sugeriu que eu fosse tomar um banho de banheira relaxante para depois assistirmos a alguma comédia, que isso me faria bem. Ele preparou uma bandeja com queijos e vinho e trouxe para minha suíte. Preparamos uma noite de cinema.

Martina entorna uma quantidade exagerada de sua bebida para continuar a história.

— Enfim, nos enfiamos embaixo do edredom e começamos a assistir As Branquelas.

— Esse filme é muito bom!

— Enchemos a cara. — Ela ignora meu comentário. — Logo que terminou o filme, fui me despedir para que ele fosse para seu quarto e me deixasse sozinha. Dei um selinho nele. — Martina tem esse costume com algumas pessoas. Ela gosta de dar selinhos em todo mundo. Parece a Hebe Camargo. — Mas tive a sensação de que ele queria um beijo mais prolongado. Me assustei e me soltei dele. Sebastian se fez de desentendido e se mandou do meu quarto disfarçando exageradamente. Nunca vi ele rebolar tanto.

— Martina! Que loucura, amiga!

— Até então éramos duas amigas, né? Ele era minha amiga.

— Ah, bom, isso é verdade. — Coloco Benício em posição para arrotar. — Mas o que aconteceu hoje?

— Assim que ele saiu, fui até seu quarto xeretar.

— Mentira!

— Abri os armários, olhei embaixo de sua cama, fucei tudo.

— O que você achou?

— Nada!

Fico muda tentando entender, apenas a encarando.

— Fiquei frustrada, obviamente. — Martina joga seu cabelo todo de lado. Empina seu narizinho e continua sua história. — Decidi que deveria tomar um drink. — Ela aponta para a garrafa azul sobre a mesa. — Fui até a cozinha, com a garrafa que peguei da adega, separei uma taça e abri o congelador para pegar gelo.

Martina toma mais um gole.

— Quando tirei a bandeja de gelo do lugar, percebi uns potinhos de vidro bem pequenos no fundo do freezer. — Ela franze a testa com a lembrança, como se tivesse os vendo neste exato momento. — Peguei um e notei um pedaço de papel bem pequeno dentro dele. Abri!

— E aí? O que era isso?

— Amiga, não faço ideia, mas estava escrito "Ernesto Vianna" com tinta azul nele.

— Nossa!

— Aí peguei outro potinho, abri e tinha o nome de outro cara com quem eu saí umas vezes. — Ela faz uma pausa. — Amiga, eu abri todos os potinhos. E em cada um deles havia o nome de um homem diferente. — Martina se levanta e começa a caminhar em frente à TV com o copo na mão. — Fiquei apavorada. Aí corri para o jardim. Enquanto estava esfriando minha cabeça, me lembrei de uma madrugada que acordei para ir ao banheiro, vi pela janela de meu quarto Sebastian no gramado do jardim caminhando de volta para dentro da casa. — Ela para e olha diretamente nos meus olhos. — Minha intuição mandou que eu procurasse por alguma coisa no jardim. Vasculhei tudo.

— Encontrou mais alguma coisa?

— Sim! — Ela abre sua bolsa novamente e pega seu celular. — Tirei uma foto.

Martina busca a imagem na galeria e me mostra.

— O que você acha que é isso? Estava no meio do canteiro de flores, na lateral da piscina.

— Isso é uma maçã verde?

— Sim! — Ela pega o celular de volta da minha mão e encara a imagem. — Quando peguei a fruta na mão, parecia ter coisa dentro. Olhei de perto e vi que ela estava cortada. — Martina deixa o celular no sofá e olha para mim. — Eu abri a maçã e dentro dela tinha um papel.

— Tava escrito o nome de quem?

— O meu!

— O quê????

— Amiga! Liguei pro chaveiro na mesma hora para trocar as fechaduras. Ainda bem que a mansão tem alarme, mas já solicitei segurança reforçada pelos próximos dias.

— Eu não estou acreditando nisso.

— Pois acredite.

CAPÍTULO 33

— Como você se sente percebendo que esse espaço dos cachorros é maior que seu apartamento? — Martina comenta enquanto Zeca corre pelo gramado em disparada assim que abro a portinhola do cercado e dou permissão para que ele entre.

— Eu não tinha reparado nisso ainda. — Fecho a portinhola e me sento ao seu lado no banco. Verifico Beni no carrinho, está comendo seu próprio pé e resmungando alguma coisa olhando para o nada. — Melhorou da dor de cabeça?

Martina não tinha condições de voltar para casa ontem à noite, então acabou se apossando do sofá da sala, onde permaneceu na mesma posição que a deixei quando caiu no sono de bêbada.

Ela ajusta os óculos escuros no rosto antes de me responder.

— Nossa, que cara gato!

— Quê? — Eu me viro para onde Martina está olhando e vejo um homem alto vindo em nossa direção com um cachorro preto na coleira. *É o homem de ontem!*

— Muito bem frequentado esse seu novo lar, hein? Parabéns! — ela diz enquanto puxa sua blusa um pouco para baixo, deixando seu busto bem em evidência no decote. *Que vaquinha mal-intencionada!*

Meu celular toca, é Eunice. Eu me levanto e me afasto para atender.

— Alô?!

— Audrey, querida! Como vocês estão?

— Estamos bem! E vocês?

— Ah, estamos ótimos!

Faz-se um silêncio. Meu Deus, esqueci totalmente da caixa que Martina me trouxe ontem. Eu me distraí tanto com os assuntos de Martina que só agora lembrei que a caixa ainda está lá, esquecida e fechada.

— Muito obrigada pela última caixa, Martina me trouxe ontem.

— Ah, que ótimo! Você gostou?

— Sim, adorei tudo, muito obrigada!

Eunice fica em silêncio novamente. *Que merda, certeza que tinha mais alguma coisa além do que eles me enviam habitualmente.*

— Me desculpe, Eunice, eu ainda não a abri — digo sem graça. — As coisas estão bem corridas aqui, pois nos mudamos há pouco tempo e eu nem terminei de arrumar tudo ainda.

— Ah, certo! Eu que peço desculpas. Estou ansiosa para que você veja o que mandei dessa vez. Espero que goste.

Agora fiquei bem curiosa e sinto vontade de subir imediatamente para o meu apartamento.

Conversamos um pouco sobre Benício e logo desligamos. Eu me viro em direção a Martina e a vejo batendo o maior papo com o homem do cachorro preto – sem o cachorro preto – que agora está sentado no banco ao seu lado.

Eu me aproximo deles meio sem jeito, Beni trocou o pé que estava em sua boca agora.

— Audrey, este é Oliver — Martina diz assim que me aproximo deles. — Seu vizinho — ela enfatiza a informação arqueando uma de suas sobrancelhas, sem que ele perceba.

— Ah, oi! — Estendo a mão para cumprimentá-lo, porém ele se levanta e me cumprimenta com um beijo no rosto. Achei meio ousado.

— Bem, eu já volto. Prazer em conhecê-las.

— O prazer foi todo nosso — Martina responde por nós duas. Ele sorri e se afasta.

— E aí, vocês vão sair quando? — pergunto enquanto procuro um brinquedinho para distrair Beni e fazê-lo largar o pé.

— Acho que ele não estava muito interessado em mim.

— Que pena — digo distraída enquanto chacoalho o bonequinho de pano para Benício, que ri para mim.

— Bom, amiga, preciso ir. Tenho que passar no Casarão ainda. Semana que vem tem evento das crianças lá.

— Nossa, já é na semana que vem?

DUAS VEZES AMOR

— Sim — Martina diz pegando uma garrafa de água de dentro de sua bolsa.

— Me avise sobre Sebastian, por favor — peço enquanto a abraço para me despedir.

— Nossa, tinha até me esquecido disso! — ela exclama olhando para o nada com a garrafa na mão. — Tem mais essa pra eu me preocupar! — Martina bebe a água e devolve a garrafa para dentro da bolsa. — Nos falamos mais tarde, então.

— Combinado!

Martina parte e só quando já está a uma certa distância percebo que não chegamos a conversar sobre nosso desentendimento. *Vai ter que ficar para outra hora.*

Volto meus olhos para o cercado onde estão os cachorros e sou atraída pelo olhar de Oliver, debruçado do outro lado, virado de frente para mim, me encarando. Assim que ele percebe que o vi, seu olhar muda de direção no mesmo instante.

— Zeca! Vamos! — Instintivamente, meus olhos são atraídos de novo para onde Oliver está e nos encaramos mais uma vez. *Por que raios eu não paro de olhar pra esse cara?* — Vem, garoto! Vamos pra casa!

Assim que chego ao apartamento, tiro Benício do carrinho e o coloco em seu tapete colorido no chão. Zeca se aproxima e se deita ao seu lado.

Pego a caixa e me sento ao lado do tapetinho. Está um pouco mais pesada que as outras, o que me deixa mais curiosa.

Arranco a fita protetora com cuidado, mas com certa pressa também. Olho para a duplinha na minha frente, Benício dormiu e Zeca observa meus movimentos esparramado ao seu lado.

Tiro item por item. Muitas fraldas, roupinhas de tamanho até seis meses, sapatinhos, mais brinquedos – *meu Deus, eu não sei mais o que fazer com tantos brinquedos.*

— O que será isso? — retiro um objeto envolto em plástico bolha no fundo da caixa. — Parece um quadro.

Começo a desembrulhá-lo com cuidado. Zeca levanta sua cabeça para prestar mais atenção no que estou fazendo.

— Não posso acreditar! — Levo minhas mãos ao rosto e lágrimas surgem sem avisar. Zeca se aproxima de mim, encosta seu focinho no meu pescoço e apoia a pata sobre minha perna cruzada.

Ergo o quadro para mostrar ao cachorro e ele reconhece na mesma hora a imagem de seus dois falecidos donos juntos. Ele late baixinho e começa a fungar. Percebo sua tristeza e o abraço forte.

Pego meu celular e envio uma mensagem para Eunice:

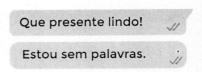

Assim que transmito a mensagem, deixo o aparelho de lado. No fundo da caixa ainda há um envelope, meio gorduchinho. Pego-o e rasgo o papel com urgência para descobrir o que há dentro dele.

Mais algumas fotos de Alexandre pequenino. Pego uma delas e inevitavelmente olho para meu filho. *Não posso acreditar que Alexandre deixou comigo uma cópia dele antes de partir, é impressionante a semelhança entre os dois!*

Pensar nisso me despertou certo conforto, mas inevitavelmente uma tristeza também tomou conta de mim.

— Sinto tanto a sua falta... — Minha voz embarga. Pego de volta o quadro e o levo ao peito. Seguro com força enquanto permito que o choro tome conta de mim.

Benício começa a chorar, o que me traz de volta à realidade. Largo tudo espalhado no chão e o pego no colo.

— Tá com fome, meu amor? Vem cá!

Eu me sento no sofá e me acomodo para dar o peito. Tive muita sorte com a amamentação, Beni pegou direitinho desde o início.

Enquanto o bebê suga o leite, olho bem para ele. Sua bochechinha tem pelinhos loiros, apesar de ele ter o cabelo bem escuro e fininho. *Caramba, meu filho é muito lindo!*

A campainha toca e levo um susto. Será que Martina se perdeu no condomínio e voltou para cá? É bem a cara dela ter ficado rodando esse tempo todo procurando onde estacionou o carro.

Eu me levanto e vou até a porta para atendê-la.

— Aposto que você... — digo abrindo a porta, porém travo assim que vejo Oliver parado bem na minha frente.

— Oi — ele diz e logo desvia o olhar para o lado.

Demoro alguns segundos para perceber que estou com um peito para fora amamentando Benício.

Fecho a porta com tudo na cara dele, envergonhadíssima.

— Me desculpe vir sem avisar — ele diz do outro lado. — Você deixou isso aqui no parquinho e achei que talvez precisasse de volta. Vou deixar aqui e você pega depois.

Permaneço muda e paralisada de frente para a porta fechada, com o coração disparado. Assim que ouço a engrenagem do elevador se movimentar, entendo que ele já foi embora. Abro a porta devagar, para o caso de ele ainda estar ali. Olho para baixo e vejo o boneco de pano de Benício.

— Como que esse cara sabe qual é meu apartamento? — Levo a mão à testa. — Martina!

CAPÍTULO 34

Essa primeira semana em nossa casa nova foi ótima.

Devo dizer que é desafiador morar sozinha com um bebê pequenino e um cachorro, sendo que ambos requerem bastante minha atenção, porém ainda tenho mais três meses de licença do escritório, o que acredito ser tempo suficiente para me adaptar a essa nova rotina.

Obviamente que ter minha mãe em casa todas as manhãs me aliviou um bocado. Com esse apoio, posso ter um tempinho só para mim, o que é ótimo, pois consegui começar a usar a academia aqui do prédio, por exemplo. E como dona Laura tem habilidades maravilhosas na cozinha, todos os dias sou agraciada com almocinho de mãe antes de ela ir embora.

Posso dizer que, pela primeira vez nesse último ano, senti um pouco de felicidade novamente. Ainda tenho meus momentos de lembranças dolorosas, geralmente quando me deito. Ainda me pego pensando muito em Alexandre, mas é parte do processo, né? Já estou aceitando melhor tudo que aconteceu, afinal, não tem nada que eu possa fazer para mudar o passado. O jeito é seguir em frente, e isso é a única coisa que depende só de mim.

— Que bom que você conseguiu vir! — Martina me abraça assim que me vê entrar com o carrinho de bebê no Casarão.

— Caramba, quanta gente! — Um grupo de criancinhas atravessa a porta correndo para fora, gritando e sem sequer notar minha presença.

— Elas estão alvoroçadas hoje! — Martina sorri.

Fazia muito tempo que eu não vinha ao Casarão. Devo ter vindo umas poucas vezes durante a gravidez, mas tudo parecia tão vazio naquela época que mal me lembro dos eventos. Não me parece terem sido tão agitados como o de hoje – em parte, talvez, por naquela época eu não estar num momento bom.

— Tiaaa! — Denis vem correndo em minha direção com um chapéu de *chef* bem amassado sobre a cabeça e um avental verde clarinho escrito seu nome – na verdade está bordado "Menino Ney".

— Uau! Que avental lindo! — Eu me abaixo para abraçá-lo.

— Você gostou, tia? — O garoto sorri com todos os dentes para fora e os olhos brilhando de orgulho.

— Eu amei!

— Legal! — Denis corre de volta em direção à cozinha, onde as outras crianças preparam guloseimas para o evento deste sábado.

O que era para ser apenas um local de aprendizado para as crianças acabou se tornando um lugar onde suas mães empreendem também. Martina acabou criando um espaço para que elas pudessem trabalhar produzindo biscoitos, bolos, salgados, tortas, entre outras coisas e vendê-los para mercearias e pequenos mercados por toda a cidade de São Paulo. Martina contratou todas elas, que além de ganharem um bom salário, ainda têm participação no lucro de tudo que elas produzem.

Na verdade, Martina retém somente um valor necessário para manter o Casarão, todo o restante fica para elas. Aos sábados, a cozinha é exclusiva para as crianças, que aprendem a fazer receitas de preparo simples, e quando tudo fica pronto, vira uma grande festa. Elas adoram!

É interessante pensar que Martina fez girar a economia de um bairro carente esquecido pelos órgãos públicos. Graças a ela, essas mães hoje são financeiramente independentes e as crianças estão mais protegidas dos perigos das ruas. Um pequeno avanço conquistado por uma cidadã de alma nobre.

Martina me conduz pelas instalações do Casarão, como se eu nunca tivesse vindo aqui. Dá para perceber o tanto que ela se sente realizada com seu projeto. *Não é para menos, isso aqui é fantástico mesmo.*

Depois de nosso *tour*, nos sentamos em umas poltronas numa antessala, mais afastada do burburinho das crianças, onde Beni pode dormir um pouco em seu carrinho.

— Notícias do Sebastian? — pergunto assim que nos sentamos.

— Ele tem me mandado mensagem quase todos os dias. — Ela suspira, e percebo que não está contente com a situação.

— O que houve?

— Depois que o confrontei, esperava que ele pudesse explicar que tudo foi uma confusão — diz ela em um tom triste. — Eu tinha esperanças de que ele fosse me dizer que fazia parte do trabalho de limpeza que ele estava fazendo.

— É sério isso? — pergunto meio incrédula.

— Amiga — Martina quase suplica —, dureza acreditar que eu caí num conto desses, né? Me sinto meio burra por não ter notado de cara a armação toda.

— Não queria te dizer, mas já dizendo — Me aproximo um pouco mais dela —, eu te avisei e não foram poucas as vezes.

— Eu sei, o foda é que eu não quis te ouvir. — Martina solta o corpo todo sobre a poltrona.

— Eu não quis ser uma babaca com você, mas acabei sendo. — Tento confortá-la. — Foi muito duro pra mim perceber as intenções dele e te ver lá, caindo igual um patinho.

— Eu devo te pedir desculpas também. Fui uma vaca com você quando você mais precisava de mim.

— É, você foi um pouco. — Beni resmunga no carrinho, então começo a movimentar para frente e para trás, a fim de fazê-lo voltar a dormir. — Mas eu entendo que você não estava sendo você. Acho que podemos colocar uma pedra nesse assunto, certo?

— Por favor! — ela responde, arregalando os olhos com as mãos sobre a cabeça. — Mudando de assunto — Martina se ajeita para a frente, com um sorriso malicioso no rosto. — E o vizinho?

Não sei por qual motivo, mas me senti encabulada com a pergunta dela.

— Não o vi mais. — Evito contato visual, quero mudar de conversa, porém Martina é muito sagaz.

— Entendi. — Seu sorriso continua estampado no rosto. — Tá certo...

— O que foi?

— Nada não. — Ela continua a me encarar e isso me deixa mais nervosa. Sinto meu rosto enrubescer.

— Vai, fala logo o que você quer falar, sua insuportável.

— Eu só acho muito coisa do destino você decidir se mudar do nada — ela enfatiza bem o "do nada" — e dentre tantos apartamentos de um condomínio gigante — novamente ela enfatiza a última palavra com os olhos arregalados —, você escolhe morar bem debaixo de um cara muito gato. Muito gato! — ela repete, para ter certeza que eu entendi o quanto o vizinho é bonito.

Fico quieta. Não sei o que ela quer que eu responda, mas me lembro do incidente do último sábado.

— Como você sabe qual o apartamento dele?

— Eu sei porque não sou mosca morta igual você, ué. — Martina se recosta mais uma vez, porém ainda me encarando com os olhos semicerrados.

— E aí você simplesmente contou pro cara que eu morava logo abaixo dele… — falo, tentando juntar peças do quebra-cabeça.

Martina me encara e não diz nada, como se também estivesse encaixando pecinhas na sua própria cabeça.

— E como você sabe que ele sabe? — Ela está quase adivinhando.

— Só preciso te dizer que, por sua causa, passei o maior constrangimento da minha vida!

— Como é que é? — Martina se levanta, teatralmente. Está desesperada para saber do que estou falando.

— Ele veio devolver o boneco de pano do Beni — Levanto o boneco que está no fundo do carrinho — que ficou no parquinho.

— Tá, mas o que isso tem de constrangedor? Largar um brinquedo no chão tá mais pra descuido do que pra constrangimento. Você anda muito sensível, hein? — Ela volta a sentar na poltrona, meio desinteressada da história.

— A parte do constrangimento foi quando abri a porta achando que era você, com o Benício pendurado na minha teta, mamando. — Botei a história para fora com certa irritação. Indignada!

— Você o quê? — Martina está prestes a explodir em uma de suas gargalhadas estrondosas, porém somos surpreendidas por um grupo de pessoas procurando por ela, o que a faz segurar o riso com muito custo.

DUAS VEZES AMOR

— Ainda não terminei aqui com você — ela diz enquanto se levanta e se afasta com o grupo em direção à cozinha.

A receita do evento das crianças foi pão de queijo. Com o auxílio das mães e de Martina, meninos e meninas se divertiram aprendendo a preparar o tipo de lanche que mais adoram.

Obviamente que havia mais coisas já preparadas para elaborar o lanche da tarde e foi uma festa bem gostosa. Martina contratou um buffet infantil para ter gincanas nessa tarde. Havia até palhaços entretendo todos – e nessa hora dei graças a Deus por não ter trazido Zeca. *Teria sido desastroso.*

Volto para casa ao entardecer. Dou banho em Benício e o coloco para dormir. Ligo a babá eletrônica e a deixo sobre a mesa de centro em frente ao sofá.

Algo na varanda chama a atenção de Zeca, que corre até lá. Ligo a TV sem dar muita importância e me esparramo no sofá, exausta. Procuro alguma coisa entre os canais quando Zeca começa a latir.

Olho por sobre o encosto do sofá e, pela posição em que estou, consigo ver apenas seu bundão marrom, o resto da cena se esconde atrás da cortina semifechada.

Zeca late novamente e agora me levanto para verificar o que o está incomodando tanto.

— O que foi, Zeca? — Eu me aproximo e vejo o que está chamando sua atenção. Acompanho seu campo de visão e noto um objeto pendurado do lado de fora da varanda.

— O que é isso?

É uma bola de papel presa ao que parece ser uma pedra a um barbante, vindo de cima.

Me debruço no parapeito para ver de onde vem. É do andar de cima. *É do apartamento de Oliver!*

Volto o corpo correndo para dentro da minha varanda. *Será um bilhete?* – decido pegar sem pensar muito.

Desamassei o papel e, sim, é um bilhete de Oliver para mim. Meu Deus.

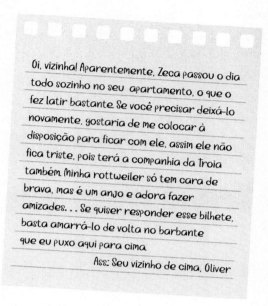

Oi, vizinha! Aparentemente, Zeca passou o dia todo sozinho no seu apartamento, o que o fez latir bastante. Se você precisar deixá-lo novamente, gostaria de me colocar à disposição para ficar com ele, assim ele não fica triste, pois terá a companhia da Troia também. Minha rottweiler só tem cara de brava, mas é um anjo e adora fazer amizades... Se quiser responder esse bilhete, basta amarrá-lo de volta no barbante que eu puxo aqui para cima.

Ass: Seu vizinho de cima, Oliver

Fico angustiada ao imaginar Zeca triste sozinho o dia todo preso. Realmente, estamos há pouco tempo morando aqui, talvez ele tenha achado que o abandonei. Sinto uma leve dor no coração só de pensar nisso. Procuro uma caneta para responder o bilhete.

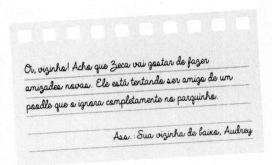

Oi, vizinho! Acho que Zeca vai gostar de fazer amizades novas. Ele está tentando ser amigo de um poodle que o ignora completamente no parquinho.

Ass.: Sua vizinha de baixo, Audrey

Coloco o papel envolto na pedra e bem amarrado ao barbante e o deixo pendurado do mesmo jeito que estava. Permaneço de pé esperando que o cordão suba, mas isso não acontece, então volto para a sala.

Estou quase dormindo no sofá quando ouço Zeca latir outra vez na varanda. Sinto uma leve empolgação e corro para verificar o barbante na varanda. *Ele respondeu!*

Desamasso o papel e vejo a resposta de Oliver.

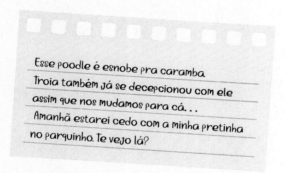

Esse poodle é esnobe pra caramba
Troia também já se decepcionou com ele assim que nos mudamos para cá...
Amanhã estarei cedo com a minha pretinha no parquinho. Te vejo lá?

Sinto meu coração um pouco acelerado. Ando de um lado para o outro até que me sento no sofá de novo. Zeca vem atrás de mim e para na minha frente.

— O que você acha de fazer novas amizades, Zequinha? Aquele poodle é meio filho da puta, né? — Zeca coloca a língua para fora. — Tá bom, vou responder para Oliver que topamos. — Colocar a culpa das minhas segundas intenções no meu cachorro me pareceu bem sensato.

Nos vemos lá...

Coloco o papel novamente amarrado no barbante que, dessa vez, é puxado para cima no mesmo instante. Quando me dou conta, estou sorrindo.

CAPÍTULO 35

Zeca corre para lá e para cá no parquinho dos cachorros enquanto eu ando de um lado para o outro com Benício em meus braços.

— Acho que viemos cedo demais — digo para mim mesma olhando na direção dos prédios tentando enxergar se Oliver se aproxima.

Eu me sento no banco com o bebê que resmunga seu próprio dialeto em meu colo.

— Eu devia ter avisado o horário que viríamos para cá, né, Beni? — Ele olha de volta para mim com a boca aberta, emitindo sons.

Não há ninguém aqui conosco. Percebo que viemos realmente muito cedo. Olho no relógio e vejo a hora: 8h15.

— Ah, nem é tão cedo assim. — Olho mais uma vez para o corredor arborizado que dá acesso para cá. — Talvez para um domingo seja. — Suspiro e coloco Beni no carrinho.

Quando decido ir embora, vejo Oliver se aproximar com Troia na coleira. Um sorriso surge em meu rosto, mas tento disfarçar minha alegria em vê-lo.

— Oi! — ele me cumprimenta assim que me encontra.

— Oi! — respondo tentando soar no mesmo tom de voz que ele usou.

— Vai, garota! — Oliver solta Troia dentro do cercado, e a cadela corre em disparada. — Ela ama esse cachorródromo.

— Cachorródromo? — repito a palavra. — É o nome desse lugar? — pergunto achando graça.

— É — ele responde e nós dois nos sentamos no banco de frente para o cachorródromo. Que palavra divertida.

Como é bom conversar com alguém que não sabe de nada do que passei, por um momento posso fingir ser uma pessoa que não vive a maternidade solo por conta de um acidente de carro.

Oliver me conta que também se mudou para cá há pouco tempo. Trabalha com marketing digital, é publicitário, presta serviços como autônomo para empresas e também para alguns influencers. Faz natação e gosta de jogos on-line – não sei o que é isso, tipo Candy Crush? Se for, temos algo em comum.

Inevitavelmente me pego fazendo comparações. Não se parece em nada com Alexandre, a não ser a altura. Oliver é tão alto quanto ele era. Meu vizinho é bem bonito também, mas tem cara de ser mais novo. Talvez por estar de barba feita passe essa impressão. Sua pele é alva, acho que não curte muito o sol. Tem olhos verdes ou caramelo. E bem cabeludo. Nossa, ele tem bastante cabelo mesmo. Um pouco mais claro do que os de Alexandre e meio cacheados.

Percebo que não estou prestando atenção em mais nada do que ele está falando – odeio quando começo a pensar comigo mesma e me perco no que as pessoas estão dizendo.

Seu celular toca. Ele confere na tela quem é, me pede licença e se afasta para atender, mas não muito, e acabo ouvindo o final de sua conversa quando ele já está se reaproximando. Infelizmente.

— Também te amo, Nina! Já, já tô aí.

Sinto o que parece ser uma flecha acertar em cheio meu peito. Benício começa a chorar, o que acho ótimo, pois tenho vontade de sumir daqui.

O cara tem namorada, não acredito. Ele volta e se senta ao meu lado com um sorriso no rosto, como se não tivesse acontecido nada.

— Agora é sua vez de falar. — Ele tenta voltar de onde paramos.

Talvez eu tenha entendido tudo errado. Talvez ele só queira ser um vizinho gentil comigo. Ele de fato não demonstrou nada além disso. As mensagens pelo barbante eram somente preocupação com Zeca, no final das contas.

Decepcionada, aproveito a inquietação de Beni como a desculpa perfeita para ir embora.

— Acho que vou ter que ir, já passou da hora da soneca da manhã, o que deixa ele bem irritado — minto.

— Ah, tudo bem, entendo. — Percebo desapontamento em seu rosto, o que acho estranho, mas não ligo, quero ir embora. — Podemos nos ver de novo quando?

— Ah, bem, eu não sei. Estou cheia de compromissos nesses próximos dias — minto mais uma vez, enquanto organizo minha partida.

— Tá bem. Até mais, Audrey.

Volto para o apartamento com um aperto no peito e me sentindo uma completa idiota. Sinto uma leve decepção que veio acompanhada de um sentimento de culpa também. É muito cedo para sentir alguma coisa por outra pessoa.

Decido mandar um áudio para a doutora Bia.

"Oi, Bia, desculpe incomodar seu final de semana." — Respiro fundo, meus olhos começam a umedecer. — *"Mas se eu não falar agora, talvez perca a coragem outra vez."* — Caminho até meu quarto e me sento na cama. — *"Preciso falar sobre aquele final de semana!"*

Ouço o tilintar das unhas de Zeca sobre o assoalho vindo em direção ao quarto. Ele para no batente da porta e me encara.

Deleto a mensagem ao invés de enviá-la. Repouso o aparelho sobre a perna, Zeca atravessa a porta em minha direção e se posiciona à minha frente.

— Você também acha que estou indo rápido demais, né? — Passo a mão sobre a cabeça do cachorro, que nem se mexe. — Mas Oliver pode ser só um bom amigo, não é? — Ele encosta o focinho em meu celular, empurrando-o com delicadeza. — Entendi, Zequinha. Vou mandar o áudio de novo.

"Oi, Bia!" — Eu me levanto e caminho enquanto gravo a mensagem. — *"É o seguinte, estou pronta para aprofundarmos aqueles assuntos sobre o acidente. Preciso me libertar de tudo aquilo de uma vez por todas. Estou mais do que pronta!"*

Quando envio a mensagem, jogo meu corpo sobre a cama e começo a chorar. Penso em Alexandre, em como estávamos vivendo momentos tão felizes de nossas vidas e como nossos sonhos foram interrompidos violentamente.

Revivo o instante em que mamãe recebeu a ligação na piscina da mansão e a sensação que tomou conta de cada pedaço do meu corpo naquele momento. Eu já sabia que algo terrível havia acontecido, porém, dali adiante entrei em uma espécie de transe e vivi nele até agora.

Forcei minha mente a se desligar daquilo tudo para tentar sobreviver, mesmo desejando partir desse mundo em vários momentos, mas hoje, conversando com Oliver, me senti leve. Pela primeira vez nesse último longo ano me distraí de tudo isso e gostei do que senti.

Desde que comecei minhas sessões com a terapeuta, tentamos trabalhar todos esses traumas, mas quando avançamos demais, sempre me retraio, acabo rodeando com outros assuntos e permaneço em minha confortável negação. Isso não resolve absolutamente nada, pois o que deveria enfrentar na terapia me assombra todas as noites antes de dormir. Mas estou farta. E por mais que eu tente negar, Oliver está despertando alguma coisa em mim. Uma coisa bem pequena, muito pequena. Minúscula! *Ele tem namorada, Audrey, contente-se apenas com uma amizade!*

Posso te encaixar amanhã às 10h da manhã??

Claro, seria perfeito!

A resposta quase imediata de Bia me acalma, sei o quanto ela esperava por esse momento também.

O domingo se arrasta. Parece que as horas teimam em passar. Mamãe me chamou para ir à sua casa, e Martina me chamou para ir até a mansão. Contudo, descarto ambos os convites. Não estou com a cabeça muito boa, quero ficar sozinha.

Já é tarde da noite quando Zeca se levanta do sofá e vai para a varanda abruptamente. Vou atrás dele, pois sei o que chamou sua atenção.

— A cordinha! — digo em tom mais alto do que pretendia.

Conto até dez, bem devagar, antes de puxar o papel envolto na pedra. Abro ali mesmo, em pé, na varanda.

DUAS VEZES AMOR

> Olá, Audrey. Deixei uma coisa aí na sua porta. Você deve ter deixado cair novamente quando saiu apressada. Espero te ver em breve.
>
> Ass: Vizinho de cima, Oliver

O bilhete me irrita levemente. Imagino o que a namorada dele pensaria sobre Oliver se jogando para cima de uma vizinha. E outra, ele nem me perguntou se eu sou casada. Eu tenho um bebê pequeno, será que não passou pela cabeça dele que eu poderia ter um marido?

— Que cara escroto! — digo por fim em voz alta. A imagem de Oliver debruçado no cercado do cachorródromo me encarando surge em meus pensamentos e meu corpo reage levemente. — Não permito me sentir atraída por ele!

Nesse instante, penso em Alexandre e meu coração se aperta.

— É, Zeca, acho que a sessão de amanhã vai ser pesada! — O cachorro entorta um pouco a cabeça para o lado, como se tentasse entender a complexidade do que está por vir. É engraçado supor o que um cachorro está, de fato, pensando.

CAPÍTULO 36

Mamãe chega bem cedo para cuidar de Benício.

— Isso aqui estava na sua porta. — Ela me entrega o boneco de pano que Oliver deixou ontem assim que abro para ela.

— Nossa, esqueci completamente que isso estava aqui. — Pego o boneco de sua mão e dou espaço para ela entrar.

Aproveito que mamãe passará a manhã toda com Beni e Zeca e decido ir fazer um pouco de exercício antes da sessão de terapia.

A academia é enorme, exagerada, como tudo nesse lugar. Faço meia hora de esteira, tento dar uma acelerada na caminhada, mas ainda estou bem fora de forma, então não forço muito. Faço meus exercícios de musculação e pronto! Eu me sinto renovada.

Além de mim, há apenas uma senhorinha de cabelo bem branquinho e de aspecto frágil, acompanhada de uma moça mais jovem usando um uniforme branco, que julgo ser uma cuidadora ou fisioterapeuta, ajudando-a com alguns exercícios segurando pesinhos leves.

Aproveito que tenho um tempinho antes da sessão e ligo para Martina.

— Oi, amiga, tudo bem? — Ouço sua voz antes mesmo de ouvir o primeiro toque no ouvido.

— Nossa, atendeu rápido! — digo enquanto me sento em um dos aparelhos para pernas.

— Estava com o celular na mão, pois ia responder uma pessoa aqui no WhatsApp.

Escuto barulho de rua ao fundo.

— Estou te atrapalhando? Posso ligar outra hora.

— De jeito nenhum. Acabei de deixar o carro no estacionamento. Vou passar o dia no Martina's Café.

— Legal. — Vejo a velhinha agora tentando fazer agachamento, segurando-se nos braços da mocinha, em frente a um dos espelhos. — Estou pensando em voltar a trabalhar, de casa. — Na verdade, pensei nisso agora. Quero voltar a me sentir útil.

— Mas já? — O som da rua é abafado, o que me dá a impressão de que ela já entrou no Café.

— É! — Olho para meus pés encaixados perfeitamente no aparelho, como se eu fosse usá-lo.

— Nós duas sabemos que essa conversa poderia ter acontecido por mensagem, né? Desembucha logo o que você quer mesmo me falar. — Martina é foda! — É sobre o vizinho, acertei?

Sinto meu rosto queimar, mas minha amiga me conhece muito bem. Bem até demais.

— Talvez… — titubeio. Olho em volta e não vejo mais as duas mulheres, então me sinto mais à vontade para falar. — Estou me sentindo um pouco péssima — finalmente ponho para fora.

— Por quê?

— Bem, você sabe… — Que merda, é mais difícil do que eu pensei, consolidar meus pensamentos em palavras.

— Você está pensando em Alexandre, né? — Fico calada, mas meu silêncio confirma tudo. — Amiga, quem morreu foi ele, não você. E já se passou um ano, cara! Um ano de luto tá muito bom já. Acho que, onde quer que Alexandre esteja, ele vai entender se você seguir em frente. Acho que ele até quer isso também!

Martina é direta e diz o que preciso ouvir. No fundo sinto culpa, como se o estivesse traindo.

— O vizinho tem namorada! — digo, por fim.

— Como assim? — ela diz com a voz mais aguda do que o normal.

— Ontem de manhã nos encontramos no cachorródromo. — Faço uma pausa para ter certeza de que disse a palavra corretamente. — Conversamos um pouco, até que ele precisou atender seu celular.

— Tá, mas e daí? Não podia ser outra pessoa? Uma amiga? Como você sabe que era namorada?

— Sei porque ele disse "Eu te amo, Nina, já, já tô aí", ou algo assim.

— Puta merda!

DUAS VEZES AMOR

— Pois é, foi o que pensei que você diria. — Nesse instante, percebo que não estou de fato sozinha, a velhinha estava em um aparelho atrás de mim esse tempo todo, não tinha notado. Mas não dou importância e continuo a conversa.

— Então você tá mesmo meio a fim dele, né?

— Talvez um pouco atraída por ele, sim. Pela primeira vez em tanto tempo me animei em conhecer alguém novo, que não sinta pena de mim pelo que passei. Ele me fez sentir uma pessoa normal outra vez. — Olho em direção ao espelho e noto que a velhinha está me encarando. — Mas aí existe essa tal de Nina. E sinto certa raiva dela, sendo que é ela quem está sendo enganada, ela que deveria sentir raiva de mim, e não o contrário.

— Homens, puta que pariu! — Martina eleva o tom, sinto que essa indireta não tem muito a ver com Oliver.

— Está tudo bem com você?

— Sebastian reapareceu. Acabei conversando com ele. Na verdade, acabei deixando ele falar.

— Ai, sério? Fica esperta, Martina, ele vai tentar te enrolar de novo.

— Eu estava muito curiosa pra entender o que levou ele a fazer o que fez. — Nós duas sabemos que não foi por isso. Ela tinha um carinho muito grande por ele, ou uma atração enrustida, afinal, até outro dia Sebastian era homossexual. Minha amiga está apenas tentando me distrair.

— Bom, você é quem sabe da sua vida.

— E você é quem sabe da sua também. Confronte o vizinho, às vezes, sei lá, podia ser uma irmã dele, né?

— É, pode ser... — Não tinha pensado nessa hipótese, e agora que ela falou, me sinto um pouco mais tranquila. — Você tem razão, amiga, vou tentar falar com Oliver ainda hoje, se o barbante estiver pendurado na minha varanda.

Por que que essa velha ainda está me olhando?

— Vocês não podem se falar como duas pessoas normais? Tipo por WhatsApp? — Sorrio com sua colocação, de fato seria muito mais fácil. Mas confesso que gosto dessa troca de bilhetes pela varanda. — Bom, faça isso da forma que achar melhor! Você já tá com as teias de aranha aí tudo de novo. Precisa transar.

— Eu não vou transar com ele! — Minhas palavras soam altas demais e noto que a velha arregalou os olhos. Tadinha, deve haver bastante tempo desde a última vez que viu um pinto. *Igual eu...* — Pelo menos não ainda — continuo.

— Adorei ouvir isso — Percebo entusiasmo em sua voz.

Martina adora falar sobre sexo. Adora ouvir as histórias das pessoas e contar as suas próprias aventuras também. Ela diz que pessoas que transam são mais felizes por conta da serotonina liberada no cérebro. Eu era bem feliz com Alexandre, e quando esse pensamento me vem, sinto angústia.

— Amiga, preciso ir. Tenho uma sessão agora com a terapeuta. Está quase na hora já — falo ao telefone já caminhando para fora da academia. Quando me viro para fechar a porta de vidro, vejo a velhinha ainda olhando em minha direção enquanto a moça a ajuda a alongar os braços.

O que essa velha tanto me encara, pelo amor de Deus?

A sala da doutora Bia é muito aconchegante, com cores leves, iluminação indireta e um cheirinho meio campestre também.

— Audrey — Bia tenta quebrar o silêncio na sala. — Você já avançou muito até aqui. — Ela me entrega uma caixa de lenços que está sobre a mesa à nossa frente.

Eu aceito de bom grado. Enxugo o rosto e junto forças para começar a falar.

— Posso me virar de costas? Seria muito esquisito se eu não olhasse para você enquanto falamos?

— De forma alguma. Sinta-se confortável da maneira que quiser.

Viro minha poltrona na posição desejada e ignoro por completo a presença da doutora no recinto. Fecho meus olhos. Preencho meus pulmões com um suspiro longo. Então começo.

— Eu não sei até hoje de que forma Alexandre morreu — assim que começo a falar, não consigo mais parar. — Se foi instantaneamente, ou se perdeu a consciência no caminho para o hospital. Não sei até hoje sobre o que ele e Charles conversaram no carro antes do acidente. De que forma o animal atravessou a estrada ou em que ponto da estrada aconteceu. Não sei quais foram as lesões que ele teve, nada.

Mantenho os olhos fechados. Entre soluços, tento continuar, pois tudo que preciso agora é tirar isso de mim.

— Não sei em que lugar do pódio Alexandre chegou e não sei onde a sua medalha está. E não saber de todas essas coisas me faz sentir como uma covarde! — Agarro uma almofada contra meu peito e grito com o rosto enterrado nela. — Eu deveria ter morrido junto com ele!!! Alexandre não mereceria ter falecido daquela forma! Que puta mundo injusto! Que merda! — digo aos berros.

Pela primeira vez consigo externar tudo que estava me sufocando e entendo de uma vez por todas que o que me corroía era a raiva – olha que ironia, Sebastian tinha razão. Não era a dor, não era a angústia, não era a saudade. Era a raiva.

Raiva de mim mesma por não ter enfrentado todas essas coisas antes. Por ter escondido de mim mesma que fui covarde, sim. Alexandre merecia que eu tivesse me importado com todos esses acontecimentos, para entender toda a tragédia que foram suas últimas horas de vida. Mas eu me acovardei totalmente e escolhi ignorar tudo isso por comodismo.

— Eu não tive coragem de vê-lo no hospital após a cirurgia, mesmo ele já estando morto. Eu deveria ter tido coragem de entrar naquele necrotério, igual seus pais fizeram, a fim de dizer algumas palavras para que ele partisse em paz. Eu não dei nem isso a ele. — Estou um pouco mais calma, tentando me recompor e falando com a voz mais baixa. — Devido ao estado de seus ferimentos, seu caixão chegou lacrado em seu velório, e nem mesmo nesse momento consegui me aproximar daquela caixa de madeira. Fui covarde! E a covardia fez crescer toda essa raiva dentro de mim. Eu não merecia o Alexandre. Isso é o que mais me dói. — Ajeito minha poltrona novamente de frente para Bia. — Eu conhecia todas as suas feridas mais profundas. Em vida eu não consegui curar nenhuma delas, apesar de ele ter dito que sim. E quando ele se foi, ignorei essas também. Eu que deveria ter morrido.

Sinto a tensão entre meus dentes. Meu rosto está completamente contraído.

— Como você se sente agora? — A voz de Bia é doce. Quase me sinto abraçada.

— Sinto a mesma coisa. Só que agora com raiva. E um pouco de dor de cabeça também.

— Audrey, você comentou em uma de nossas sessões sobre a morte de seu pai. — Franzo o cenho enquanto acompanho o que ela diz. — Você gostaria de falar um pouco mais sobre isso também?

— Com todo o respeito, Bia — Cruzo minha perna como se quisesse me esquivar da conversa —, demorei meses para conseguir falar sobre Alexandre. Esse é o meu problema agora. — Sem perceber, trago a almofada para mais perto de mim, segurando-a com força — Meu pai morreu há mais de quinze anos. O que que isso tem a ver?

— Bem, talvez essa seja a raiz do teu problema.

— Como?

Bia coloca suas mãos no apoio de sua cadeira, uma de cada lado. E parece me avaliar com seus olhos.

— Como você recebeu a notícia da morte de seu pai?

Quero me levantar e ir embora, porém me sinto intrigada com o rumo que essa conversa pode tomar.

— Eu estava na escola — respondo desconfiada. — Minha mãe me buscou como de costume, mas percebi em seus olhos que algo tinha acontecido, assim que entrei no carro. Ela tentou disfarçar o caminho todo de volta para casa, mas notei a ponta de seu nariz avermelhada e seus olhos inchados. Ela não olhou diretamente para mim até nosso destino final.

Já não estou mais segurando a almofada com a mesma força, e enquanto relembro daquele passado distante, identifico um padrão. Fixo meu olhar em um ponto vago da sala enquanto acesso minhas memórias.

— Quando mamãe estacionou na garagem de nosso prédio, começou a chorar em silêncio. E quando perguntei o que havia acontecido, ela disse: "seu pai teve que ir ao hospital hoje cedo". Lembro de ter pedido para que ela me levasse para lá no mesmo instante. Ela não conseguia dizer nada. Até que falou: "não há nada mais a se fazer, querida, ele não resistiu".

Bia presta atenção e não me diz nada. Entendo que devo continuar.

DUAS VEZES AMOR

— Não tive coragem de me despedir do meu pai. Minha mãe me deixou em casa e eu não quis acompanhá-la até o hospital para dizer adeus a ele. Nem mesmo me aproximei de seu caixão. Me escondi na hora do sepultamento. — Fazia tempo que não pensava nele, e isso me atormenta mais ainda agora. — Me desculpe, pai! — digo olhando para cima, pelo costume que temos de acreditar que as pessoas estão lá no céu.

— Você tinha apenas quinze anos, Audrey, não se culpe por isso. O luto é um dos traumas mais difíceis de se superar. Não existe uma maneira certa ou errada de lidar com isso. E quando você conseguir entender, talvez consiga seguir com sua vida.

— Eu fui covarde, Bia! Fui uma péssima filha e fui uma namorada horrível. — O rostinho de Benício surge de repente em minha mente, levo uma mão ao peito. — Devo ser uma péssima mãe também.

— Em ambos os momentos que antecederam a morte de seu pai e de Alexandre, você quis ir ou foi imediatamente ao encontro deles. — Olho bem dentro de seus olhos para acompanhar tudo que ela diz. — Apenas quando entendeu que não havia nada mais a ser feito você se poupou de encarar o inevitável. O nosso subconsciente usa de mecanismos para nos proteger, Audrey. — Bia faz uma pausa, talvez para me dar espaço para digerir, aos poucos, suas palavras. — Esse medo que você sentiu foi pura proteção. De que adiantaria você hoje ter na memória a imagem de ambos mortos? De que adiantaria ter tocado na pele fria e sem cor de seu pai e de Alexandre?

Volto a chorar, porém não de raiva. Um outro tipo de choro.

— Audrey, você ainda está viva. Se enxergue da maneira correta, e não mais com os olhos do julgamento. Você vai se libertar disso aos poucos. E eu estou aqui para te ajudar nesse processo. — Ela olha seu relógio de pulso e volta a se dirigir a mim. — Nosso tempo está acabando por hoje, mas quero dizer que estou orgulhosa de você.

Nós nos levantamos juntas, ainda estou segurando a almofada. Bia coloca uma de suas mãos sobre meu braço num gesto quase maternal.

— Você tem meu WhatsApp caso precise de alguma coisa urgente e talvez você precise nesses próximos dias. Afinal, hoje abrimos uma de suas caixinhas. E muitas vezes isso pode ser perturbador.

Em uma de nossas primeiras sessões, Bia me explicou sobre as tais caixinhas. Uma forma lúdica de se referir às dores de traumas profundos que todos nós carregamos. Armazenamos tudo dentro delas e escondemos dentro de nós mesmos, bem fundo. Em lugares difíceis de serem acessados. Quando não as abrimos para um enfrentamento, elas continuam lá. Fechadas e pesadas. A terapia é uma das ferramentas mais eficazes para conseguirmos abri-las com segurança.

CAPÍTULO 37

Depois da primeira sessão de "enfrentamento das caixas", tenho conseguido pegar no sono com mais facilidade.

Vários pensamentos que me atormentavam começaram a se dissipar. Enxergar as coisas como elas são – ou como aconteceram, no caso – é um processo demorado. De qualquer forma, já sinto que me trouxe mais tranquilidade.

Obviamente que nunca me esquecerei de Alexandre e nem quero me esquecer da pessoa que me ensinou tudo sobre amor, paixão e conexão. Não teria como. Todavia, aprender a lidar de maneira mais leve com os acontecimentos do passado tem sido libertador em vários aspectos.

Percebi meus avanços quando consegui conversar com Charles sobre o acidente. Alexandre estava muito feliz, pois havia chegado em terceiro lugar na sua categoria e para ele aquilo era como se tivesse conquistado o primeiro. Senti alegria ao saber disso.

Ele me contou do que se lembrava do acidente. Que o animal atravessou bem depressa, surgiu da mata que beirava a estrada do nada. Seria impossível prever aquilo.

Foi uma fatalidade lastimável. Alexandre tentou desviar, mas acabou batendo em uma mureta de proteção e capotou o carro. Charles não soube me dar muitos detalhes, ou quis me poupar – talvez eu não precisasse saber de tanto, pelo menos não ainda. Outros competidores que também voltavam para casa avistaram o acidente e reconheceram imediatamente o carro dos dois. Eles pararam e chamaram ajuda.

A ambulância chegou em poucos minutos. Charles disse que ele e Alexandre vieram juntos na ambulância, que isso não era habitual, porém insistiu e acabou conseguindo.

Alexandre ainda estava semiconsciente na maca, os socorristas tentaram mantê-lo acordado até chegar ao hospital, porém, assim que chegaram, ele parecia estar totalmente desacordado. Levaram ele direto ao centro cirúrgico, e Charles foi encaminhado ao pronto-socorro, onde permaneceu até nossa chegada.

— Alexandre estava muito ferido? — perguntei, sentindo um aperto no peito.

— Ele sofreu um corte grande na lateral da cabeça e perdeu muito sangue.

Ainda sinto que sua morte foi injusta. Um homem tão jovem, tão especial, com tanta vida pela frente, com tantos sonhos a realizar, e de repente, numa fatalidade, puff! Seu tempo acabou, amigão!

Na vida real as coisas acontecem assim e pronto. Para os que ficam? Que aprendam a lidar com suas caixas traumáticas depois.

Tenho usado as manhãs que dona Laura fica com Beni e Zeca para me dedicar a mim. E sempre faço algo diferente. Hoje decidi ousar. Pedi para mamãe chegar um pouco mais tarde, pois havia marcado um almoço com Fernanda. Sinto falta do meu trabalho e acredito que pegar pequenos projetos será bom para mim.

— Audrey, você me parece ótima! — Fernanda se levanta assim que me aproximo de sua mesa e me recebe com um abraço.

— Obrigada! — Me acomodo na cadeira.

— Tem certeza de que voltar a trabalhar agora seria uma boa ideia? — Fernanda é uma pessoa bem direta, logo que nos sentamos já começa a falar sobre a vida profissional.

— Bom, eu tenho um financiamento para quitar. Acredito que seria a melhor hora — respondo com certo humor.

— Devo confessar que será ótimo ter você de volta, mas não teria problema algum esperar a sua licença acabar.

Um garçom se aproxima e deposita em nossa mesa algumas entradas: uma porção de guioza, outra de shimeji e um salmão grelhado. Nem me lembro a última vez que comi em um restaurante japonês.

— Estamos negociando com um cliente novo. Se fecharmos, teremos um projeto e tanto pela frente.

— Eu topo! — exclamo sem nem pensar direito.

Uma barca com uma variedade de peixes crus chega e é colocada à nossa frente. Pego meu hashi e me deleito com o banquete!

DUAS VEZES AMOR

Na volta para casa, passo com o carro em frente ao Martina's Café. Não tive coragem de entrar. Esse lugar me remete a muitas lembranças, acabou se tornando nosso ponto de encontro depois que nos conhecemos.

Um passo de cada vez, Audrey.

Decido seguir direto para casa. Desde que Alexandre faleceu, não tive coragem de voltar aqui. Martina entende, mas acredito que mesmo assim fique chateada.

Já mencionei o quanto o condomínio onde moro é grande. Bem, as garagens subterrâneas não poderiam ser diferentes. São três andares abaixo do térreo, e minha vaga é no terceiro subsolo.

Acho que não teve uma única vez em que o elevador não parou nos outros subsolos para que outros moradores embarcassem nele e me acompanhassem na viagem. Porém, esta é a primeira vez que dou de cara com Oliver. Nossos horários de elevador nunca coincidiram antes.

Dessa vez, sou surpreendida não só por ele, mas pela senhorinha da academia também. — *Ué, será que ela dirige?* — logo penso.

— Oi, Audrey! — Oliver me cumprimenta assim que entra no elevador.

A velhinha também entra, mas ela me pareceu tão frágil no outro dia, como que perambula por aí assim, sozinha?

— Essa é minha avó — ele me apresenta. Meu cérebro demora a processar a informação. — Nina, essa é a vizinha do andar de baixo que te falei. — E assim que ouço o nome dela, sinto minha pressão cair.

— Você tá bem? — Oliver pergunta com um semblante preocupado. Olho para cima e vejo que estamos no segundo andar ainda. Merda, não tem nem para onde fugir.

— Estou sim, prazer, dona Nina! — Tento parecer normal. Contudo, após as palavras saírem trêmulas de minha boca, sinto minhas axilas levemente molhadas.

A porra do problema voltou justo agora! Que maravilha!

Nina pareceu se divertir com a situação e me lançou um sorriso um tanto sarcástico. Nesse instante, me dei conta de que talvez ela tenha escutado a conversa toda com Martina na academia. Espero que Oliver não tenha percebido, e espero que essa velhinha não conte nada a ele.

Tomara que ela tenha Alzheimer. Não, credo, coitada! Desculpa, Deus! Eu não quis pensar isso.

O elevador chega em meu andar, depois de séculos. Abro a porta para sair.

— Nos vemos amanhã no cachorródromo? — ele pergunta. Respondo positivamente balançando a cabeça. Nina continua com o sorriso assustador em seu rosto enrugado.

Tô fodida!

CAPÍTULO 38

Daqui a pouco vamos nos encontrar novamente no cachorródromo.

Tenho absoluta certeza de que aquela velha contou as coisas para ele, mas agora já foi. Não tem como voltar no tempo e "desfalar" o que foi dito. Só me resta a esperança de que algumas partes ela não tenha entendido direito.

Oliver chegou antes de mim. Eu o avisto de longe sentado no banco olhando para a frente, na direção onde os cachorros brincam uns com os outros.

— Oi! — cumprimento assim que me aproximo. Oliver se levanta e me recebe com um abraço.

Não sou do tipo de pessoa que curte muito contato físico. Sou sempre aquela que chega nos eventos dando um aceno geral quando há desconhecidos na roda de amigos. Mesmo sendo pega de surpresa, aceito o gesto afetuoso dele.

Zeca dispara cercado adentro e me sento ao lado de Oliver com o carrinho de Beni estacionado ao meu lado.

— É uma bela caminhada da nossa torre até aqui — puxo um assunto aleatório tentando disfarçar minha ansiedade.

— É, sim — ele responde olhando diretamente para mim.

— Então, sua avó, né? Dona Nina! Que graça.

Quero começar logo esse assunto para tentar extrair o máximo de informações possíveis.

— Ela é uma figura. — Um sorriso cativante surge em seu rosto, o que faz aparecerem covinhas em suas bochechas, tão charmoso…

— Ela te visita com frequência? Acho que vi ela outro dia na academia do prédio. — Vamos logo resolver isso. Esta sou eu agora. A mulher que enfrenta tudo de uma vez, chega de "caixas escondidas"!

— Ela mora comigo.

— Ah, é mesmo? — digo um pouco desapontada.

Achei que Oliver era um homem independente, e agora que me disse que vive com sua avó, fico um pouco decepcionada.

— Nina veio morar comigo, na verdade. Foi uma decisão minha trazer ela para cá.

Bom, isso muda um pouco o rumo da história e me deixa curiosa.

— Interessante. — Nem percebi, mas projetei meu corpo de lado, para ficar virada, de frente para ele.

— É uma longa história. — Ele sorri e mexe no cabelo.

Verifico Benício no carrinho e assim que noto que dorme tranquilo, volto minha atenção à Oliver.

— Eu adoraria ouvir, se você quiser contar, claro!

A história que Oliver me conta é muito comovente. Impossível não se emocionar. Por sorte, ela teve um final feliz, o que não é a realidade de tantos outros brasileiros que também esperam em uma fila por um transplante de órgãos. Muitas pessoas acabam morrendo antes mesmo de chegar sua vez.

Encontrar um doador compatível pode levar anos, por vários motivos. Mas o principal de todos é que, independentemente de uma pessoa decidir em vida que quer ser doadora, após sua morte é a família quem dá a palavra final. O que dificulta muito, pois os órgãos não têm muito tempo do momento do óbito até o início do transplante. Ou seja, as famílias fragilizadas por seu luto ainda precisam decidir rapidamente sobre doação dos órgãos de seu ente que acabou de partir.

Ele me conta que quase metade das pessoas que esperam por um transplante de coração falecem na fila.

— É uma estatística preocupante — comento.

— Sim, é. Com relação a outros países mais desenvolvidos que o nosso, estamos muito atrasados nessa questão.

Impossível não pensar que Bernardo fez parte dessa estatística lamentável. Sua única chance de viver dependia de um transplante de coração também. Sinto um nó na garganta ao me recordar da história que Alexandre me contou sobre seu irmão.

DUAS VEZES AMOR

— Eu mesmo fiquei oito meses esperando pelo meu novo coração. — Oliver leva a mão ao peito, onde se encontra o órgão que lhe deu a oportunidade de continuar vivendo. — Penso no meu doador todos os dias. Se não fosse pela generosidade dele e de sua família, talvez eu não estivesse aqui para te contar essa história.

Sinto vontade de abraçá-lo, protegê-lo. Meus olhos estão úmidos de emoção. Ele continua a olhar para a frente depois que terminou de falar.

Em completo silêncio, me aproximo dele e me aconchego na lateral de seu corpo sem dizer uma única palavra. Ele tomba de leve sua cabeça de lado e a acomoda sobre a minha. Nossas mãos se encontram nesse momento e entrelaçam os dedos. Permanecemos nessa posição pelo que pareceu uma eternidade.

Oliver começou a sofrer de cardiomiopatia, uma doença do músculo cardíaco que pode levar à insuficiência em casos graves, como a que o acometeu. A doença avançou muito e, para Oliver, um doador era sua única esperança, já que os medicamentos não estavam mais fazendo efeito.

Mesmo após o transplante, ele ainda acabou sendo internado novamente, pois seu corpo começou a rejeitar o novo órgão. Teve que voltar a ser medicado com imunossupressores para reverter a rejeição. Como resultado, seu sistema imunológico ficou bastante enfraquecido, então voltou a morar no hospital por mais dois longos meses, até que os médicos pudessem dar alta com segurança.

No período em que esteve internado sem saber qual seria o desfecho final de sua história, Oliver pensava em dona Guilhermina, sua avó, a qual desde pequeno sempre a chamou de Nina. Ambos estavam separados dos familiares. Ele acamado em um hospital e sua avó em uma casa de repouso para idosos.

Oliver ficou sem contato com ela todo esse tempo e, quando recebeu alta definitiva, a primeira coisa que fez foi visitá-la.

O reencontro foi tão emocionante que, quando a visita acabou, ele foi tomado por uma tristeza enorme por ter que sair deixando-a lá, sozinha. Oliver conhecia esse sentimento, pois em seu tempo no hospital, quando sua mãe precisava voltar para casa, um vazio se instalava no ambiente no momento em que ela atravessava a porta para fora.

E pensar que Nina viveria o resto de sua vida assim, sentindo constantemente esse vazio, fez seu novo coração doer.

Oliver conversou com sua mãe e seus tios e pediu que a avó fosse morar com ele. Que ele cuidaria dela.

Os familiares concordaram. Todos os cuidados que Nina recebia na casa de repouso foram transferidos para o apartamento no qual ela e o neto passariam a dividir a vida juntos.

Quando percebo que ainda estamos de mãos dadas, solto de súbito.

— Nossa, me desculpe! — digo assustada. — Me senti sensibilizada com toda a sua história.

Benício começa a chorar no carrinho, eu o trago para o meu colo.

— Se desculpar por quê? — Ele mira seus olhos verdes diretamente nos meus.

Ainda não o tinha encarado tão de perto. Estamos tão próximos que consigo notar até suas sutis linhas de expressão.

Chego a pensar que se Benício não estivesse no meu colo agora, talvez este seria o momento em que nós dois nos beijaríamos! Só não sei se já estou pronta para isso.

***

Decido ligar para Martina assim que volto para meu apartamento com Zeca e Benício.

— Alô — ela atende com a voz rouca de quem nem abriu os olhos ainda.

— Caramba, você ainda tá dormindo? — provoco.

— É domingo, me deixa em paz.

Ainda não são nem onze horas da manhã, porém, para Martina, acordar nesse horário é um pouco raro.

— Foi dormir tarde? — pergunto e ouço uma voz masculina no fundo em vez de sua resposta.

Que safada! Agora entendi por que ainda está na cama!

— Te ligo mais tarde, pode ser? — ela diz, e percebo uma certa ansiedade em sua voz.

— Tá tudo bem? — pergunto, um pouco preocupada.

Ouço vozes conversando num som abafado do outro lado da linha. Martina está falando com alguém e parece ter colocado a mão sobre o fone para que eu não pudesse ouvir.

— Claro, caríssima. — Ouço nitidamente a voz ao fundo e reconheço de imediato!

— Meu Deus! Sebastian tá aí com você?

— Depois te ligo! — Martina bate com o telefone na minha cara.

Não acredito nisso! Tento entender o que acabei de ouvir, mas não consigo processar na minha cabeça. Ele dormiu lá? Será que voltou a morar com ela? Caraca, será que Sebastian invadiu a casa de Martina e a fez refém dele?

Ligo novamente, mas dessa vez ela não me atende, então decido mandar uma mensagem:

> Pelo amor de Deus, só me fala se tá tudo bem! Quer que eu chame a polícia? Ele invadiu sua casa?

Ando de um lado para o outro da sala com o celular na mão, esperando uma resposta.

> Relaxa, depois te explico!

> EXPLICA AGORA!

> Passo aí mais tarde...

CAPÍTULO 39

Apesar de Oliver e eu já termos trocado telefone hoje mais cedo, no cachorródromo, ainda utilizamos o rudimentar envio de bilhete amarrado ao barbante para nos comunicarmos.

Zeca sempre late para me avisar quando surge algo pendurado. Só que dessa vez ignoro, pois Martina está sentada no sofá e minha atenção é toda dela agora.

— A história é longa e você provavelmente não vai entender — ela começa e, pelo tom que utiliza, já me sinto irritada, pois acredito que nada de bom virá dessa conversa.

— É bom você começar logo então. O que Sebastian estava fazendo na sua casa? Ele dormiu lá?

— Eu dei uma bela dura nele, tá legal? — Ela me encara com seus olhos arregalados. — E depois a gente transou.

— Vocês o quê?! — Agora quem se levanta do sofá num ato teatral sou eu. Geralmente quem atua enquanto conta uma história é Martina, só que dessa vez nem eu consegui me controlar.

— Isso que você ouviu. Pelo visto Sebastian não era gay mesmo — ela debocha, com um sorriso sacana no rosto —, nem um pouquinho.

— O problema nunca foi ele ser homossexual e você sabe muito bem disso, não é? — retruco preocupada e ao mesmo tempo com um pouco de raiva. — O problema era justamente o OPOSTO disso!

— Que era…? — Martina aguarda que eu conclua meu raciocínio.

— Que era ele ser hétero, fingindo ser gay para ganhar tua confiança, porra!

Ficamos em silêncio por um breve instante. Minha amiga parece estar insegura com o rumo da conversa. No fundo, acredito que ela saiba que está se metendo numa grande encrenca.

— Olha, Audrey, vou abrir meu coração para você e talvez você não entenda. Talvez nem eu mesma entenda o que está rolando, mas vou te falar do mesmo jeito. Só preciso que você confie em mim, tá legal?

— Não é em você que eu não confio — respondo franzindo o cenho, com os braços cruzados.

— Sebastian confessou que não é um guru.

— Ah, nossa! Que grande surpresa! — ironizo, ainda irritada.

— Ele é um refugiado. Veio para o Brasil acreditando que poderia recomeçar sua vida aqui. Sebastian na verdade é formado em engenharia civil em seu país de origem, mas foi enganado por uns bandidos que se passaram por recrutadores e por uma promessa de emprego que nunca existiu. Acabou nas ruas depois de ser despejado do apartamento que alugou chegando aqui.

Ela continua contando a história de Sebastian fugir de seu país e encontrar refúgio no Brasil. Foi enganado pelas pessoas que o trouxeram ilegalmente para cá e que prometeram regularizar sua situação além de arrumarem emprego e moradia para ele.

Ao final, acabou descobrindo que caíra em um golpe. Ele usou todas as suas economias para descobrir que fora enganado, tanto Sebastian quanto o grupo de pessoas que também vieram para cá junto dele. Como não poderia mais voltar ao seu país, e nem queria, ele precisou sobreviver do jeito que deu.

— Ele ficou perambulando pela cidade até conhecer um outro gringo que mexia com tarô. Esse era um golpista, enganava pessoas adivinhando o futuro, mas ganhava uns trocados com isso — Martina continua a história. — Quando percebeu que poderia ganhar um bom dinheiro, criou um personagem: o Guru Sebastian. Ele montou um perfil no Instagram e começou a atender pessoas de outras cidades do Brasil, por telefone, pelo chat do Instagram, presencial, do jeito que fosse.

— Foi assim que ele te encontrou… — digo olhando para o nada, concluindo o raciocínio para mim mesma.

— Exatamente! E como não dei muita bola quando ele me mandou mensagem pela primeira vez, Sebastian resolveu dar uma fuçada na minha vida. Foi aí que ele veio com a história do Ernesto, que queria me alertar de algo que havia sonhado.

— Ganhou sua confiança fuçando sua vida no Google e nas fotos das redes sociais… — finalizo.

DUAS VEZES AMOR

— É, digamos que sim.

Zeca late da varanda e eu entendo no mesmo instante que há um bilhete ali, mas, no momento, minha preocupação é com minha amiga.

— Aí você ficou comovida e resolveu dar pra ele.

— Eu sempre me senti atraída por ele, mesmo quando achei que ele não curtia mulheres. — Ela sorri de canto.

— Você tá apaixonada?

Nessa hora, Benício começa a chorar no quarto. Martina é salva por um momento.

— Essa conversa ainda não acabou. — Me levanto e vou até o quarto do bebê.

Ouço Zeca voltar a latir enquanto troco a fralda de Beni e volto para a sala com ele no colo.

— O que foi? — pergunto a ela, que está com um semblante diferente no rosto.

— Tem um negócio pendurado na sua varanda, sabia disso? — Martina continua com um sorriso de quem aprontou.

— Ah, não deve ser nada. — Tento disfarçar. Ela continua olhando para a minha cara. — E os potinhos de vidro no freezer? E a maçã com o seu nome? Ele explicou sobre isso também? — Quero tirar a atenção dela sobre a situação da varanda.

— Ah, sim. Ele disse que eram simpatias que ele aprendeu com o outro guru. — Ela arqueia o corpo para frente. — Seu cachorro tá latindo lá na varanda, por que será?

O sorriso malandro voltou ao rosto dela, o que me deixa levemente assustada.

Eu me levanto e vou até lá. Pego a pedra, meto no bolso e volto para a sala.

— Sebastian é realmente o nome dele? — pergunto.

— Na verdade, ele se chama Javier. Sebastian era o nome de seu pai, que faleceu quando ele já estava aqui no Brasil.

Sinto certa pena de Sebastian – ou Javier, que seja. Conhecer sua história real mudou a forma como o via antes. Por outro lado, continuo insegura sobre toda a situação.

Quem pode garantir que algo ruim não acontecerá?

— E seu vizinho, como estão as coisas? — Martina muda de assunto e seu sorriso volta para me assombrar.

— Ah, bem, eu vi ele hoje de manhã.

Conto para ela toda a história, mas omito os carinhos que trocamos no final.

— Caraca, um transplante de coração! Nunca imaginei uma coisa dessas. — O sorriso some, ela está mais séria agora. — Quanto tempo levou para ele conseguir um doador?

— Quase um ano. Teve que morar no hospital até aparecer um que fosse compatível.

— Nossa… Mas existe algum risco ainda? De rejeição, sei lá.

— Oliver disse que não mais. De qualquer forma, ele passa sempre no cardiologista para acompanhamento.

— Ou seja — O sorriso assombroso volta ao seu rosto —, se não há mais riscos, isso quer dizer que ele já pode transar. — Ela dá uma piscadinha de canto de olho para mim enquanto se levanta para ir embora.

— Você é podre! — respondo, reprovando-a.

Martina abre a porta do elevador e, antes de entrar para ir embora, simplesmente fala:

— Depois você me agradece, tá bom? — Ela me abraça antes de partir. — O que seria da sua vida amorosa sem mim?

Ela adentra o elevador e acena dando tchau enquanto as portas se fecham.

Pego a pedra de dentro do meu bolso e desenrolo o bilhete que estava envolto nela, sentindo o coração acelerado, e me deparo com uma conversa entre Oliver e… Martina???

DUAS VEZES AMOR

> Oi, vizinha, gostei de te ver hoje mais cedo, acho que poderíamos sair mais com os cachorros, o que acha?

> Oi, vizinho, acho que deveríamos sair sem os cachorros da próxima vez

> Gosto muito dessa ideia :)

Filha da puta!

CAPÍTULO 40

— Ela não pode se meter na minha vida. Eu que tenho que decidir certas coisas, não ela — reclamo inconformada sobre Martina à doutora Bia. — Com Alexandre foi assim também.

Paro um pouco e concluo que se não fosse por Martina, minha vida amorosa seria um tédio.

— E por qual motivo você acha que ela se mete nos seus relacionamentos? — Bia retruca.

— Não é que ela se meta... na verdade ela só dá o empurrão inicial, acho... — Reflito sobre as atitudes de minha amiga. Sei que não faz por mal, muito pelo contrário.

— E o que de fato te aborrece nessa atitude dela?

Jogo todo o peso do meu corpo e afundo na almofada atrás de mim.

— De verdade? Acho que não me aborreço. — Mexo no esmalte de uma unha que está lascando. — Acredito que fico um pouco tensa, mas no fundo acaba sendo uma coisa boa.

— Martina parece trazer movimento à sua vida, pelo que você diz.

— Põe movimento nisso... — Meu olhar fica vago por um instante.

— Me parece que seu aborrecimento não tem muito a ver com a relação de vocês duas, mas com alguma outra coisa. Quer falar sobre o que realmente está te incomodando?

Suspiro para organizar meus pensamentos.

— Sebastian voltou. E Martina transou com ele. — Procuro um olhar de reprovação na expressão de Bia, mas isso não acontece. Então continuo: — Fico preocupada com a relação dos dois. Pronto, falei!

— Preocupada ou incomodada? — ela pergunta e entendo que ela quer que eu aprofunde mais.

— Ele tentou dar um golpe nela! Ele a enganou! Se fez passar por alguém que ele não é. SEBASTIAN NEM SE CHAMA SEBASTIAN. — Minha voz se exalta mais do que eu pretendia. — Ele é um criminoso — finalizo, extremamente irritada, com os braços cruzados.

Bia me encara com seu olhar doce. Eu a encaro de volta.

— Estou errada em me preocupar? — pergunto, olhando para o chão, com a voz mais baixa.

— Como Martina está lidando com isso?

Puxo o ar num suspiro longo, acomodo o peso do meu corpo na lateral da poltrona.

— Ela tá dando uma segunda chance pra ele. Disse que acredita no cara. — Termino de arrancar o esmalte da unha. — Tanto é que acabou transando com ele. — Reviro os olhos.

— Audrey, mas qual é o seu maior receio sobre essa relação dos dois?

É incrível como essa terapeuta me guia para encontrar o núcleo dos problemas. Reflito um pouco sobre essa pergunta, mas não encontro a resposta de imediato, então fico calada.

— Pense sobre isso. Talvez você encontre a sua resposta e poderemos conversar mais na semana que vem.

Chego em casa e encontro dona Laura colocando a mesa para almoçarmos.

— Que bom que você chegou, querida! Benício acabou de pegar no sono. — Ela termina de enxugar as mãos no pano de prato e o coloca no balcão para me abraçar. — Mais uns vinte minutos e a carne estará pronta! — avisa mamãe olhando para seu relógio no pulso.

Vou até a varanda para verificar mais uma vez se tenho espaço suficiente para montar meu escritório nela. Zeca vem atrás de mim. Abaixo para acariciar o cão.

— Vou disputar espaço com sua casinha na varanda de novo. — Sorrio para ele.

Olho para baixo, através do parapeito de vidro, e vejo Nina sentada em um banco com uma moça vestida de branco ao seu lado.

Eu me levanto e me debruço para olhar melhor. É ela mesma.

— Mãe, preciso levar o Zeca para passear. — Eu me levanto de súbito, pegando a coleira pendurada sobre a casinha.

— Mas filha, o almoço já vai sair, não pode levar depois?

DUAS VEZES AMOR

Zeca já está de prontidão em frente à porta.

— O problema é que ele já ouviu a palavra mágica. — Aponto para o cachorro, colocando toda a culpa da minha intenção nele.

Mamãe olha no relógio novamente.

— Ok, então não demore.

— Pode deixar.

Zeca e eu saímos do prédio caminhando tranquilamente quando, de repente, na maior coincidência do mundo, encontramos Nina. *Quem queremos enganar aqui?*

— Olá, Nina, que bom ver você por aqui — digo tirando meus óculos escuros e fingindo surpresa.

— Olá, Audrey — ela retribui com um sorriso doce, e não macabro dessa vez.

— O dia está bonito, né? — Olho para cima, em busca de inspiração para continuar uma conversa, que eu nem sei como começar. Muito menos como vai terminar.

— Ah, sim. — Nina olha para cima, procurando o mesmo ponto que encaro. Que situação constrangedora. — Sente-se. — Ela se afasta um pouco para o lado, abrindo espaço para que eu caiba no banco.

Zeca parece impaciente. Prometi um passeio e estou entregando enrolação ao cão. Aposto que ele vai mijar no meu travesseiro, só de raiva.

— Cleyde, estou com sede. Pode me buscar um pouco de água? — Nina pede à sua cuidadora, que se levanta para atender ao pedido da velha.

Zeca se esparrama no chão, entendendo que não haverá passeio algum. *Me desculpa, porpetinha!*

— Oliver é um menino bom — Nina diz. — Sempre foi um neto atencioso.

Permaneço em silêncio.

— Você é muito bonita. — A idosa me encara de lado e agora seu sorriso sombrio ressurge. — Não é casada, né?

Minha intenção inicial era interrogar Nina, porém me sinto encurralada por ela.

— Não — respondo olhando para Zeca no chão.

Que ideia horrível ter vindo aqui. Sinto uma enorme vontade de ir embora.

— Oliver terminou um relacionamento de cinco anos. Era uma vaca!

Arregalo os olhos assim que o xingamento sai de sua boca enrugada e, por algum motivo, penso em Martina idosa. Com toda certeza minha amiga usará esse mesmo linguajar daqui algumas décadas. Esse pensamento me faz rir, apesar de tentar me conter.

— É verdade — ela continua —, Oliver é um menino bom — Nina repete, como se quisesse ter certeza de que eu entendi o que disse na primeira vez. — Quando ele foi internado pela primeira vez, ainda sem saber que precisaria de um transplante, aquela menina se apavorou. Não foi nem uma única vez visitá-lo. — Nina parece ressentir-se com a lembrança. — Quando ele teve alta, ela terminou o relacionamento. Disse que não conseguiria lidar com aquilo. Uma bela filha da puta.

Um riso alto sai involuntariamente de minha boca. Não tive como conter.

— Me desculpe, Nina. Me desculpe. — Levo a mão à boca, tentando segurar minha reação.

A velha se vira para mim, me encarando com seus olhos acinzentados e profundos.

— Ele gosta de você. E se você fizer alguma coisa para machucar o meu menino, te acerto com a minha bengala!

Cleyde aparece no mesmo instante. Não posso acreditar que fui salva por um copo d'água.

Zeca levanta sua cabeça e late, chamando minha atenção.

— Bem, me desculpe. Preciso levá-lo... — Novamente, uso o cão como rota de fuga.

Nina me lança um sorriso doce.

— Até mais, Audrey! Adorei a nossa conversa.

Que velha cínica!

CAPÍTULO 41

A reunião com a equipe durou cerca de uma hora e o novo desafio foi lançado: construiremos um hotel do zero!

Saio da sala acompanhada de Fernanda e de mais duas novas estagiárias que agora fazem parte da equipe.

— O nosso maior desafio é o prazo de entrega do projeto — comenta Alberto, um dos sócios, aparecendo logo atrás de nós. — Tem certeza de que você quer recomeçar logo de cara com uma pica dessas? — ele me pergunta enfático.

— Até prefiro que seja assim — respondo confiante.

— É, mas agora você está em outro momento da vida. — Alberto parece relutante com minha volta precoce ao escritório.

— Se ela diz que consegue, temos que dar um voto de confiança — Fernanda se intromete. — Você tem meu total apoio — ela agora diz virada para mim.

— Obrigada. Não decepcionarei nenhum de vocês.

Alberto parece se irritar, mas entende que é um voto vencido. Tanto Fernanda quanto Elisa já estavam de acordo com o meu retorno.

No caminho de volta para casa, faço uma breve retrospectiva da minha trajetória no escritório desde o momento que comecei como estagiária até virar chefe da equipe de projetos. Estava num ritmo frenético, quase adoecendo de estresse. Não diminuí o ritmo nem quando descobri a gravidez.

Foi a morte de Alexandre que me freou. Fiquei uma semana em casa e depois decidi retornar ao trabalho para ocupar minha mente. Tentei trabalhar por dois meses, porém foi uma experiência terrível. Lembro de Elisa e Fernanda entrarem em minha sala e eu estava aos prantos, chorando por não me lembrar de alguns atalhos do AutoCAD para projetar.

Elas perceberam de imediato que eu estava à beira de um *burnout* e me ofereceram que eu antecipasse minha licença maternidade.

No começo me bateu um desespero, não era hora de ficar com a cabeça vazia, mas ao mesmo tempo não poderia comprometer o andamento do trabalho da equipe.

Acabei aceitando, um pouco relutante, mas aceitei. E sei que será desafiador, porém ter minha mãe todos os dias na parte da manhã me dando suporte será ótimo para poder me concentrar cem por cento nesse novo desafio.

Chego em casa com a cabeça fervendo de ideias. Sei que não vou conseguir sossegar até começar meu planejamento e dar início aos trabalhos, o que só será possível quando eu terminar de montar o escritório na varanda, único lugar onde ele cabe...

Quando nos mudamos, demorei muito para abrir todas as caixas de papelão com meus pertences. E a única coisa que falta agora é justamente o que eu mais preciso.

Mamãe aparece na sala com Benício no colo e Zeca logo atrás.

— Oi, filha! Não ouvi você chegar — ela me cumprimenta, e eu pego o bebê de seu colo.

Beijo sua cabeça enquanto inspiro forte. *Não há nada mais maravilhoso no mundo do que cheiro de filho.*

— Como foi? — ela me pergunta.

— Ah, foi ótimo. — Beni emite sons, como se quisesse participar da conversa. — Talvez o maior desafio que já enfrentei. — Percebo preocupação no olhar de minha mãe. — Mas estabelecemos alguns limites na minha participação. Eles entendem minha situação atual — minto.

— Ah, que bom! — ela sorri. — Melhor ir devagar até pegar o ritmo novamente. — Dona Laura faz menção de ir para a cozinha. — Até porque essa fase de Benício pequenino vai passar muito rápido. No futuro, você se arrependeria amargamente por ter trocado isso por trabalho. — Ela abre a geladeira para começar a preparação de nosso almoço.

Não sei se ela disse de propósito, mas sua fala me acertou em cheio. Olho para o bebê que brinca com suas mãozinhas no meu colo.

— Não existe nada nesse mundo que seja mais importante do que você para mim, meu amor — digo baixinho. — Nunca duvide disso, tá bom?

Assim que mamãe vai embora, começo a arrumar espaço na varanda para montar meu escritório. Beni e Zeca me olham de dentro da sala, ambos dentro do cercadinho.

Paro o que estou fazendo para tirar uma foto dos dois e enviar a Eunice.

Fico um pouco perdida quando começo a tirar as coisas da caixa, afinal, Alexandre me deu tudo isso aqui. É como se ele estivesse por perto, e uma leve angústia me assola.

No fim, decidi vencê-la para dar continuidade. Quando termino de organizar tudo, me sento em frente ao monitor sobre a mesa. Olho para dentro da sala e verifico Beni e Zeca cochilando, um colado no outro. *Esses dois ainda me matam de tanta fofura!*

O dia passou muito rápido. Consegui intercalar trabalho, amamentação e troca de fraldas quase que numa sincronia perfeita. Chego a acreditar que o home office vai funcionar muito bem para mim.

Percebo algo se movimentando pela lateral de meus olhos. É um dos bilhetes no barbante que Oliver acaba de pendurar.

Oi, vizinha! Acabei de chegar do trabalho. Vou tomar um banho e já desço aí.

Me dou conta de que nem me arrumei. Não preparei nada para o nosso primeiro encontro. Pois é, com um bebê que nem completou quatro meses e que ainda depende muito de mim, não poderia me dar ao luxo de sair para jantar. O encontro será aqui mesmo.

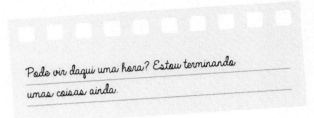

Pode vir daqui uma hora? Estou terminando umas coisas ainda.

Penduro de volta minha resposta e corro para me arrumar. Ouço a campainha tocar assim que termino de secar meus cabelos.

— Oi! — digo logo que abro a porta para recebê-lo.

Oliver usa uma camiseta branca e uma camisa social escura aberta sobre ela. Uma calça cáqui e tênis.

Apesar de parecer um pouco mais novo, sua barba lhe deu um ar maduro. Nunca o tinha visto usando barba antes. *Gostei!*

— Oi — ele responde me entregando uma garrafa de vinho.

Olho para a garrafa e lembro que estou amamentando.

— Me desculpe! — Oliver parece perceber a gafe que cometeu e fica sem graça.

— Acho que uma tacinha não vai fazer mal. — Sorrio para ele e me afasto para lhe dar espaço para entrar.

— É sério? Uma casinha? — ele aponta em direção ao trambolho de madeira na varanda.

— Longa história — digo rindo.

Eu me sinto um pouco sem graça com sua presença em meu apartamento. Não sei, parece que me precipitei com essa ideia de encontro.

Benício começa a chorar no quarto.

— Com licença, preciso ir lá rapidinho. Fique à vontade.

Pego o bebê do berço e o acolho em meus braços. Ele para de chorar no mesmo instante. Eu o embalo sussurrando uma melodia e depois o coloco de volta no berço.

Beni torna a chorar e só para quando eu o pego novamente. Não há o que fazer, decido levá-lo comigo para a sala.

— É, vamos ter companhia. — Quando volto, Oliver está sentado no chão sobre o tapete com Zeca deitado com a cabeça sobre sua perna.

— Sim, acho que teremos algumas companhias — ele responde achando graça.

Pedimos pizza e comemos sentados no tapete com Zequinha esparramado e Benício ainda em meu colo.

Oliver se oferece para segurar o bebê, assim eu consigo ficar solta para saborear minha pizza e nos servir com o vinho.

Sinto um calorzinho no peito vendo meu filho olhando e sorrindo para ele. Inevitavelmente tenho um vislumbre de como seria se fosse Alexandre aqui, sentado no chão, com seu cachorro ao lado e seu filho em seus braços.

— Como está Nina? Você a deixou sozinha lá em cima? — pergunto, entregando-lhe a taça com vinho.

Ele a coloca sobre a mesa de centro.

— Nina tem bastante autonomia e sabe que estou aqui no prédio. Em segundos estou com ela, caso precise de alguma coisa.

— Entendi. Que bom! — Dou um gole e sinto a bebida descer. Logo começa a vir aquele calorzinho que só um bom vinho proporciona.

Vejo que Benício está dormindo e tento novamente deixá-lo em seu quarto. Por sorte ele aceita. Volto para a sala e ligo a babá eletrônica. Zeca se levanta e vai até o quarto ficar com o bebê. *Graças a Deus esta mãe solo terá o seu momento!*

Quando volto, me sento novamente sobre o tapete. Oliver se encostou no sofá e, quando me aproximo, ele me puxa para ficar ao seu lado.

Eu me acomodo na lateral de seu corpo e me aninho nele.

Oliver beija o topo da minha cabeça e respira fundo, sentindo o aroma do meu shampoo.

Levanto meu rosto devagar e sinto sua boca passar pelos cabelos e chegar até meu rosto.

Eu me afasto o mínimo, somente para poder olhar no fundo de seus olhos verdes. Ele baixa sua mirada até minha boca e, bem devagar, aproxima a sua da minha. Nossos lábios se tocam com ternura.

Oliver ergue sua mão e toca meu rosto. Seus movimentos são delicados, como se sondasse até onde pode ir.

Abro um pouco minha boca e, de leve, roço a ponta de minha língua em seu lábio, que se abre para mim. Nosso beijo se intensifica um pouco mais.

Benício resmunga, o que me traz de volta. Olho para o monitor e o vejo mudar de posição no berço.

Oliver pega sua taça e toma mais um gole da bebida, sorrindo.

— Bem, isso é o que se pode esperar quando se tem um encontro com uma mãe de um recém-nascido. — Tento fazer uma piada sobre a situação, contudo, por algum motivo me sinto mal com isso.

— Está sendo perfeito! — ele responde se aproximando novamente para me beijar.

Dessa vez, Oliver me envolve em seus braços, obstinado, e aos poucos projeta mais seu corpo sobre o meu e deitamos no tapete.

O beijo que começou doce ganha certa intensidade e tenho vontade de transar com ele. Mas somos novamente interrompidos por um choro.

— Desculpe. — Eu me desvencilho dele, que se ergue e se recosta no sofá, sorrindo. — Já volto.

— Sinta-se em casa — ele brinca, dando outro gole no vinho.

Ao chegar no quarto de Beni, vejo que larguei meu celular sobre a cômoda. Eu me sento na poltrona de amamentação com o bebê no colo e, enquanto dou o peito a ele, zapeio as mensagens.

Eunice respondeu a foto que enviei mais cedo de Benício e Zeca no cercadinho, me contando que ela e Fred têm planos de voltar a morar em São Paulo dali a alguns meses. Eles querem participar mais da vida do neto.

Respondo com um emoji de coração e deixo o celular de volta na cômoda.

Quando volto para a sala meia hora depois, Oliver está cochilando caído de lado no tapete felpudo. Zeca olha para mim com a língua de fora e, por algum motivo, chego a acreditar que o cachorro acha que meu encontro foi um fiasco.

CAPÍTULO 42

Hoje tivemos mais uma reunião no escritório para definir alguns detalhes com fornecedores novos. Decido ligar para Martina quando chego ao estacionamento e entro no carro.

— Audrey!!! Estava pensando em você neste instante! — ela me atende com forte entusiasmo.

— Que bom! — respondo sorrindo.

Coloco o celular no suporte e aciono o viva-voz do aparelho.

— Estou aqui no Café! Fala pra mim que você tá aqui perto! — Consigo sentir que Martina sorri, mesmo sem vê-la.

— Acabei de sair do estacionamento do escritório — respondo manobrando para virar à esquerda e me enfiar no trânsito paulistano.

— Que ótimo! Venha logo então. A surpresinha do dia desta segunda-feira é pro café da manhã.

Só de me imaginar entrando lá já me causa angústia, mas não aguento mais sentir isso. *Bora destruir mais uma das caixinhas da doutora Bia!*

— Ok, amiga, estou a caminho! — respondo decidida.

— Ótimo! Espero que esteja com fome!

Hesito um pouco em frente ao estabelecimento. As lembranças daqui são fortes e parecem tão recentes ainda. Sinto um peso dentro do peito que me impede de avançar. Fico parada entre as duas varandas onde há mesinhas dispostas e algumas pessoas sentadas, desfrutando seus cafés.

Martina abre uma das pesadas portas e me encara.

Meus olhos se fixam nos dela e uma pequena lágrima surge. Pinga em meu rosto com tanta facilidade que não pude prever que estava vindo.

Ela se aproxima de mim e coloca sobre as minhas as suas mãos quentes. Sinto meu rosto contrair um pouco e luto para segurar o choro, mas não consigo. Martina me abraça e fica comigo assim até perceber que me acalmei.

— Me desculpe. — Enxugo o rosto com uma das minhas mãos. — Fazia um tempinho que eu não colocava minhas emoções para fora dessa forma.

— Você tá bem? — Ela me olha como se me examinasse e fala com suavidade em sua voz.

— Vou ficar. — Puxo o ar e preencho meus pulmões olhando para cima. — Acho que é fome. — Tento sorrir, pois estou feliz em vê-la.

— Então deixe comigo, que dessa parte eu cuido muito bem! — Martina abre um sorriso largo, que me contagia. — Vamos entrar? — ela pergunta para ver se tenho certeza do que estou fazendo ali.

— Vamos!

Assim que entramos, me deparo com o que mais se parece um buffet de hotel cinco estrelas.

— Martina do céu, o que são todas essas coisas?

Faz tanto tempo que não apareço por aqui que desconhecia essa novidade.

— Gostou? — Seus olhos brilham. — A maior parte disso foi produzido no Casarão.

No centro do salão há uma mesa retangular forrada com uma toalha branca delicada e, por cima, uma variedade de pães, bolos, biscoitos, frios, uma bacia de salada de frutas, outra com gelatina colorida, jarras de sucos de diversas cores, entre diversas outras coisas.

— Eu adorei! — Os alimentos, da forma como estão dispostos, enchem os olhos, e percebo que estou com mais fome do que imaginava.

— Estou testando umas coisas novas por aqui. Agora vamos servir esse tipo de café da manhã "coma à vontade" por um preço fixo.

— Adorei esses biscoitinhos. — Pego um e levo à boca. — Hummm, que delícia.

— Foram as crianças que fizeram. — Seu sorriso alargou mais ainda.

Nós nos sentamos em uma das mesas com nossos pratos cheios de coisas. Sei que estou comendo com os olhos, parece tudo tão delicioso.

— Me conta, como foi o encontro com o vizinho gostoso? — Martina já vai direto ao ponto, sem rodeios.

— Ai, amiga, dureza — respondo me sentindo derrotada. — Onde que eu tava com a cabeça de achar que um encontro na minha casa, com um bebê pequeno e um cachorro, era uma boa ideia?

— Sair com um boy gato sempre é uma boa ideia. — Ela abre um sorriso suave. — Uma hora tinha que acontecer, né? Fico feliz que você já esteja abrindo seu coração outra vez.

Martina se debruça um pouco sobre a mesa e pelo seu olhar já entendo o que quer me perguntar, mas antes que pergunte, me adianto.

— Não transamos! — Um rapaz na mesa ao lado olha assustado para nós, pois falei um pouco alto demais. Martina sorri para ele e acena com gentileza, "oi, tudo bem", tentando disfarçar. O homem responde com um aceno de cabeça e volta a se concentrar em seu celular. — Que vergonha! — Coloco minha mão na lateral do rosto, tentando me esconder dele.

— Relaxa — ela diz. — Mas e aí, como foi? Me conta tudo.

Depois de atualizá-la de que tomei um único gole de vinho, que o bebê e o cachorro ficaram à nossa volta o tempo todo e que na hora que nos beijamos, Benício decidiu que era hora de mamar e que quando voltei para a sala, Oliver estava deitado roncando no meu tapete, com meu cachorro sentado ao seu lado, Martina concorda comigo que meu próximo encontro com ele precisarei de suporte.

— Não sei se vai ter um segundo encontro, acho que ele percebeu a enrascada que é querer se envolver com uma mãe. — Acabo sentindo pena de mim mesma, como se agora carregasse um fardo e, quando me dou conta disso, sinto culpa no mesmo instante.

— Você não tá achando que por ter um filho sua vida sexual acabou, né? — Ela franze o cenho. — Tem cara que curte umas *milf*. — Ela sorri suavizando seu rosto.

— O que é isso? — Vindo da Martina, só pode ser coisa de sacanagem.

— Dá um Google depois — ela ri, o que me deixa puta, porque com certeza vou procurar que merda é essa e ela sabe disso.

— E Sebastian? — mudo de assunto.

Agora quem se recosta na cadeira é ela. Levo a xícara de café à boca e aguardo Martina falar.

— Acho que aquela porra de maçã fez efeito.

— A da foto?

— A própria. Procurei na internet o que era aquilo e acabei descobrindo que é simpatia de amarração do amor. E depois que soube disso, só penso nele.

— Amiga — Olho bem nos olhos dela —, quem você quer enganar, hein?

Ela me olha intrigada.

— Ah, Martina, pelo amor de Deus, você está de quatro pelo cara, não tem coragem de admitir isso e bota a culpa numa maçã. Que golpe baixo. Assume logo, mulher!

— No site que eu vi, falava que a simpatia durava dois anos.

— Pronto! Se daqui dois anos você um belo dia acordar, olhar pra cara desse infeliz e não sentir nada, vai saber que acabou a validade da simpatia. — Rio dela, acho graça em poder zombar de sua cara. Geralmente, eu que sofro em suas mãos.

— É, pode ser. — Ela leva sua taça com suco de melancia à boca, olhando para um ponto fixo em algum lugar.

— Só me prometa uma coisa… — continuo. — Não assine nada em branco nesses próximos dois anos, ok?

Martina sorri, coloca sua taça sobre a mesa e me mostra o dedo do meio.

CAPÍTULO 43

Não sei onde eu estava com a cabeça quando decidi pegar um projeto tão complexo como esse logo de cara.

Acho que Alberto tinha razão, e agora tenho receio de decepcionar Fernanda e Elisa também.

Estou há meia hora olhando para o monitor e parece que não sei mais por onde começar. *Que agonia!*

Meu celular apita. Oliver me mandou um WhatsApp. Nós raramente mandamos mensagem por celular, gostamos das nossas trocas de bilhetes.

> Nessa semana tô sozinho em casa.

> Nina foi viajar com meus pais

Não sei o que responder. Será que ele está insinuando o que eu acredito que ele esteja?

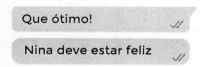

Eu me faço de sonsa, não quero parecer oferecida. Ainda estou sem graça pela última vez que nos vimos aqui.

> Tô trabalhando de casa hoje, se quiser dar uma subida aqui, sei lá, tomar um café da manhã...

Gosto do rumo que essa conversa está tomando. Acho que um café da manhã é bem inofensivo.

> **Boa ideia! Minha mãe deve estar chegando.** ✓✓

> **Subo aí daqui uns 40 minutos** ✓✓

— Ai, meu Deus! O que que eu estou fazendo da minha vida? — pergunto a Zeca, que me seguiu até o banheiro.

Ouço dona Laura abrindo a porta logo que termino de me arrumar.

— Oi, mãe! — Eu a abraço assim que apareço na sala. — Olha só, vou ter que dar uma saída, volto na hora do almoço, ok?

— Tá bem, querida! — Ela me olha parecendo desconfiada, mas não me faz perguntas. As mães sempre sabem quando estamos tentando esconder algo.

Ignoro meus pensamentos, pois não quero perder minha coragem, que já está quase se esvaindo de mim.

Toco a campainha e quando ouço o som, estou fadada a não poder mais voltar atrás. Inspiro fundo e sinto uma enorme vontade de fazer xixi. *Que hora maravilhosa para querer mijar!*

Oliver abre a porta, vejo Troia logo atrás dele abanando o cotoco de seu rabo.

— É, não estou completamente sozinho — ele diz passando a mão sobre a cabeça da cachorra.

— Ah, sem problemas. Não me importo de jeito algum. — No fundo, me sinto menos pressionada por ela estar aqui com a gente. Não sei por quê.

— Entre! — Oliver se afasta, e eu avanço, olhando cada detalhe de sua casa.

Vejo que ele preparou a mesa: suco de laranja em uma jarra, café em um bule, pães, frios e uma manteiga.

DUAS VEZES AMOR

— Posso usar seu banheiro? — Acabei de sair do meu apartamento, subo um andar de elevador e consigo estar de bexiga cheia. Não posso acreditar em uma situação como essa. — Me desculpe, eu só percebi que estava apertada quando toquei a campainha.

— Não tem problema. — Ele parece se divertir com meu constrangimento. — Acho que você sabe onde é — ele brinca, pois os apartamentos são iguais.

Enquanto comemos, conversamos um pouco. Dessa vez, consigo prestar mais atenção nele, pois é a primeira vez que estou sem meu cachorro e meu filho por perto.

Ficamos ali sentados e conversando por um bom tempo e ambos percebemos que estamos rodeando os mesmos assuntos.

— Bem, não quero te atrapalhar mais. Você precisa trabalhar, né? — digo me levantando da mesa. — Obrigada pelo café, estava delicioso.

Oliver também se levanta, mas em vez de também se despedir, aproxima-se de mim calado, sem olhar diretamente em meus olhos.

Sinto uma leve tensão e fico imóvel, esperando que ele faça o que sei que está com intenção de fazer.

— Claro, como quiser, você deve estar cheia de trabalho também. — É, eu contei para ele sobre o enorme projeto.

Percebo que Oliver perdeu a coragem e isso me irrita um pouco. Se não rolar nada aqui, eu sei que vou ficar com isso na cabeça, me consumindo o dia inteiro!

— Sabe de uma coisa... — Eu me aproximo dele olhando para seus braços e noto que ele tem bíceps bem definidos, eu não tinha reparado nisso. — Acho que posso ficar um pouco mais. — E agora olho diretamente para seus olhos verdes.

Oliver abre um leve sorriso, revelando uma covinha em sua bochecha. Ele se aproxima e segura minha cintura com as duas mãos.

Inclino minha cabeça um pouco para trás e fecho meus olhos. Ele entende minhas intenções e logo encosta seus lábios nos meus.

Seu beijo é macio, sua boca é carnuda e nos encaixamos perfeitamente. Não me lembro desse beijo ser tão gostoso quando o experimentei lá em casa. Deve ser por eu não estar concentrada em nós dois, mas sim pelo que acontecia ao nosso entorno.

Sinto uma enorme vontade de ficar presa nele por horas. Estamos nos beijando e tateando as paredes, percebo que Oliver está me guiando até seu quarto e eu não faço menção de impedi-lo. Eu o quero!

Ele cai de costas na cama e me puxa para me encaixar por cima dele. Ainda estamos vestidos, mas já consegui sentir que ele está bem a fim.

Tiro minha blusa e fico só de sutiã olhando para ele. Oliver arranca sua camiseta, revelando sua enorme cicatriz.

Nós dois paralisamos. Ele percebe que estou encarando seu peito. Não tem como não olhar para a marca e não lembrar de toda a batalha que ele travou. Passo a mão de leve por cima.

— Você ainda sente alguma dor? — pergunto.

— Hoje não mais. Mas o pós-operatório foi muito doloroso. Doía até para respirar. Imagina tossir ou espirrar.

Eu me abaixo para beijar seu peito no lugar onde sua vida recomeçou. Vou subindo até encontrar sua boca.

Nossos lábios voltam a se encaixar. Oliver me puxa para seu lado e monta sobre mim. Ele prende minhas mãos por cima de minha cabeça e me encara.

— Você é incrível, sabia disso? — ele diz a centímetros da minha boca.

Fecho os olhos e tento aproximar minha boca da dele. Estou totalmente imobilizada e sinto uma excitação enorme com isso.

— Então me beija — sussurro.

Ele me atende e retomamos de onde paramos. Arrancamos o resto de nossas roupas com tanta pressa que nem vi onde joguei minha calcinha. *Depois eu vejo isso!*

Oliver busca uma camisinha na gaveta com uma das mãos, mas não solta sua boca da minha em nenhum momento, só quando a encontra. Leva o pacote da camisinha para a boca e abre o lacre com os dentes.

— Você tá bem? — ele pergunta, no fundo acho que está me pedindo permissão para entrar em mim.

— Vem! — respondo, contraindo meu corpo contra o dele.

— Tá bom! — Ele sorri e se afasta, dando espaço para vesti-la. Nesse momento, tenho um vislumbre de seu membro e preciso confessar que fico impressionada.

E um pouco assustada! Puta que pariu!

Nossos corpos se encaixam com perfeição. Eu me sinto viva, como há muito tempo não me sentia. Oliver é delicado e gentil, mas também um pouco selvagem.

— Ah, que delícia! — sussurro em seu ouvido. — Não para, estou quase lá!

— Eu também! — ele responde quase sem som.

Explodimos juntos. Nossa transa não durou nem dois minutos. Mas foi tempo suficiente para me sentir uma mulher fortalecida e sexy novamente. Estou revigorada!

Quando retomamos o fôlego, me debruço sobre ele e volto a olhar sua cicatriz.

— Nina me contou sobre sua ex-namorada. — *Parabéns, Audrey! Primeira coisa que você faz o cara que acabou de gozar pensar é na ex dele.* Consigo ouvir Martina falar em minha cabeça em tom de deboche e me arrependo na mesma hora do que falei.

— O que ela disse? — Oliver franze um pouco a testa.

Agora vou ter que ir até o fim com essa conversa.

— Desculpe — digo um pouco encabulada.

— Não, tudo bem. É que esse assunto vindo de você me pegou de surpresa. — Ele se ajeita para ficar de frente para mim. Apoia a cabeça em um dos braços e presta atenção.

— É verdade que ela não foi te visitar enquanto você estava internado? — pergunto sentindo pena e imaginando o quão sofrido deve ter sido para ele não ter o apoio dela.

— É, sim.

— Nossa, deve ter sido uma enorme decepção…

— Na verdade era de se esperar. — Ele não parece ter se importado tanto com isso. — Acho que se ela tivesse aparecido por lá, teria sido pior.

— Como assim? — fico confusa.

— Digamos que ela era muito egocêntrica. Só pensava em si mesma e precisava ser o centro das atenções o tempo todo. Na situação que eu estava, com todos os olhos voltados para mim, seria demais para seu ego.

— Credo! — Estou perplexa. Nina tinha razão, que filha da puta.

— Eu sou muito paciente, demorei tempo demais para decidir terminar com ela.

— Foi você quem terminou, então?

— Não, foi ela. Mas eu forcei um pouco a barra. — Ele parece se divertir com a lembrança.

— Como assim?

— Digamos que seria o maior inferno se a rainha fosse rejeitada por um reles súdito — Oliver ironiza, mas entendo o quão péssima sua ex-namorada devia ser. Existem pessoas assim aos montes por aí. — Comecei a dar menos atenção a ela, só falava do meu problema de saúde etc. Fui fugindo pelas beiradas. Funcionou. Ela se cansou e um dia me ligou para terminar comigo. Disse que era demais para ela lidar.

— Uau! — Fico menos mal em pensar que ele se livrou, e não que foi abandonado no momento em que mais precisava de apoio.

— E pensar que um estranho fez mais por mim do que minha própria namorada. — Oliver leva a mão ao peito quando termina a frase.

— Pois é, ele e sua família enlutada — digo me lembrando da nossa primeira conversa sobre as estatísticas e as leis brasileiras.

— Sim. — Ele fica sério. — Penso muito neles. Todos os dias.

Passo a mão sobre seus cabelos, que estão bem desalinhados por conta do que aprontamos agora há pouco.

— Por que você não escreve uma carta de agradecimento a eles? Acho que você pode deixar no hospital e eles encaminham para a família, já que existe a questão do sigilo, né?

— Eu não sou bom com as palavras. — Ele ri.

Reflito sobre a questão e penso que talvez eu não saberia o que escrever também.

"Oi, gente, tudo bem? Preciso agradecer por estar viva, sinto muito pelo seu parente ter morrido, mas eu meio que desejei que alguém morresse pra eu poder ter uma chance. Obrigada, tudo de bom pra vocês!"

Realmente, é complicado. E um pouco mórbido também. Melhor deixar pra lá mesmo. Ficamos um pouco em silêncio, mas logo decidimos transar de novo e de novo.

CAPÍTULO 44

Se eu tivesse seguido o meu planejamento, ao final dessa semana já teria adiantado muito o meu trabalho. Contudo, decidi agir feito uma adolescente, me enfiando no andar de cima para transar escondido em vez de trabalhar.

— A gente só queria aproveitar os dias que Nina estava fora — justifico para Martina. — Ela volta amanhã de manhã.

— Tá, mas agora também não adianta correr atrás do prejuízo em pleno sábado. Ainda mais sem poder contar com a Laurinha pra te ajudar com o bebê.

Ela tem razão. Só posso contar com a ajuda de minha mãe no período da manhã durante a semana, e não posso exigir mais do que isso dela. Afinal, ela tem sua própria vida também. Nunca pediria que renunciasse seus finais de semana.

Mamãe esteve aqui todas as manhãs para que eu pudesse trabalhar, e o pior: eu menti para ela dizendo que estaria no escritório. Mal sabia ela que eu estava no andar de cima.

Prometia para mim mesma que faria à tarde o que já era para ter sido feito, mas parece que Benício compreendia o que eu andava aprontando e esteve manhoso e exigindo minha atenção mais do que de costume.

Conclusão: fiz praticamente nada, e na segunda-feira temos reunião de verdade no escritório. Vou tomar um puta esporro.

— Amiga, já era! Nós duas sabemos que você está lascada mesmo. — Martina estende sua mão e me entrega uma taça.

— Não posso beber. — Lanço um olhar para Benício no carrinho.

— Não é uma questão de poder… — Ela abre um sorriso malicioso. — É de precisar.

Pego a taça de sua mão, afinal, já estou na merda mesmo.

Estamos só nós duas com Zeca e Benício em volta da piscina, o que nos dá oportunidade para colocarmos a fofoca em dia.

— Você acha mesmo que sua mãe desaprovaria sua relação com o vizinho? — Martina me questiona.

— Não é a relação que ela acharia ruim, mas a maneira que estou conduzindo. — Coloco a taça na mesinha depois de tomar um único gole da mimosa. — Me comprometi com um projeto enorme, talvez o maior da minha carreira, e estou trocando isso por sexo.

— Amiga, você está sendo bem estúpida. Por que decidiu pegar esse trampo agora?

— Eu não sei. — Analiso a situação. — Acho que estou tentando provar pra mim mesma que sou capaz de dar conta de muitas coisas ao mesmo tempo. — Olho para sua cara e ela entendeu tanto quanto eu o que concluo. — Não estou fazendo o mínimo de esforço pra fazer isso funcionar, né?

— Ainda bem que você sabe.

Jogo o peso de meu corpo todo para trás e deito na espreguiçadeira.

— Ai, Martina! O que eu estou fazendo da minha vida? — Olho para o céu tentando achar uma solução no meio das nuvens.

— Só merda — ela responde de imediato, e damos risada.

Depois de nossa manhã de piscina na mansão, voltei para casa, decidida a adiantar o que pudesse. Por um milagre, tanto Benício quanto Zeca colaboraram para que isso fosse possível.

Tentei focar ao máximo, parando somente a cada quatro horas para amamentar e trocar meu bebê.

Não sei por quanto tempo o barbante esteve pendurado na varanda, mas só consegui reparar nele agora, dez horas da noite.

Abro o bilhete envolto na pedra:

Seria pedir muito te ver rapidinho só pra te dar um beijo?

Meu corpo se aquece e um largo sorriso brota em minha boca.

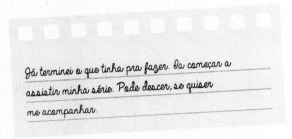

Já terminei o que tinha pra fazer. Vou começar a assistir minha série. Pode descer, se quiser me acompanhar.

Penduro a pedra de volta no barbante. Coloco Benício no quarto e deixo a babá sobre a mesa de centro. A campainha toca e eu corro para abrir a porta.

Oliver veste uma calça de moletom cinza escura e uma camiseta branca sem estampa.

— Oi — ele me cumprimenta e permanece imóvel. Ele tem um jeito contido, um pouco tímido ainda.

Eu avanço e o recebo com um beijo demorado.

— Nina volta amanhã — ele me informa enquanto nos dirigimos até o sofá.

— Ainda bem que pudemos aproveitar bem sua ausência. — Lanço um sorriso sugestivo.

Ele sorri, revelando suas covinhas nas bochechas.

— Foi incrível! — Oliver responde com entusiasmo.

Passamos a noite inteira no sofá maratonando uma série viciante. Nem tentamos avançar o sinal. Ficamos ali, um do lado do outro, trocando carinhos sutis.

Oliver tem preenchido um espaço significativo em meu coração. Nossa conexão tem se intensificado a cada dia, mas nossa relação é tranquila. Ele me transmite paz. Encontrei meu equilíbrio perfeito em meio a tantos desafios.

CAPÍTULO 45

— As diferenças entre os dois são gritantes. — Abraço a almofada, sentada no consultório para mais uma sessão. — Alexandre era impulsivo, aventureiro, tínhamos uma conexão sexual selvagem. Tudo com ele era intenso.

Bia mantem sua postura elegante de sempre com uma mirada linear, fixa em meus olhos, prestando atenção a cada vírgula do que é dito em nossos encontros. Sua posição é sempre ereta e permanece com a mesma perna cruzada durante toda a sessão. Ela consegue ser firme e, ao mesmo tempo, delicada.

— Com Oliver as coisas são mais tranquilas, calmas e gentis. Ele transmite ternura em seu olhar. — Percebo que quando comecei a falar do vizinho, adotei uma postura muito mais relaxada. — Como podem ser tão diferentes e ao mesmo tempo me despertar sentimentos tão intensos em tão pouco tempo?

Bia não me responde. Acredito que queira que eu conclua meu raciocínio.

Fico em silêncio por mais um momento. Dessa vez, quem olha para o relógio sou eu. Estou impaciente desde o início da sessão. Ansiosa para a reunião no escritório.

— Faltam cinco minutos ainda para acabar — Bia diz.

— Eu sei, mas preciso ir — hesito um pouco. — Eu posso ir embora antes de acabar? É que estou realmente muito preocupada. Essa reunião vai ser um divisor de águas para mim.

— Claro, nos vemos na semana que vem. — A terapeuta se levanta para se despedir.

Chego um pouco atrasada por conta do trânsito. Entro em silêncio na sala onde a equipe toda está reunida.

Fernanda está lá na frente falando sobre as novas demandas que foram exigidas pela construtora para o projeto do hotel. Abro o computador para acessar meus arquivos e para fazer as novas anotações.

Alberto está encostado sobre uma mesa atrás de Fernanda e me lança um olhar irritado quando me vê. Sinto um calafrio.

O que será que aconteceu? Sei que atrasei para enviar algumas coisas, mas ontem incluí tudo no Drive compartilhado.

Enquanto Fernanda fala, acesso novamente os arquivos para verificar se deixei escapar alguma coisa. Percebo que foi incluído, entre os tantos documentos, uma pasta que não tinha notado. Vejo a data de inclusão: terça-feira passada.

Caramba, como que eu não vi isso aqui?

Abro o arquivo, sentindo minhas mãos suarem um pouco, e entendo toda a irritação de Alberto na mesma hora.

Todo o meu trabalho do final de semana foi em vão. Havia duas pastas. Uma com as plantas originais do projeto e outra com a planta que continha as modificações feitas pelos arquitetos e engenheiros do escritório, mais precisamente com o trabalho da equipe de Alberto. Ninguém me falou nada!

É claro, era só prestar atenção nas pastas compartilhadas. Verificar as atualizações. Certamente eu teria visto isso aqui. Quanta desatenção! Não posso acreditar que fiz uma cagada desse tamanho, e o pior de tudo é que a primeira parte das cenas renderizadas deveriam ser entregues hoje ao cliente.

A reunião acaba, a equipe é dispensada, porém os sócios pedem para que eu fique na sala.

Olho para baixo, me sentindo uma completa idiota. Quando Elisa encosta a porta, Fernanda começa a falar:

— Está tudo bem? — Seu olhar tem certa preocupação.

Eu me sinto pior ainda. Toda a confiança depositada em mim todos esses anos indo por água abaixo.

— Eu não vi a pasta com os arquivos modificados.

— Como que não viu? E agora? A gente fala o que pros caras? — Alberto se altera, levando os braços para o alto.

Fernanda o ignora.

— Eu simplesmente não vi. Baixei os arquivos originais e trabalhei as cenas com base neles. Eu devia ter falado com vocês.

— Eu acho que foi muito precipitado ela ter voltado. Eu falei pra vocês duas! — Alberto vocifera se direcionando para as sócias. — Vou falar o que ninguém tem coragem de dizer e está na cara: Audrey não é mais a mesma. Pronto!

Levo minhas mãos à boca.

— Sinto muito pelo que você passou e todo o momento que está vivendo com um bebê e tal, mas você ainda não está pronta para desafios desse tamanho. Esse escritório se tornou uma potência, e não podemos permitir esse tipo de atitude de uma pessoa com um cargo no nível de responsabilidade que o seu exige, Audrey.

As duas sócias continuam quietas, ouvindo. Nunca o vi tão irritado.

— Junte suas coisas! Volte somente quando estiver com suas questões resolvidas!

Ele sai da sala, deixando nós três sozinhas. Começo a chorar e arrumar minhas coisas. Fernanda torna a fechar a porta e se aproxima.

— Alberto é um puta de um babaca! — Elisa diz, e me dou conta de que essa é a primeira vez que a vejo falar um palavrão.

Fernanda toma uma de minhas mãos ao se sentar ao meu lado.

— Audrey, tanto eu quanto Elisa — Elas se entreolham — sabíamos que seria um desafio enorme para você. Sabíamos que você não daria conta.

— Me desculpe! — digo em meio a lágrimas. — Eu também sabia, mas achei que daria. Trabalhei sem parar nesse projeto, só agora na reunião que me dei conta de que me dediquei ao arquivo errado. Me perdoem — quase suplico às duas.

— Você me lembra muito eu mesma quando comecei a trabalhar — Fernanda continua. — Para mim também foi um enorme desafio voltar a trabalhar depois que Maria Clara nasceu. Achava que precisava dar conta de tudo, senão estaria falhando como mulher.

— Nós carregamos esse estigma — Elisa complementa — de que nós, mulheres, conseguimos realizar multitarefas. Na verdade, nós nos sobrecarregamos.

— Exatamente — Fernanda concorda e agora olha em meus olhos vermelhos. — Audrey, não faça isso com você mesma. Não queira provar nada a ninguém. Nós sabemos de todo o seu potencial e queremos você aqui de volta, porém somente quando você se sentir pronta. Essa empresa só chegou nesse patamar por sua causa também. Alberto sabe disso, mas isso é uma coisa que depois lidaremos — Fernanda diz essa última parte para Elisa.

— Não vejo a hora de lidarmos com isso de uma vez por todas — Elisa conclui. — Vá para casa, querida, a gente vai se falando. Estaremos aqui aguardando seu retorno no seu tempo. — Ela coloca uma de suas mãos no meu ombro. — Essa fase de Benício vai passar tão rápido. Não troque isso por trabalho nenhum.

No mesmo instante me recordo de mamãe dizendo a mesma coisa.

— Ah, outra coisa! — Fernanda diz quase na porta para sair. — O cliente já estava sabendo que haveria um atraso. Esqueça o que Alberto disse aqui mais cedo.

Entro em meu carro e começo a chorar demasiadamente.

Me sinto péssima pelo que fiz, sei que seria capaz de entregar muito mais se não tivesse feito as escolhas erradas, mas, ao mesmo tempo, descobri como Elisa e Fernanda são incríveis. Esse acolhimento e compreensão que recebi preencheu um dos meus tantos vazios que tenho acumulado ao longo desses últimos meses. Serei eternamente grata a elas.

Chego em casa e dona Laura está com Benício no colo tentando tirar uma travessa do forno.

— Deixa que te ajudo. — Pego o bebê de seus braços.

— Obrigada, querida. Benício ficou agarrado em mim a manhã toda.

Olho para ele e percebo o quanto ele espichou essa semana. Eu só notei agora.

Todas elas têm razão, não quero perder isso por nada.

CAPÍTULO 46

Não consegui dormir direito essa noite. Minha cabeça ficou rodeando os acontecimentos dessa manhã no escritório.

Apesar de Elisa e Fernanda terem sido maravilhosas comigo, são as palavras de Alberto que me consomem. Não pela forma como falou, mas por ter dito a verdade.

Eu ainda tinha pelo menos mais dois meses de licença maternidade. Deveria ter aproveitado melhor esse tempo antes de me aventurar. Nunca fui impulsiva na minha vida e ultimamente só tenho tomado decisões sem pensar.

Eu me mudar para cá sozinha com um bebê e um labrador foi um erro. Voltar a trabalhar antes do tempo foi outro. Eu me enfiar no apartamento de cima para transar escondido em vez de fazer o que havia me comprometido não preciso nem dizer, foi mais um ato impulsivo da minha parte.

Alberto foi duro e cruel em suas palavras, mas não posso me eximir de minha culpa também. Ele acabou me dando o chacoalhão de que eu precisava para me centrar novamente. Voltar à minha sensatez.

O apartamento já está comprado, não tem como voltar atrás. O escritório, já está decidido que vou aguardar mais um tempo para retornar.

Penso em Oliver e sinto meu peito apertar, pois sei o que devo fazer. Não era hora de me relacionar com ninguém ainda. Preciso me afastar dele, pelo menos por enquanto.

Mamãe chega para cuidar de Beni e percebe que estou mal.

Conto tudo para ela: o enorme projeto, as escapulidas para o andar de cima e a comida de rabo que levei do sócio.

— Vou terminar com Oliver — finalizo.

— Tem certeza? — dona Laura pergunta com certa preocupação em seu olhar.

— Esse é o problema. Não tenho certeza de nada. Só sei que não tomei uma única decisão correta desde que saí correndo da mansão da Martina. — Meus olhos se enchem de lágrimas. — A compra desse lugar foi um equívoco — digo, com a voz embargada, olhando em volta.

— Já pensou se, de todas as más decisões que você tomou até agora, se envolver com Oliver tenha sido a única correta? — Mamãe me fita, porém desvio o olhar.

Estou tão determinada a ajustar todas as coisas que se isso me custar meu novo relacionamento, estou disposta a arriscar.

— Então ele precisará dar o tempo de que preciso para colocar minha vida nos eixos — concluo, limpando uma lágrima que escorre.

Mais tarde naquele dia, Zeca começa a latir para a varanda.

Vou até lá e pego o bilhete pendurado no barbante. Oliver é um amor de pessoa, e pensar em me afastar dele me dói em vários lugares.

Decido não desenrolar o papel da pedra para não ler algo fofo que me desencoraje. Em vez disso, mando uma mensagem pelo WhatsApp.

> Precisamos conversar... ⁄⁄

Oliver está on-line e visualiza na mesma hora a mensagem, mas não escreve nada de volta.

Vejo o cordão subir pela varanda e cinco minutos depois minha campainha toca.

Encho meu pulmão de ar com um grande suspiro antes de atender. Vou até a porta com meu coração em pedaços. Quando abro, Oliver está sério, parecendo preocupado.

Dou espaço para que ele entre e, assim que avança para dentro do apartamento, começo a chorar.

Ele me envolve em seus braços, e eu aceito seu conforto. Oliver é tão alto que, quando me abraça, minha cabeça se aninha em seu peito, onde consigo ouvir as batidas de seu coração. Parece um lugar tão seguro que fica difícil pensar no que tenho que fazer.

Oliver se senta no sofá, e eu vejo na babá eletrônica que Benício está dormindo.

— Você tá bem? — ele pergunta, visivelmente tenso.

Seguro suas mãos e começo a falar:

— Meu filho não conheceu o pai dele. — Olho para o monitor checando o bebê novamente e também porque não consigo encarar o meu vizinho. — Ele morreu poucos dias depois de descobrirmos que eu estava grávida. Nem teve a oportunidade de saber o sexo do bebê.

Levo uma das mãos ao rosto para enxugar uma lágrima com a ponta da blusa de frio que uso.

— Foi um acidente horrível, ele morreu durante a cirurgia. — Suspiro com a lembrança de todos nós aguardando notícias vindas do centro cirúrgico. — Logo depois, sofri um aborto, ou um princípio de aborto. Nunca procurei saber, de fato, se eram gêmeos que eu carregava ou se quase perdi Benício. Não quis saber porque tinha acabado de perder meu namorado, não queria ter certeza de ter perdido um de nossos filhos também, e essa negação vou levar para sempre comigo. Não preciso saber.

Oliver se mantém em silêncio, ouvindo meu desabafo.

Zeca se aproxima caminhando com passos mansos, vindo do corredor. Coloca uma de suas patas sobre o sofá, me pedindo permissão para subir. Obviamente que permito. Ele se posta entre nós dois e deita a cabeça em meu colo.

Eu não sei como ele sabe, só sei que todas as vezes que precisei de suporte emocional, o cachorro sempre percebeu e se aproximou, oferecendo consolo e apoio.

— Passei minha gravidez toda apenas sobrevivendo um dia após o outro. Nutrindo meu corpo porque um bebê necessitava de mim para se manter vivo. — Passo a mão na cabeça do Zeca. — Quando Beni nasceu... — Faço uma pausa longa e seguro a respiração. Não consigo falar.

Oliver afasta um pouco o corpo do cachorro do caminho e se aproxima de mim.

— Eu nunca falei isso em voz alta, mas vou dizer agora. — Puxo o ar olhando para cima. — Quando Benício nasceu, quando ouvi seu choro pela primeira vez, eu não senti a alegria que toda mãe sente quando seu filho vem ao mundo, e me sinto péssima por isso. Eu não senti amor pelo meu filho!

Zeca dá espaço para Oliver se aproximar de mim.

— Meu filho completou agora quatro meses e eu aprendi a amá-lo com o tempo. Isso é horrível!

Dói demais colocar em palavras esses sentimentos terríveis sobre minha maternidade. Eu me sinto tão vulnerável agora. Como se tivesse traído meu próprio filho.

— Eu não estava sabendo lidar com várias coisas a minha volta, e foi quando comecei a tomar decisões precipitadas.

O semblante dele muda de preocupação para medo. Acho que ele entende aonde quero chegar.

— Eu tenho medo de estar usando você como uma fuga — finalmente digo — e não estou sendo a minha melhor versão nem para meu filho, quem dirá para um relacionamento?

— Uau! — Ele se curva de frente para a TV, apoiando os braços sobre as pernas.

— Quero que saiba que você é um cara incrível, mas que no momento preciso curar muitas feridas e me centrar para tomar melhores decisões. Eu devo isso ao Benício.

Quero abraçar Oliver, guardá-lo dentro de um potinho e protegê-lo das minhas feridas, mas não consigo.

Ultimamente só tenho decepcionado as pessoas. Estou virando expert nisso.

— Você precisa de um tempo? Eu posso te dar esse tempo — Oliver está visivelmente chateado.

— Não sei de quanto tempo preciso para me curar desse luto, me tornar uma mãe menos repulsiva e me sentir preparada para voltar ao mercado de trabalho sem que meu chefe me odeie por minha imaturidade.

A resposta é para Oliver, mas parece que estou falando a mim mesma e percebo que não tenho essa resposta.

— Tá bem. — Ele se levanta e fica parado, olhando para o chão.

— Eu não queria ter te envolvido nessa minha confusão. — Me levanto também. — Me desculpe.

— Não precisa se desculpar. — Ele tenta sorrir, mas seus lábios tremem. — Você sabe onde me encontrar.

Oliver caminha até a porta, a abre e volta a olhar em minha direção.

— Acredite, Audrey, você não é nenhuma dessas coisas que acredita ser. Nem imagino as situações horríveis pelas quais passou, mas confie: você vai superar tudo isso — e faz uma pausa. — Espero que o quanto antes, pois sentirei muito a sua falta. — Ele fecha a porta e some do meu campo de visão.

Sinto meu corpo todo estremecer. Zeca me lança seu olhar sereno, que me faz chorar no mesmo instante.

— Acho que agora terminei de arruinar com todas as coisas que eu tinha de bom na vida. Estou de parabéns, né, porpeta?

Zeca late em resposta.

CAPÍTULO 47

Já faz duas semanas desde que terminei com Oliver e, a cada dia que passa, sinto mais sua falta.

As trocas de bilhetes pela varanda, os passeios com os cachorros, as noites assistindo séries e, bem, a nossa intimidade. Tudo isso acabou.

Em contrapartida, tenho me dedicado exclusivamente a Benício. O foco central da minha vida é ele. Como devia ter sido desde o momento que soube de sua existência em meu ventre.

Mamãe tentou me confortar sobre minha rejeição ao bebê no começo, dizendo que depressão pós-parto é uma coisa que pode acontecer com mais mulheres do que eu poderia imaginar e que isso não me torna menos mãe.

Em parte ela pode ter razão, mas isso não diminui a culpa que carrego. Não tenho a menor dúvida do meu amor incondicional por Benício, daria minha vida por ele. Tanto é que tenho vivido somente para meu filho. Eu me deixei de lado.

É errado? Pode ser, mas foi a maneira que encontrei para me redimir. Pelo menos por enquanto.

Ouço a campainha tocar. Será que é Oliver?

Corro para atender com a expectativa de vê-lo, com certa ansiedade percorrendo pelo meu corpo.

Abro a porta e me deparo com Nina e uma de suas cuidadoras a seu lado. Eu me surpreendo com a visita inusitada.

— Me desculpe, ela insistiu muito em vir — a moça diz em um tom de voz bem baixo.

Nina está com o rosto tenso, o cenho franzido e me lança um olhar fuzilante que me faz congelar por dentro.

— Entrem — digo, e assim que abro mais a porta, Nina avança, quase trombando em mim.

— Ela não está nos seus melhores dias — a moça sussurra para mim e logo entra, olhando para baixo.

Fecho a porta atrás de mim e não sei o que esperar dessa visita. *Ou dessa invasão...*

— Vocês aceitam uma água? Talvez um suco? — ofereço, tentando quebrar o gelo.

— Pode cortar o papo furado! — a velha fala em tom alto. — Quero saber que porra você fez com meu neto!

Se eu não estivesse tão apavorada, teria achado engraçado uma senhorinha de aspecto tão frágil com um linguajar tão pesado.

— Bem, na verdade... — tento começar a me explicar.

— Eu te avisei. — Ela se aproxima com um dedo em riste, quase encostando no meu rosto. — que quebraria sua cabeça ao meio se machucasse o Oliver, não avisei?

Benício começa a chorar e fico parada, não sei se devo ir até ele no quarto ou se continuo aqui. Apenas arregalo meus olhos, imóvel.

— Puta que pariu, esqueci que tinha a porra de um bebê aqui! — Nina diz mais pra si mesma, num tom mais baixo. — Vai mesmo deixar o menino se esgoelar? — ela me questiona.

Saio em disparada até o quarto do bebê. Pego meu filho e o acalmo, embalando-o numa dancinha para lá e para cá, até que se tranquilize.

Quando volto para a sala, Nina parece estar mais calma. Ela se aproxima para olhar Benício.

— Quanto tempo ele tem? — pergunta.

— Completou quatro meses essa semana — respondo, com a voz trêmula.

— Você não tem culpa do que te aconteceu, sabe disso, não sabe?

— Não entendi. — O que será que Oliver contou à avó?

— Olha aqui, menina — Nina parece impaciente —, eu já enterrei cinco maridos. CINCO! — ela ergue a mão com os dedos todos esticados para ter certeza de que entendi — E te garanto uma coisa: passar por um luto é um porre!

Ela caminha até uma poltrona que tem ao lado da TV e se senta, examinando meu apartamento todo. A cuidadora e eu a seguimos e nos sentamos no sofá ao lado.

— Uma coisa te garanto: não importa o tempo que você fique enlutada, isso não o trará de volta. Então, menina — Ela se recosta sobre a almofada e me lança um olhar duro —, pare de perder tempo com isso.

— Não é tão simples assim… — tento me defender.

— Não é tão simples assim — Nina repete o que eu disse em tom de deboche, entortando a boca. — Eu tenho quase noventa anos, sou viúva de sete maridos.

— Não eram cinco? — pergunto, confusa.

A idosa fecha a cara, revelando cada ruga em seu rosto branquelo, e me lança seu olhar tenebroso. Sinto cada pelo de minha nuca se eriçar.

— Vocês, jovens, me dão uma preguiça, puta que pariu! — a velha faz menção de se levantar. — Eu, na sua idade, já era bem mais espertinha.

Guilhermina se levanta.

— Vamos, Vanessa — Nina chama a moça, sentada ao meu lado, que se levanta de súbito para acompanhá-la. — Já tá na hora da minha dose diária.

— Ai, dona Nina, a senhora ainda vai arrumar um problemão para mim — a cuidadora diz.

— Dose diária? — pergunto baixinho à cuidadora.

— Ela toma uísque escondido — ela responde com cuidado.

Nina parece se divertir ao perceber pavor nos olhos da moça.

— E eu gosto de bolo também — Nina nos interrompe em frente ao elevador. — Audrey, quero que me traga um amanhã, para o nosso café da manhã. — Seu tom de voz está mais ameno, porém não menos ameaçador. — Amanhã continuaremos essa conversa. Não invente de colocar fruta no bolo, hein? Fubá! Leve um bolo de fubá para mim. — O elevador chega. Vanessa abre para que a idosa entre e partem.

Quando a porta se fecha, ainda estou parada na mesma posição, com o bebê no colo, tentando entender o que acabou de acontecer aqui.

Na manhã seguinte, já com o bendito bolo de fubá em mãos e respiro fundo antes de tocar a campainha.

Imaginar que posso encontrar com Oliver me dá certa ansiedade. No entanto, tomar café da manhã com sua avó é o que me faz transpirar as axilas de tanto pavor.

Vanessa abre a porta assim que o som denuncia minha chegada.

— Bom dia — digo, olhando sobre seu ombro, tentando inspecionar o ambiente antes de avançar.

— Entre, por favor. — Ela abre espaço para que eu entre.

Vejo Nina sentada na varanda com a Troia esparramada aos seus pés. Está de costas para mim, mas sei que ouviu minha chegada. Sua postura, me ignorando, é ainda mais intimidadora.

— Ela tem mais pose de turrona do que é de fato — a cuidadora me alerta. — Com o tempo, a gente se acostuma com seu jeito e, de certa forma, você acaba se apaixonando por Nina, é inevitável.

Não sei se consigo acreditar. Meus encontros com essa senhora sempre foram intimidadores.

— Bom dia, Audrey — Nina diz, sem virar seu rosto.

Vanessa pega a caixa com o bolo de minhas mãos e a leva para a cozinha. Eu me aproximo de Nina para cumprimentá-la.

— Bom dia, dona Nina. — Não sei se me abaixo para abraçá-la ou dar um beijo em seu rosto. Então, simplesmente fico parada, sorrindo em sua direção. Troia, a rottweiler, coloca sua língua para fora e me encara, mas não se levanta.

Vanessa traz dois pratos com um pedaço do bolo em cada e os coloca sobre a mesa de vidro ao lado de Nina.

— Sente-se! — ordena, apontando para a outra cadeira disponível.

Enquanto me sento, Nina leva o prato ao nariz para cheirar.

— Isso aqui não foi comprado em padaria não, né?

— Não. Mandei fazer em um dos melhores cafés de Moema. — Fui até o Martina's Café hoje cedo para me certificar da qualidade desse bolo.

A idosa leva o pedaço de bolo inteiro à boca e dá uma mordida.

— Vanessa! — ela grita, chamando a cuidadora, que aparece em uma fração de segundo.

— Senhora? — ela diz.

— Por favor, pode nos trazer chá? — Nina me olha. — Você prefere chá ou café?

— Tanto faz.

Nina revira os olhos, com clara insatisfação.

— Pode ser chá — respondo, sem graça.

Vanessa nos traz o chá e continuamos a degustar nosso café da manhã.

— Sabe, Nina — digo, ao terminar de comer meu pedaço de bolo —, pensei muito no que a senhora disse ontem.

A velha me encara enquanto falo, então continuo:

— A senhora tem razão...

— Eu sempre tenho razão. Tenho noventa anos. — Ela semicerrou seus olhos enquanto me lançava um sorriso cheio de malícia.

A porta do apartamento se abre. Meu coração congela quando vejo Oliver atravessá-la.

— Olha só quem chegou — Nina diz, encarando meus olhos apavorados, e se levanta com dificuldade para receber o neto.

Oliver, ao me ver em sua varanda, paralisa.

— Vanessa, sabe do que eu me lembrei? — a idosa sorri se dirigindo à cuidadora. — Não é hoje que tem aula de zumba lá embaixo?

— Ah... bem... — A moça parece tão atordoada quanto nós dois.

— Vamos, Vanessa. Não quero me atrasar.

Eu não acredito que esse café da manhã foi uma armação.

Assim que elas partem, continuamos nos encarando. Estou morrendo de vergonha, mas ao mesmo tempo fico tão feliz em vê-lo...

— Oi — Oliver me cumprimenta, tentando compreender o que se passa por aqui.

— Sua avó — tento explicar — me pediu para que viesse hoje e trouxesse bolo de fubá. — Aponto para a mesa onde ele está.

— Você tá bem? — ele pergunta, claramente confuso, aproximando-se da varanda onde estou.

Troia se levanta em frente a ele, ficando sobre as duas patas traseiras. Ele a abraça, sorrindo.

— O que sua avó sabe sobre nós?

Ele solta a cachorra e fica sem jeito. Depois, baixa a cabeça, com as mãos na cintura.

— Ela apareceu lá em casa ontem — continuo.

— O quê? — Oliver parece confuso. — Por quê?

— Bem, pelo que entendi — Apoio uma das mãos no encosto da cadeira — ela tem bastante experiência com luto. Afinal, foi viúva cinco ou sete vezes.

— O quê!? — ele solta uma gargalhada, segurando a barriga. — Por que ela falou isso para você?

— Bem, não sei. — Estou confusa agora. Não entendo mais nada.

— Olha, Audrey — Ele tenta controlar um pouco seu ataque de risos —, não acredite em tudo que Nina disser. — Ele leva uma de suas mãos à testa e balança a cabeça. — Ela não teve tantos maridos assim e certamente não foi a tantos funerais também.

Eu me sinto um pouco ofendida.

— E por que ela diria uma coisa dessas para mim? Por que ela achou que dizer isso faria eu me sentir melhor?

Oliver se senta na cadeira onde sua avó estava antes, agora com uma expressão um pouco mais séria. Eu acabo voltando a me sentar também.

— Nina foi casada uma única vez, com meu avô. — Troia volta a se esparramar no chão. — E ficou viúva apenas uma vez também. Foi um pouco antes de eu nascer.

Ele me conta que sua avó não lidou nada bem com isso. Não queria mais sair de casa, não comia e nem bebia. A mãe de Oliver estava grávida na época e, quando ele nasceu, Nina se apegou logo ao neto, o que explica a ligação dos dois.

— Olha, Audrey, mil desculpas por isso aqui — ele diz se referindo ao que sua avó aprontou tentando forçar um reencontro. — Eu respeito o tempo que você me pediu, jamais iria atrás de você contra a sua vontade. Ela percebeu que eu não estava bem. Me perguntou o que era. Acabei contando um pouco da história, mas não muito. Achei que ela entenderia o motivo de você precisar se afastar. — Ele passa a mão pelos cabelos. — Nina é terrível.

Oliver parece estar bem constrangido com a situação.

— Eu estava com saudades — digo.

Oliver levanta o rosto, parecendo surpreso com o que acabou de ouvir.

— Talvez minha mãe tenha razão — continuo. — Você pode ter sido minha única decisão acertada.

— Audrey — ele morde o lábio inferior —, tem certeza?

Balanço a cabeça num gesto afirmativo. Ele se aproxima e se coloca na minha frente, abaixado, segurando minhas mãos.

— Eu senti tanto a sua falta — Oliver quase sussurra e beija uma delas.

Não havia me dado conta do tanto que já estava envolvida a ele. Meu receio de estar usando-o como uma ferramenta para esquecer de Alexandre, para camuflar meu luto, sumiu.

Ele se levanta e me puxa da cadeira para ficarmos em pé, um de frente para o outro.

— Podemos ir com calma, tá bem? — ele me fala. — Ao seu tempo. — E beija novamente minha mão, depois a leva ao seu peito e sinto os batimentos de seu coração acelerados.

— Tá bem — respondo sorrindo para ele, com meu coração quase descompassado de tanta emoção.

— Ah, Audrey... — ele me encara. — Quero tanto te beijar agora.

— Então me beije, por favor!

Ele se aproxima devagar. Encara meus lábios por um momento, como se me analisasse. Fecho meus olhos e tombo de leve minha cabeça para trás. Então sinto sua boca encostar na minha.

CAPÍTULO 48

Agora que Benício já tem quase um aninho, eu o coloquei em uma escolinha durante a semana. Dessa forma, mamãe não tem mais ficado com ele de manhã, mas de vez em quando ela e Charles o "raptam" aos finais de semana.

Nesse sábado, Beni foi convocado pelos avós novamente para ficar com eles, então aproveitei para vir à mansão tomar minhas tão sonhadas mimosas com minha melhor amiga de frente para a piscina.

— Às vezes é tão bom esquecer um pouco que sou mãe — digo, depois de tomar uma golada do drink.

— Se continuar tomando isso ignorando que tem álcool junto — Martina aponta para o copo em minhas mãos —, não te dou meia hora pra você esquecer até seu nome — e sorri.

— Vai ser a primeira vez que Beni dorme fora de casa.

— E pelo jeito você também tem planos, né? — Martina me lança um olhar sugestivo, que me arranca um sorriso tímido na mesma hora.

— Óbvio — respondo. — Oliver quer me levar pra jantar e depois acho que vai dormir lá em casa.

Sebastian vem ao nosso encontro com uma bandeja.

— Mi amor, veja se está bom. — Ele nos oferece uns canapés que estava preparando na cozinha quando cheguei mais cedo.

— Está uma delícia! — ela responde após provar um.

Sebastian abaixa entusiasmado para beijá-la e volta para dentro da mansão.

Martina e Sebastian estão namorando. Ele regularizou sua documentação e sua situação no Brasil. Depois, arrumou um trabalho prestando consultoria em um escritório de engenharia. Parece estar se dando bem. O único empecilho é seu verdadeiro nome. Martina não consegue, e nem quer, chamá-lo de Javier. Para nós, sempre será Sebastian.

Pra mim, ele parando com os golpes já está mais do que bom!

— Tá sabendo da última fofoca? — Martina pergunta.

— Me conta!

— Lúcia tá grávida! — ela diz com os olhos arregalados.

— Que bom! — E que surpresa. — Mas eles não iam se separar?

— Esses dois vêm e vão, mas acho que é a dinâmica deles. É como eles funcionam — Martina leva seu drink à boca e se refresca. — Caraca, isso aqui tá forte.

— Está perfeito!

Dou um último gole, que faz barulho, pois só há gelo nele agora. Martina se adianta, pegando a jarra e preenchendo novamente meu copo com a mimosa.

— Eunice e Fred vão se mudar para São Paulo na próxima semana — digo.

— Nossa, parece que foi ontem que você disse que eles demorariam meses para se mudar. — Ela coloca a jarra de volta sobre a mesinha entre nós.

— Ainda não contei sobre Oliver para eles — comento.

— Você está com medo de quê?

— Ah, sei lá. — Dou de ombros.

— Amiga — Martina me encara com seus enormes olhos arregalados —, independentemente do que eles acharem, a sua vida uma hora tinha que continuar. É natural presumir que você, jovem e bonita, em algum momento arrumaria alguém.

— Sim, eu sei, mas sei lá. — Tento achar uma posição mais confortável na espreguiçadeira. — Fiquei adiando para contar, esperando o momento certo, mas acho que vou ter que encarar isso logo, né?

— É o melhor que você faz. — Ela observa meu copo indo em direção à minha boca novamente. — Só não vai inventar de fazer isso hoje, você está meio bêbada — Martina me adverte e eu acho graça.

Assim que chego em casa, decido tomar um banho gelado para diminuir um pouco minha embriaguez.

Eu devia ter ido mais devagar com aquelas mimosas!

Oliver toca a campainha assim que saio do banho. Visto uma toalha e corro para atendê-lo.

— Entre, estou terminando de me arrumar — digo apressada, quase me desculpando.

Ele me olha de cima a baixo.

— Uau! — Oliver suspira, levando a mão no peito. — Se não estivéssemos em cima da hora, adoraria pedir pizza e ficar por aqui mesmo.

Rio da situação.

— Já volto! — saio apressada.

O restaurante que Oliver me trouxe fica no terraço de um hotel, no vigésimo andar, com uma vista ampla, onde se pode ver toda a imensidão de São Paulo.

O lugar é bem requintado, com música ambiente num tom baixo, permitindo que se possa conversar. Também tem iluminação indireta, dando um ar intimista, com uma vela acesa em cada uma das mesas. Quanto romantismo!

Nós nos sentamos à mesa e um garçom se aproxima nos oferecendo a carta de vinhos. Oliver aceita a sugestão da garrafa mais vendida na casa e dispensa o rapaz com um sorriso no rosto.

— Não conhecia este lugar — comento, olhando em volta.

— Espero que seja tão bom quanto os críticos dizem que é — ele responde.

— Que críticos?

— Uma das clientes que atendo na agência é uma influencer digital. Seu nicho é gastronômico. — Oliver apoia os dois cotovelos na mesa, cruzando as mãos em frente ao rosto. — Pedi uma dica para ela de um lugar excelente para uma ocasião especial — sorri, revelando as covinhas que tanto amo.

— É um tanto especial mesmo, namorar uma mãe que consegue finalmente despachar seu bebê para a casa dos avós por um final de semana inteiro. — Não consigo evitar um sorriso.

— Então vamos aproveitar ao máximo. — Ele puxa uma de minhas mãos e a beija, com os olhos fechados.

Meu coração dispara.

Nosso vinho chega e somos servidos. Ainda não me recuperei cem por cento da embriaguez das mimosas. Eu deveria ir com calma? Deveria. Estou indo? Não. Provavelmente vou acordar ruim amanhã? Com certeza. Esse pensamento me faz rir sozinha.

— O que foi? — Oliver pergunta, com um leve sorriso de curiosidade no rosto.

— Eu tomei uns drinks na Martina, será que tem problema misturar?

— Tome um pouco de água junto. Ajuda a hidratar o corpo e prevenir a ressaca no dia seguinte. — Ele faz sinal para um garçom que está passando pela mesa e pede duas garrafas.

— Nem te contei, né? Fernanda me ligou ontem — mudo de assunto.

— É mesmo? — Ele se inclina para ouvir.

Pego a garrafa de vinho e preencho nossas taças.

— Meu amor, vai com calma. — Ele ri sem jeito, pois estou visivelmente afetada pelo tanto de bebida que já consumi ao longo do dia.

— Só mais uma tacinha — minto. — Ela tem me sondado. — Paro por um segundo. — Sondado — repito. — Que palavra engraçada. Não parece soldado, mas falado errado? — rio de mim mesma.

— Aqui, beba um pouco mais de água, vai te fazer bem — Oliver me abre outra garrafinha e preenche meu copo com o líquido.

— Enfim, esqueci o que eu ia falar. — Tento resgatar na memória a linha do meu raciocínio, em vão.

— Que Fernanda te ligou. — Ele tenta me ajudar.

— Não me lembro mais por que ela me ligou. — Levo dois dedos aos lábios e os toco, franzindo a testa.

Oliver me encara, parecendo se divertir com a situação.

— Ah! Lembrei! — falo mais alto do que pretendia e um casal ao lado nos olha com desprezo. — Lembrei! — sussurro um pouco encolhida. — Era para me contar que Alberto vai sair da sociedade.

Voltei a trabalhar para o escritório faz pouco mais de dois meses, porém num ritmo bem moderado. Alberto pareceu reticente ao meu regresso na época, principalmente porque eu não exerceria de imediato a função de liderança que eu tinha antes de sair de licença.

Achei que era algo pessoal, mas depois descobri que ele estava planejando montar um novo projeto sozinho. Andava sondando algumas pessoas do nosso escritório para embarcarem nessa jornada com ele, porém acabou sendo descoberto quando tentou aliciar alguns clientes nossos também, e era justamente isso que Fernanda estava me contando. Como trabalho mais em casa do que presencialmente, acabo não sabendo dessas fofoquinhas em tempo real.

— Fernanda e Elisa vão desfazer a sociedade com Alberto — finalmente concluo.

— Isso é uma coisa boa? — ele pergunta.

— É uma coisa ótima! — Rio. Percebendo minha alteração, decido beber mais água. — Ah, meu amor, uma noite linda dessas e eu aqui, nesse estado. Me desculpe.

— Não se desculpe. Gosto de te ver assim, soltinha! — Oliver é muito gentil. — Eu te amo.

— Eu também te amo.

Comi quase todo o meu prato e percebo que Oliver está demorando muito para comer o dele.

— Tá tudo bem? Você mal tocou na sua comida — comento.

— Ah, não... tá tudo bem, sim. Acho que meu estômago deve estar meio sensível.

Eu me preocupo no mesmo instante, já imaginando que possa ser algo relacionado ao seu coração.

Oliver parece perceber minha aflição e logo tenta me acalmar.

— Fica tranquila. — Ele sorri. — Estou um pouco ansioso, só isso. — Ele olha em volta do restaurante.

— Ansioso com o quê?

Ele suspira, leva a taça de vinho à boca e dá dois goles na bebida.

— Você é incrível, sabia? — Oliver começa a dizer. — Esses meses todos ao seu lado, nossa, foram maravilhosos. Você é perfeita.

Seus olhos verdes se fixam aos meus. Sinto meu corpo estremecer. Oliver não é muito de falar o que sente. É bem contido, na verdade, então começo a me sentir ansiosa também.

— Eu te amo, Audrey. — Ele massageia minha mão com seus dedos. — Te amo tanto que não consigo imaginar minha vida no futuro sem você fazendo parte dela.

Permaneço em silêncio, pressentindo o final dessa conversa, o que me deixa emotiva.

Oliver se afasta um pouco e coloca a outra mão no bolso da calça. Puxa uma caixinha pequena de dentro dela.

Levo minhas duas mãos ao rosto.

— Meu Deus! — sussurro e meus olhos umedecem.

— Não sou muito bom nisso. — Oliver parece estar levemente desconfortável com sua atitude, o que torna tudo mais especial.

— Continue! — eu o encorajo.

— Você quer passar o resto da sua vida comigo? — ele me pergunta, abrindo a caixinha, que revela um solitário lindo.

— Sim! — acabo gritando sem perceber. Provavelmente por culpa da emoção e do vinho misturando-se em meu cérebro.

— Sim? — Ele quer ter certeza de que estou falando sério.

— Mil vezes sim! — respondo, com os olhos cheios de lágrimas.

Oliver se levanta da mesa e eu me levanto também. Percebo que estou muito mais embriagada do que achava que estava.

— Ai, meu Deus! — Tento me manter firme no chão. — Estou noiva e bêbada!

Oliver ri da situação me segurando nos braços.

Acabo rindo junto com ele, sua risada é contagiante.

— Me promete uma coisa? — digo baixinho.

— Claro, o que você quiser!

— Você pode me pedir em casamento amanhã de novo? Eu estou muito bêbada! Estou com medo de me esquecer!

Oliver solta o corpo para trás, por conta de sua gargalhada.

— Quantas vezes você quiser, meu amor!

— Me desculpa! — Sorrio para ele.

— Só se você disser sim amanhã outra vez — ele brinca.

— Direi sim todos os dias das nossas vidas. — Eu o puxo para perto. — Agora trate de beijar sua noiva!

CAPÍTULO 49

— Eu vou me casar! — grito ao telefone para Martina, na manhã seguinte.

— Mentiraaaaaa!!!! — ela grita de volta com a voz estridente.

— **Oliver saiu há pouco, foi na padaria comprar nosso café** da manhã.

— Que romântico — Martina responde em tom de deboche.

— Alberto vai cair fora da sociedade, acredita?

— Audrey, respira! — ela fala em tom sério. — Amiga, você tá embolando os assuntos. Parece aflita, credo!

— Acho que estou tendo uma crise de ansiedade — começo a rir após dizer isso.

Puxo o ar fundo. Conto até dez e volto a conversar ao telefone.

Zeca entra no quarto e sobe na cama. Hoje está fazendo frio, não tive coragem ainda de me livrar das cobertas.

— Quando vai ser o casamento? — Martina pergunta.

— Sei lá, não pensei em nada ainda — respondo, olhando para o anel no meu dedo.

— Tive uma ideia! Vamos fazer um jantar de noivado! Aqui na mansão. Ai, que demais! Por favor, amiga, me deixa organizar um jantar de noivado pra vocês! — ela quase suplica.

— Bem, preciso verificar com meu noivo, sabe como é — respondo, com certa ironia na voz.

— Como quiser, sua ridícula! De qualquer forma, já vou providenciar tudo.

— Amiga, Oliver acabou de chegar. Depois nos falamos. — Ouço-o na sala e Zeca pula da cama em disparada para recebê-lo.

— Ok. Depois te passo a data do seu jantar aqui na mansão — Martina diz com muito entusiasmo.

Desligo e logo Oliver aparece na porta do quarto.

— Bom dia! — ele me cumprimenta. — Espero que esteja com fome, tem um banquete te esperando sobre a mesa.

— Acho que esse banquete pode esperar uns minutinhos. — Levanto as cobertas, convidando-o.

Oliver se aproxima devagar, tirando sua camisa, me encarando.

Zeca aparece novamente no quarto.

— Zeca! Casinha! — ele ordena, sem tirar os olhos de mim, de costas para o cão, que obedece e some do quarto, indo diretamente para a varanda.

Ele se deita sobre mim e já sinto sua rigidez me pressionando.

— Eu te amo! — falo baixinho em seu ouvido.

— Não posso acreditar que você aceitou se casar comigo! Sou o homem mais sortudo desse planeta — Oliver comenta, já se posicionando para me invadir.

— Então faz amor comigo agora! — ordeno.

Mais tarde naquele domingo, depois de buscar Benício na casa de minha mãe e lhe contar as novidades, voltei para casa com uma angústia no peito. E como sei exatamente o que me aflige, mando uma mensagem para Eunice. Encaminho uma foto que mamãe me mandou hoje mais cedo, de Benício em seu andador da Patrulha Canina, passeando no Parque do Ibirapuera. Ela e Charles passaram a manhã toda com ele no parque.

> Ah, que gracinha! Como Benício está enorme!

> Nem me fale, está super pesado também.

Não sei como entrar no assunto, fico encarando o celular com uma mão, enquanto a outra, levo à boca para morder o cantinho de uma unha.

> Preciso falar com você sobre um assunto. ✓✓

Envio a mensagem e sinto minhas mãos começarem a transpirar. Sei que não devo temer nada, não estou fazendo nada de errado – digo para mim mesma, a fim de me convencer, antes de convencer a mãe de Alexandre.

> Está tudo bem, querida?

Sou tomada por uma vontade de chorar, porém tento contê-la. Estou prestes a ter uma conversa muito difícil, ou acho que será.

Meu celular começa a tocar. É ela.

— Alô — atendo.

— Audrey, meu amor... — A voz de Eunice é amável e sinto preocupação em seu tom.

— Me desculpe, Eunice. Não é nada grave — começo a dizer. — Na verdade, gostaria somente de te contar uma coisa. — Minha voz sai cheia de culpa.

— Claro, querida. Pode me contar — ela soa mais tranquila agora.

— Bem... eu conheci uma pessoa. — Sinto um leve nó se formando em minha garganta, mas devo ignorá-lo. Agora preciso ir até o fim. — E a coisa ficou um pouco séria.

A ligação fica muda.

— Alô? Eunice?

— Imagino que você só esteja me contando isso agora, pois acabaríamos descobrindo isso mais cedo ou mais tarde, quando nos mudássemos para aí, certo?

Fico em silêncio. Ela parece aborrecida, o que me enche de culpa. Uma lágrima começa a se formar e tento não piscar para que ela não escorra.

— Olha, tenho umas coisas para arrumar aqui. Depois falo com você — responde Eunice e desliga.

O telefone fica mudo, assim como eu. Começo a chorar, e Benício, que estava sentadinho no chão brincando com Zeca, me chama, estendendo seus bracinhos gorduchos querendo colo. Largo o celular no sofá e agarro meu filho.

— Mamãe te ama tanto, meu amor. — Ele aperta meu rosto com uma de suas mãozinhas.

— Mamá! — ele balbucia, sorrindo.

Benício começou a falar algumas palavras e cada vez que ouço "mamá", não aguento. Parece que mil borboletas voam dentro do meu peito. É indescritível.

Zeca também é chamado de "mamá". Quando Benício fala, nós dois atendemos a seu chamado, o que é engraçado.

Já anoiteceu e estou assistindo a um desenho animado com Benício e Zeca, quando percebo uma luzinha piscando em meu celular. Eu me levanto do sofá, deixando os dois entretidos.

Abro para ver as notificações e tem uma mensagem de áudio de um telefone desconhecido. Coloco para ouvir, é Fred quem fala.

"Oi, Audrey, tudo bem? Hoje não foi um dia muito bom para minha esposa. Com nossa mudança, mexemos em muitas coisas e algumas delas eram lembranças tanto de Bernardo quanto de Alexandre…"

Me sinto uma idiota enquanto ouço o começo da mensagem. Agora entendo melhor a reação dela.

"Sabe, não é nada pessoal com você, querida. Claro que sabíamos que isso eventualmente poderia acontecer. Você é uma mulher jovem e tem toda uma vida pela frente. Seria injusto de nossa parte exigir que você seguisse enlutada pela perda de nosso menino"

Sua voz tropeça um pouco. Fred tenta conter seus sentimentos, ao menos para finalizar o áudio.

"Dê um tempinho para Eunice, tá bem? Vai ficar tudo bem, minha querida."

As palavras de Fred me confortam com tanta intensidade. Olho na direção do sofá e me deparo com Benício e Zeca apoiado no encosto do sofá me encarando intrigados.

— Mamá! — Benício diz, e logo em seguida Zeca também late.

— Vocês são muito fofoqueiros — respondo rindo.

Agora que Benício está maiorzinho, ele consegue interagir mais, o que é muito divertido.

Volto a me sentar com eles para assistir ao desenho, dessa vez com meu coração mais aliviado.

Fecho meus olhos por um instante e penso em Alexandre.

Você me faz uma falta absurda. Estou seguindo em frente, mas nunca te esquecerei. Nunca!

— Papá! — O bebê aponta para o corredor.

Todos os pelos da minha nuca se eriçam.

CAPÍTULO 50

Queria saber onde que eu estava com a cabeça quando Oliver e eu decidimos transar escondido em seu apartamento agora há pouco, e pior! No meio da sala.

Quando ouvimos o chavear na porta, denunciando que Vanessa e Nina entrariam em questão de segundos, corremos com o que deu para pegar de roupas nas mãos para dentro do quarto dele.

Fiquei tão sem graça com a situação que só consegui sair de seu quarto quando Nina foi ao banheiro.

Agora estou aqui sentada em meu sofá, esperando dar o horário para ir buscar Benício na escolinha, olhando para o teto, imaginando onde foi parar meu sutiã.

— Espero que Oliver encontre antes de outra pessoa — falo para Zeca, que me encara com a cabeça levemente tombada para a direita. — Quero morrer! — Enfio uma almofada no rosto.

Meu celular vibra no bolso, é Martina ligando.

— Oi, amiga — atendo com voz de velório.

— Credo, o que que aconteceu?

— Nem te conto, puta ideia de jerico. — Levo a mão na testa. — Diga, tudo bem?

— Bom, já estou chegando e aí você terá a tarde inteira para me contar suas presepadas.

Martina está levando muito a sério a ideia do jantar de noivado, então decidiu que passaria aqui em casa hoje à tarde para me mostrar o que já tem planejado.

— Se puder, me traga algo para bebermos, estou precisando de alguma coisa forte.

— Não é o tipo de coisa que você precisa me pedir — ela responde, dando a entender que já havia planejado uma tarde de drinks por aqui.

Martina chega e já me entrega uma garrafa com o intuito de que eu deixe no freezer para gelar um pouco mais antes de nos servirmos. Acho bom, assim dá tempo de buscar meu filho sem estar trançando as pernas.

— Vai, me conta o babado — ela pede, jogando-se no sofá.

— Você já precisou sair escondida da casa de alguém depois de transar? — pergunto, me denunciando.

— Você não fez isso! — Martina, que estava com o corpo todo no assento, lança-se para a frente.

— Nina e a cuidadora quase pegaram a gente sem roupa nenhuma no meio da sala — conto, me sentindo estúpida.

— Mas por que transar lá?

— Eu não fui para transar, acabou rolando. — O pior de tudo é que é verdade, fui levar de volta umas Tupperware que estavam aqui. Nina gosta que eu a visite para tomarmos um lanchinho à tarde de vez em quando e sempre me faz trazer alguma coisa em um pote.

— Vocês iam traumatizar a velha para sempre — ela comenta, com um riso estampado em seu rosto.

— Talvez ainda dê tempo de traumatizá-la — comento. — Eu não encontrei meu sutiã, amiga — revelo, apavorada.

Depois de nos recuperarmos de um ataque de risos muito longo, Martina se recompõe e consegue me mostrar as opções de decoração para o jantar. Ela conhece uma florista que tem muito bom gosto para decoração e fico fascinada com o que ela me mostra.

— Martina, quanto capricho! Não precisa disso tudo. — Fico sem jeito.

— Cala a boca! — Ela fecha a pasta e apoia os braços por cima. — Eu quero te dar um jantar perfeito.

Olho no relógio.

— Amiga, eu preciso buscar o Beni. — Me levanto. — Já volto, se quiser pode preparar as nossas bebidas, estarei de volta em cinco minutos.

Vou até o quarto para pegar uma blusa e minha bolsa. Quando fecho meu armário, ouço Martina me perguntar na sala:

— O que é isso? — E logo em seguida, uma risada descontrolada.

Eu me apresso para ver o que causou tal alvoroço. Martina está na varanda com meu sutiã nas mãos.

— Tava pendurado aqui. — Ela aponta para o barbante. Percebo um papel enrolado junto e arranco logo para ler.

Porra, Oliver, custava ter me entregado isso de outra forma?

> *Espero que vocês não tenham encostado a bunda pelada no sofá que eu sento para assistir minha novelinha da tarde, sua pervertida!*

Martina arranca o bilhete de minhas mãos e, quando lê, termina de me humilhar:

— Você sabe que a sua adolescência já acabou faz uns anos, né? Transar escondido? Que ideia… — E me dá um tapinha nas costas. — Vamos, vou com você buscar o catarrento.

Que fase…

CAPÍTULO 51

Benício está de banho tomado e dormindo feito um anjinho em seu berço, depois de um dia agitado na escolinha.

Zeca, seu fiel irmão mais velho, esparramado no meio do quarto vigiando seu sono, aproveita para cochilar também. Volto para a sala para finalmente começar a tomar meu tão desejado e precisado drink com Martina.

— Você sabe que as crianças conseguem se comunicar com os mortos até os sete anos de idade, né? — ela comenta vagamente, admirando a bebida em seu copo.

— Para! — já corto o assunto. — Meu filho não estava se comunicando com o pai, era fome. Benício fala "papá" sempre que quer algo que estou comendo na sua frente, ou diz apontando para a cozinha.

— Ele não apontou pro corredor? — Ela arqueia uma de suas sobrancelhas. — Alexandre estava aqui, tenho certeza. Deve vir visitar o menino de vez em quando.

Pego a pasta com a sugestão de decoração para o jantar de noivado, quero mudar o rumo da conversa. Imaginar que Alexandre pode perambular por aqui me faz sentir um misto de tristeza e pavor.

— Amiga, vou deixar nas tuas mãos — digo folheando cada página —, confio no teu bom gosto.

Meu celular emite um som curto. Verifico uma mensagem de Eunice no WhatsApp.

— Eunice mandou um áudio — digo em voz alta.

— Você vai ouvir agora?

Titubeio por um instante, nossa última interação foi um pouco cheia de emoção demais.

— Audrey — Martina pousa a mão livre sobre meu antebraço —, ouça e coloque um ponto final nessa história.

Encaro por mais alguns instantes o aparelho em minhas mãos. Por fim, me levanto e caminho em direção à varanda, deixando minha amiga a uma certa distância.

"Oi, querida, tudo bem?" — Eunice faz uma breve pausa. — *"Queria me desculpar com você... Eu reagi muito mal à notícia que você me deu e eu não tinha direito algum de me sentir ofendida com o rumo que você dá a sua vida."*

A voz dela está embargada, sinto que chora ao gravar o áudio. Tenho vontade de abraçá-la.

"Sabe, eu nem consegui superar a perda do meu caçula e logo a vida me tirou meu filho mais velho também." — Nesse momento Eunice não consegue mais conter suas emoções e começa a chorar. — *"Quando você contou de seu novo relacionamento, por um momento de egoísmo de minha parte imaginei outra pessoa ocupando o lugar de meu filho na vida de Benício. Sendo para ele o pai que Alexandre nunca poderá ser. Me senti excluída como avó, como se Fred e eu estivéssemos prestes a sermos substituídos também."*

Eunice não consegue mais falar e o áudio é interrompido abruptamente.

Ligo no mesmo instante para ela, que me atende ao primeiro toque.

— Eunice?

— Oi, querida! — ela soluça.

— Você está proibida de sair de nossas vidas. Jamais permitiria isso. — Minha voz sai um tanto ríspida.

Ela permanece calada, apenas ouvindo.

— Eu nunca vou me esquecer do seu filho e sempre lembrarei a Benício quem foi seu pai. Uma fatalidade interrompeu seu convívio conosco, mas ele viverá para sempre em nossas memórias. — Agora quem chora sou eu.

— Oh, Audrey, minha querida. Você é uma menina muito especial. Te tenho como uma filha.

Zeca aparece na varanda, abanando seu bumbum marrom. Olho para dentro da sala, Martina está com Benício no colo. Eu me aproximo deles com o telefone na mão.

— Beni, olha quem tá no telefone! — digo sorrindo para o menino secando as lágrimas com a ponta da manga da blusa. — Fala "alô" pra vovó. — Abro a câmera frontal e deixo avó e neto interagirem.

DUAS VEZES AMOR

Benício solta uma gargalhada gostosa quando o rosto dela surge no aparelho.

— Ela ainda não sabe que você vai casar, né? — Martina sussurra próximo ao meu ouvido.

— Achei melhor deixá-la digerir uma notícia de cada vez.

— Melhor assim.

Eunice e Fred se mudaram para São Paulo dez dias depois, para uma casa em um condomínio fechado, próximo daqui. Foi uma grande alegria reencontrá-los pessoalmente depois de tanto tempo.

O jantar de noivado se aproxima e eu já não podia mais esperar para contar a eles e, em especial, apresentá-los a Oliver. Essa ideia ainda me deixa um pouco desconfortável, contudo, é imprescindível.

Fui surpreendida com a reação deles:

— Ah, querida! Fico tão feliz por você. — Eunice encosta as duas mãos em meu rosto de forma tão gentil, como uma mãe faria.

— Martina decidiu fazer um jantar de noivado. — Ela segura minha mão. — Adoraria que vocês pudessem ir.

Tento decifrar seu olhar, parece curiosa.

— Claro — continuo —, se não for estranho para vocês. Eu entenderia se não quiserem ir.

— Bem, vou ver com Fred.

Entenderia perfeitamente caso eles decidam não ir. Da mesma forma que eles respeitam minhas decisões, também respeito o tempo deles para aceitá-las.

— Antes de você ir, gostaria de te entregar uma coisa. Espere aqui. — Eunice vai em direção ao seu quarto e volta com uma caixinha pequena.

— Encontrei isso no meio das coisas de Alexandre durante a mudança.

Ela me entrega e, quando abro, vejo a medalha que Alexandre conquistou poucas horas antes de falecer.

— Esteve com você esse tempo todo? — pergunto, segurando-a nas mãos pela primeira vez. Sou tomada por uma emoção muito forte.

319

As lembranças de nossa última videochamada surgem como um relâmpago em minha memória. Levo a medalha ao rosto e fecho os olhos. *"Eu ganhei uma medalha! Eu disse que levaria uma medalha para casa".* Meus olhos umedecem.

Eunice se aproxima de mim, também tomada por uma forte emoção, e me abraça.

— Achei que você gostaria de ficar com ela.

— Muito obrigada! Nem sei como te agradecer. — Olho para ela com o coração apertado.

— Eu que devo te agradecer — Ela sorri — por ter sido tão especial para Alexandre e por ser uma mãe maravilhosa para meu neto. — Ela olha para Benício em seu andador da Patrulha Canina se movendo de um lado ao outro da sala. — Onde quer que meu filho esteja, tenho certeza de que está em paz sabendo que estamos todos em harmonia por aqui.

CAPÍTULO 52

— Você está linda! — Oliver está sentado na beirada da minha cama enquanto termino de me maquiar para ir à mansão.

— Obrigada — agradeço sem jeito. — Você também está muito charmoso.

Eu me aproximo dele e dou um beijo na ponta de seu nariz. Oliver me puxa e sento em seu colo. Olho bem no fundo de seus olhos.

— Meu noivo. — Ajeito delicadamente uma mecha de seu cabelo que está fora de lugar. — Sei que é só um jantar de noivado, mas sinto como se já fosse o casamento. Estou ansiosa.

— Eu também estou. — Oliver acaricia minhas costas de modo gentil. — Te amo tanto.

Sorrio de olhos fechados e beijo seus lábios com ternura.

A primeira pessoa que vejo quando entramos na mansão é Lúcia e seu barrigão de grávida.

— Audrey! — ela se aproxima com um sorriso largo mostrando todos os seus dentes perfeitos.

— Lúcia! Que bom que você veio — digo, sincera. Minhas inseguranças ficaram no passado.

Ela me abraça e logo atrás Martina se aproxima de nós.

— Meu Deus, como você está linda! — ela fala quando chega.

— Martina! O que você aprontou? — Observo em volta.

A sala e a varanda estão cheias de arranjos florais lindos, também mesas com velas acesas.

— Vem aqui. — Ela me puxa pela mão e abandono Oliver com os cachorros e Benício na porta.

— Vem você também, noivo! — Martina faz um gesto com a mão o chamando para nos acompanhar até o jardim da casa.

Oliver está todo atrapalhado com os dois cachorros na coleira e Benício no colo.

— Me dá ele aqui. — Pego meu filho e saímos para a varanda.

Martina colocou mais mesas aqui fora, todo o jardim está iluminado com umas estacas com fogo e mais flores.

— Cadê a piscina? — pergunto.

— Martina mandou colocar uma cobertura própria antiqueda — Lúcia explica, olhando para o bebê sorridente em meu colo.

— Que ótima ideia — Oliver comenta atrás de nós. Troia decide explorar o lugar, quer se desprender da coleira.

— **Deixe eles à vontade** — Martina diz fazendo um gesto indicando para que os cachorros se soltem das amarras.

Mamãe e Charles chegam e Fernanda e Elisa aparecem logo atrás. Aos poucos nossos amigos e familiares mais próximos estão todos aqui. Com exceção de Fred e Eunice. Imaginei que talvez eles não viessem, entendo perfeitamente.

— Eu não posso acreditar nisso. — Oliver aponta para o outro lado do jardim, para uma mesa onde Nina está sentada conversando com Charles, os dois tomando uísque. — Minha avó é terrível.

— Deixa ela. — Forço um pouco meus olhos: — Os cachorros estão deitados no pé dela?

— Parece que sim. — Ele franze a testa forçando a vista, como se fizesse muito sol.

Elisa se aproxima de nós e eu lhe apresento Oliver.

— Fico feliz em finalmente te conhecer — ela diz. — Posso raptar sua noiva por um instante?

— Claro, fique à vontade. — Oliver beija meu rosto e caminha em direção à mesa onde Nina está sentada.

Consigo ouvi-la soltar uma gargalhada e Charles ri junto. A cena aquece meu coração.

— A gente ia esperar até segunda para falar com você, mas eu não aguento muito.

— O que foi? — pergunto.

Elisa chama Fernanda com um aceno de mão e ela se aproxima de nós.

DUAS VEZES AMOR

— Fernanda, você acha que é apropriado falar de trabalho no jantar de noivado da noiva? — ela pergunta e, nesse momento, percebo que o único drink que ela tomou, e que está apenas pela metade, já a deixou alegrinha.

A outra sócia sorri.

— O que você acha, Audrey? É apropriado? — Fernanda transfere a pergunta a mim.

— Ah, já estou bem curiosa, podem começar a falar.

As duas se entreolham.

— Bem, já que o Alberto saiu da sociedade, abriu uma vaga importante no escritório que precisa ser preenchida. — Fico em silêncio, mas meus olhos brilham com a possibilidade do que está por vir.

— A gente acha que você se encaixaria perfeitamente nessa vaga, como nossa sócia! — Elisa finaliza, cruzando seus dedos em frente ao peito.

— Vocês estão falando sério? — pergunto.

— A gente não brincaria com uma coisa dessas na noite do seu jantar de noivado — Fernanda brinca.

Não digo nada, mas minhas feições respondem por mim.

— Não precisa responder nada agora. Curta sua noite. Durante a semana alinharemos tudo — Elisa diz. — Mas sem querer te forçar em nada — ela complementa —, uma das vantagens de ser sócia é: participação total dos lucros. — Ela pisca e se vira de forma teatral para sair de cena.

Fernanda a vê partir e ri.

— Elisa não sabe beber — ela comenta e nós duas rimos.

Olho na direção da mesa de Nina e agora vejo que dona Laura também se juntou ao grupo e todos parecem se divertir muito.

Ah, que vontade de tirar uma foto para eternizar esse momento.

A ideia é ótima. Entro na mansão e procuro minha bolsa para pegar meu celular a fim de registrar aquela cena linda.

Ao pegar o aparelho na mão, vejo uma ligação perdida de Eunice. Eu me sento sozinha em um sofá e ligo de volta.

— Alô? — ela atende.

— Oi! Você me ligou? Desculpe por não atender, o celular estava dentro da bolsa.

— Ah, não se preocupe, querida. — Sua voz parece um pouco abalada.

— Tá tudo bem? — pergunto, preocupada.

— **Está, sim. Escute, quero me desculpar, mas não conseguiremos ir ao jantar.**

— Ah, tudo bem, Eunice, eu entendo — digo de forma carinhosa. — Não quero forçar vocês a nada.

— Não é isso — sua voz parece tensa, como se andasse chorando. — Olha, podemos falar amanhã, não quero atrapalhar sua noite. Eu não estou me sentindo muito bem.

— De forma alguma. Eunice, por favor, pode falar. — Se ela não me disser, será pior, estou muito preocupada.

— Bem, hoje à tarde Fred passou em nosso antigo prédio para ver se havia alguma correspondência e o zelador nos entregou uma carta. — Ela começa a chorar.

Eu me levanto e ando de um lado para o outro.

— Péricles disse que era uma carta vinda do hospital. Achei que poderia ser alguma cobrança de custas da internação de Alexandre, mas imagine a nossa imensa surpresa quando Fred e eu abrimos a carta. — Ela tenta controlar sua respiração, mas não consegue. O telefone fica abafado e ouço uma voz masculina ao longe e Eunice a chorar.

— Audrey! — A voz de Fred surge no aparelho.

— O que houve? — pergunto, preocupada.

— Recebemos uma carta de agradecimento de uma das pessoas que recebeu a doação de um dos órgãos de Alexandre.

Sinto o chão se abrir sob meus pés, meu corpo inteiro formiga e minha garganta seca.

— Quê…? — minha voz sai com dificuldade — Carta?

— Sim, ficamos muito emocionados. Nem sei te explicar — enquanto Fred fala em meu ouvido, caminho com certa dificuldade em direção à grande porta que divide a sala da varanda, me escoro no batente, pois estou perdendo o equilíbrio.

— Quando vier nos visitar te mostraremos. Palavras muito bonitas...

Meus olhos se fixam à mesa que daria uma excelente fotografia. Oliver olha em minha direção, sorrindo, no exato momento em que Fred termina a frase:

— ... do jovem que recebeu seu coração.

O aparelho se espatifa no chão.

CAPÍTULO 53

— Você tá bem? — Oliver atravessa o jardim com velocidade assim que me vê perdendo o equilíbrio.

Pego o celular do chão, a tela de vidro quebrou com a queda.

— Estou. — Tento disfarçar. Não quero estragar nosso jantar. — Acho que minha pressão caiu. — Faço um esforço imenso para conter as emoções.

Ele me abraça e me senta em uma cadeira.

— Você está bem, querida? Melhor comer alguma coisa — dona Laura diz, sentando-se ao meu lado, preocupada.

Olho ao redor e a festa inteira está em volta de mim. Eu me sinto um pouco constrangida, pois detesto chamar atenção.

— Estou bem, gente. — Forço um sorriso, tentando convencer a todos.

Sebastian aparece com um copo de água e me oferece.

— Obrigada! — agradeço e tomo um gole.

Oliver segura minha mão desocupada e massageia com seus dedos olhando para mim.

Os convidados se dispersam novamente e ficamos somente nós dois juntos… e Zeca. Só percebi que o cachorro está ao meu lado com um olhar confuso agora que estou mais calma.

— Aconteceu alguma coisa? — Oliver continua preocupado.

— Não foi nada, meu amor. — Não me sinto bem mentindo para ele, mas o que eu poderia dizer? *"Hey, por acaso você não enviou uma carta para a família de seu doador, né?"* Imaginar a possibilidade de isso ter acontecido me faz querer desabar novamente. Então, decido afastar essa ideia da cabeça, pelo menos nesta noite.

Ele me abraça e eu olho novamente em volta, para todas as pessoas que estão aqui reunidas por nós dois, celebrando nossa felicidade, esse passo tão importante que estamos prestes a dar juntos em nossas vidas. Fecho meus olhos e o rosto sorridente de Alexandre aparece em minha mente.

Fiz um grande esforço para que nosso jantar fosse perfeito. E foi!

No final das contas, acabou sendo uma noite muito importante. Cada vez que meus olhos encontravam os de Oliver, meu coração se aquecia. Tive a plena certeza de que seríamos felizes por toda a nossa vida. Eu o amo, amo o que estamos construindo. E por esse motivo, preciso mais do que nunca ler aquela carta.

Combinei de ir no dia seguinte jantar na casa de Eunice e Fred.

Antes mesmo de me entregarem aquele pedaço de papel, consegui ver nos olhos deles que talvez eles já tenham entendido tudo, bem antes de mim.

— Fique à vontade, minha querida — Fred diz parado no batente da porta que divide a sala da cozinha. — Estaremos no jardim brincando com Benício, te aguardando.

Balanço a cabeça positivamente e ele sai. Puxo o ar até que ele preencha todo o meu peito. Solto devagar e abro a carta.